ジャーナリスト与謝野晶子

松村由利子

短歌研究社

はじめに

一九一八（大正七）年十一月、日本はスペイン風邪の第一波の真っただ中にあった。

政府はなぜいち早くこの危険を防止するために、大呉服店、学校、興行物、大工場、大展覧会等、多くの人間の密集する場所の一時的休業を命じなかったのでしょうか。

たまりかねたような口吻の文章は、与謝野晶子が横浜貿易新報（現・神奈川新聞）に寄稿したものだ。休業、休校に対する政府の判断の遅さを批判した晶子は、「密集」がパンデミックを引き起こす要因であることを熟知していた。

この文章が書かれた半年前、まだ日本ではスペイン風邪が広がっていなかったが、晶子は学校の各教室に消毒液を満たした金だらいを備え付け、校庭から戻った際の手洗いを指導してほしいと提言した。政府が一般の人に向けて「流行性感冒《はやりかぜ》予防心得」を発表する八か月も前のことだ。日ごろから新聞報道を注意深く見て、幼稚園や小学校のお粗末な衛生状態と重ね合わせ、感染症の拡大を懸念していたのである。その提言は先見的であり、的確この上ない。

華麗奔放に恋愛を謳歌した歌集『みだれ髪』の作者、与謝野晶子がこうした文章を書いたことに驚く人もいるかもしれない。しかし一九一八年当時、三十九歳の晶子は多くの新聞や雑誌から社会評論の執筆を依頼される、人気の寄稿家だった。生涯に上梓した評論集は十五冊に上る。「男女の本質的平等観」「資本と労働」「女子の智力を高めよ」「平和思想の未来」「学校衛生について」「人類共通の目的へ」……評論集の目次を見るだけで、その活躍ぶりは明らかだ。

晶子の評論活動は、明治末期から昭和初期にかけての二十年余りにわたった。最も活発に執筆したのは「大正デモクラシー」と呼ばれる時期と重なっている。有名歌人という肩書だけで長期間にわたってメディアで書き続けるのは困難だ。筆力はもちろん、本人の自覚や問題意識も不可欠である。

近代国家への道を歩み始めた日本は、富国強兵を図って社会主義思想を弾圧し、言論や表現の自由を制限した。その一方で経済格差も広がっていった。そうした厳しい時代に、晶子は一貫して自由と平等を希求した。表現者として何者にも縛られない自由を願い、人々が等しく働き暮らしを営む社会を思い描いた。時代もまた、豊かな教養を蓄え高い理想を掲げた与謝野晶子という書き手を必要とした。それは、新聞と雑誌という活字メディアが、最も影響力を誇った時代でもあった。

しかし、歌人として華々しくデビューした晶子が、どうやって幅広いテーマで社会評論を書くようになっていったのか――。従来の研究では、一九一二年にフランスなどヨーロッパ各国を訪れ、見聞を広げたことが大きな転機だったとされる。しかし、五月初めから十月下旬にかけての旅のうち、彼女がヨーロッパに滞在したのは正味四か月程度に過ぎない。その短い期間における経験だけが評論活動の基盤になったとは考えにくい。

本書では、晶子がどんなふうに社会評論を書き始め、論考や思想を深めていったのか、さまざまな角度から考察する。

第一章から第四章までは、生まれ育った時代や土地柄なども含め、最初期の晶子と新聞の関わりを探ってゆく。また、一九〇九年に発表された三十首の連作「灰色の日」を読み解くことで、社会に対する鋭い視線、批判精神を明らかにする。第五章では、ジャーナリストという職業への関心を自覚したヨーロッパ旅行を取り上げる。フランスの新聞記者から、女性の新しい仕事として何が最上かと問われた際、晶子は「新聞記者」と答えた。そのインタビューの詳細、またオーギュスト・ロダン訪問など旅のトピックスを追う。第六章以降は、帰国後の評論活動を「教育」「労働」などのテーマ別に検証すると共に、晶子がどのように自らの資質を磨いていったのか探る。

二一世紀の今、公文書の改竄や言論弾圧など、国内外で民主主義の根幹が揺さぶられる出来事が起きている。一方、インターネットやSNSの普及によって新聞や雑誌の販売部数は軒並み落ち込み、かつての影響力を失いつつある。晶子がこうした状況を見たなら、心底驚き、失望するに違いない。彼女は、男女の不平等や経済格差をなくし、すべての人が健康で文化的な暮らしを享受できる社会を夢見て筆を執った。

与謝野晶子のまなざしを通して、現代を見直したい——その思いで書いたのが本書である。

ジャーナリスト 与謝野晶子 【目次】

本書の表記について

①引用した短歌や文章の正字は新字に改めた。

②引用した歴史的仮名遣いの文章は原則として現代仮名遣いに改め、場合によっては読みやすくするため読点を補った。詩歌の仮名遣いは原作どおりとした。

③総ルビの短歌、文章などで、読みが一般的と思われる文字のルビは省いた。

④難読と思われる漢字については原作、原文にないルビを補った。

ジャーナリスト 与謝野晶子

第一章　新聞と晶子

新聞を読む女

一八九八（明治三十一）年四月、読売新聞を読んでいた十九歳の晶子は、ふと目をみはった。そこに掲載された「鉄幹」という人物の歌に驚いたのである。

春あさき道灌山の一つ茶屋に餅くふ書生袴つけたり

道灌山にぽつりと立つ茶店で、袴を穿いた書生らしき青年が餅を食べている。まだ肌寒いが木々の芽のふくらみ始めた早春、ひなびた茶屋と青年の若々しさとの取り合わせがのどかな雰囲気を醸す。「餅くふ」は即物的だが、健やかな食欲は若者の姿を明るくリアルに伝えてくる。

上はシャツに着物、下は袴という和洋折衷の書生スタイルが、旧制高校の学生ら若者のファッションとして定着したころだった。そんな流行の服装が詠み込まれていることにも晶子は感心した。今まで読んできた古風な詠み口の和歌とはまるで違う。とても個性的で新しい——。

晶子は大阪・堺に生まれた。和菓子屋「駿河屋」を営む父・鳳《ほう》宗七と母・津禰《つね》の三女として育ち、十代の初めから宇津保物語や源氏物語など古典を数多く読んでいた。和歌にはあまり心を惹かれなかったが、十七歳のころ万葉集を読んで初めて歌に魅力を感じたという。地元の堺敷島会に入り、古今集を手本とする旧派和歌のような作品を投稿していたが、物足りなくなり十か月でやめてしまった。

「餅くふ書生」の歌と出会ったのは、歌から遠ざかって一年ほど経った、いわば「空白期」だった。一陣の風が吹き抜けたような感激に、胸がふるえた。こういう歌が読みたかった。自分にもこんな歌が作れるだろうか。

当時の晶子は女学校を卒業して七年、実家の商売を手伝うだけの日々に鬱々としていた。仕事をしながらも暇さえあれば本や新聞を読み漁った。活字好きであることは近所でも有名で、羊羹を買いに来た客が、熱心に本を読みふける店番の彼女に声をかけるのをためらうほどだったという。

本当は上の学校に進みたかった。店の帳簿をつけたり羊羹を竹の皮で包んだり、かわり映えのしない毎日にはうんざりだった。兄さんは帝大を出て、昨春めでたく助教授になったというのに、自分ときたら——。

兄の秀太郎が羨ましくてならなかったが、鉄幹の歌の載った新聞を晶子に送ったのは、ほかならぬ秀太郎だった。帝大在学中から、折々に妹へ「帝国文学」「文学界」などの雑誌や新聞を送ってくれていた。送られた新聞が読売だったのは、多分それが大阪ではなかなか読めない新聞だったからだ。当時の大阪では、かつて街頭での呼び売りが人気を博した浪花新聞や大阪新報が相次いで廃刊となり、大阪朝日、大阪毎日の二大紙の時代となっていた。一方、一八七四年に東京で創刊された読売は、何度か大阪進出を目論んだが果たせずにいた。

晶子が読売新聞で鉄幹の歌に出会った当時は、女が新聞を読むこと自体、冷ややかな目で見られた。社会評論家の山川菊栄は、東京府立高等女学校の生徒だった一九〇〇年代前半、担任の教師から「あなたは新聞を読むんですか」「あなたが新聞を読むことをお母さんはご存じですか」と詰問されたことを自叙伝で回想している。「娘には新聞も小説も読ませないというのが、そのころのまじめな家庭の誇りだったのですから」というが、開放的な思想の山川家では東京朝日などを購読しており、菊栄も姉も新聞を読むのを楽しみにしていた。鳳家がどんな新聞を購読していたかはわからないが、娘が新聞を読むのをとがめ立てすることはなかった。

「餅くふ書生」の歌に刺激され作歌を再開した晶子は、関西青年文学会の機関誌「よしあし草」に加わった。そして一九〇〇年、和歌革新運動を展開する与謝野鉄幹が浪漫的文学運動を目指して立ち上げたばかりの「新詩社」に入る。

その機関誌「明星」で晶子はたちまち花形歌人になった。鉄幹への恋ごころが歌の原動力となっていた。当時、鉄幹は林滝野と事実婚の関係にあったが、彼もまた才能豊かな晶子に惹かれた。翌年三月、滝野が晶子に宛てて離別する意思を伝える手紙を送り、晶子は六月に堺を出て鉄幹の住む東京へ赴く。二人が正式に結婚したのは十月であり、八月に出版された『みだれ髪』の初版には旧姓が記されている。鉄幹と晶子の出会いの最初に新聞記事があったのは、後に晶子がメディアの世界で活躍することを思うと、不思議な巡り合わせである。

大阪の新聞事情

晶子の育った堺は大阪湾に面し、古くから近畿地方における外港として発展した。室町時代には自由・自治都市として栄えた歴史を誇る地だ。江戸時代の大坂は、「天下の台所」として全国から年貢米や特産物が集まるところであり、享保年間から先物取引が行われていた。

大阪では相場情報を中心とした経済専門紙が明治初期から発達した。一八七八年には東京と大阪に株式取引所が相次いで創設されたが、大阪の経済情報紙の種類や発行部数は東京を大きく上回っていた。相場の情報を中心とする大阪商況新報といった新聞が人気を集めていたので、一般紙もこぞって相場表や物価欄を充実させた。こうした状況について社会学者の土屋礼子は、東京の読者が新聞を政治的な論説や文芸評論の書かれた書籍を読むような感覚で読んだのに対し、大阪では実用的な情報媒体として期待され、東西において新聞は異なる形で発展したと指摘している。

晶子の父、宗七も相場や市況などの情報を手に入れるために新聞を読んでいただろう。和菓子商として砂糖や小豆などの相場に目を配るだけでなく、スタートしたばかりの株式市場でひと儲けも目論んだようだ。晶子は「父が株券などに手を出して一時は危うくなった家産を——」と、株で大損して一家が苦労を強いられた頃を振り返っている。

宗七は一八九〇年から翌年にかけて、堺市議会議員を務めた。市制が施行された最初期の市議だった宗七は、地元のさまざまな情勢を知るためにも新聞を読んでいたはずだ。晶子も自然な形で新聞に親しんだと思われる。

そのころ新聞業界は大きな変化を遂げていた。明治の初め、新しいメディアとして登場したときは、政治的な論説を中心とする高踏的な「大新聞《おお》」と、事件や演芸などを扱った読み物を中心とする大衆的な「小新聞《こ》」という二つに分かれていた。しかし、自由民権運動が高まるにつれ、小新聞も政治論を掲げるようになる一方で、大新聞は文章を平易にし、小説などの読み物や事件などの雑報を重視するようになった。両者の違いは徐々に薄れ、二つが融合した大衆紙へと変わっていったのである。

一八九四年に起こった日清戦争は、新聞の部数を一気に拡大させると同時に、論説重視から報道重視への移行を推し進めた。近代日本にとって外国を戦場とする戦争は初めてであり、各紙は積極的に従軍記者を派遣した。人々は戦況を知ろうと新聞を買い求め、戦勝を祝って提灯行列が行われた。日清戦争当時の主要紙の年間総発行部数を見ると、大阪朝日、大阪毎日の両紙は、萬朝報や東京朝日など東京の主要な新聞を大きく上回っている。名門紙といわれた在京の「日本」「時事新報」の部数が大阪毎日の三分の一程度だったことからも、大阪における新聞の隆盛ぶりがわかる。

紙上で出産を詠う

晶子が新聞で初めて鉄幹の歌と出会ってから十三年後の一九一一年三月一日、東京日日新聞の一面に晶子の歌が二首掲載された。

悪龍となりて苦《くるし》み猪《ゐ》となりて啼《な》かずば人の生み難きかな
その母の骨ことごとく砕かるる呵責の下《もと》に健《たけ》き児《こ》の啼く

明治の初めに興った和歌革新運動は、花鳥風月を雅やかに詠む旧派和歌から脱却し、自由で個性

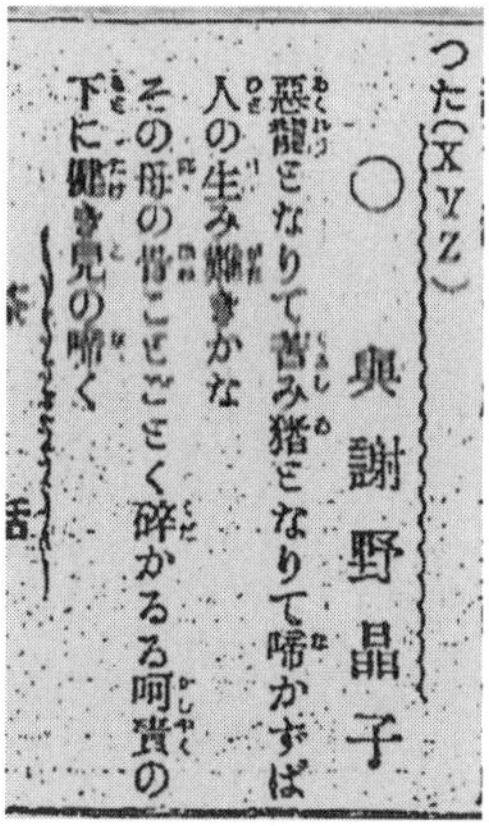
つた（XYZ）
○　與謝野晶子
悪龍となりて苦《くるし》み猪《ゐ》となりて啼《な》かずば人の生み難きかな
その母の骨ことごとく砕《くだ》かるる呵責《かしやく》の下に健き児の啼く

1911年3月1日付の「東京日日」一面下方に掲載された晶子の二首

的な表現を目指すものだった。とはいえ、産みの苦しみをこれほどの迫力で表現した歌には革新派の歌人たちも驚愕したに違いない。

獰猛な龍や猪が苦しみ呻くように、のたうち回らないではいられない陣痛、それは全身の骨が砕かれるような痛みだと晶子は詠った。激痛を嘆くだけに終わらず、「健き児」の生命力、誕生の重みを伝えているところに打たれる。

この二首の歌は、晶子にとって二つの大きな意味を持っていた。一つは、これまでに歌人が表現したことのない「出産」というテーマに挑む野心、もう一つは、新聞紙面に強烈な印象を与えようという野心である。

出産の歌二首が載った三月一日は、東京日日新聞が大阪毎日新聞と合併し、全国紙として新たな一歩を踏み出した日だった。

当時の東京日日新聞は経営不振に陥っていた。一方、大阪毎日新聞は、ライバル紙の大阪朝日新聞が既に東京朝日新聞を経営していたことから、東京進出を急いでいた。進退窮まった東京日日が苦渋の選択として大阪毎日に経営移譲を持ちかけたのは、大阪毎日にとってまさに渡りに船だった。

三月一日、東京日日は一面に、「今日以後の東京日日新聞」と題する、大阪毎日新聞社長の勝ち誇ったようなあいさつを大きく掲載した。通常の記事に使う二倍サイズの大きな活字で本文を組み、大阪毎日が東京日日を「同化せしめ」、東西互いの発展を期すという内容である。東京日日には屈辱的ともいえる紙面だった。

ところが、同日付の大阪毎日の一面は、内政記事や外電が並ぶ通常の紙面で、特に東京日日との合併には触れていない。晶子の歌もない。この日の紙面の違いは、合併に対する両社の立場の違いをありありと示していた。

東京日日の創刊は一八七二年二月、対する大阪毎日は一八八八年十一月に創刊された。両紙を源流とする毎日新聞は国内で最も歴史が古いとされるが、合併について、大阪毎日の方は社史に「はからずも『東京日日新聞』との併合の相談がまとまり」(『大阪毎日新聞五十年』)と、あっさり記す。ところが、東京日日新聞の方は、『東日七十年史』で「遂に大毎の手に移る」という章を立て、合併後も引き続き「東京日日」の名を残す苦心や、「東日側の従業者が如何に悄然たらざるを得なかったか」をこと細かに記し、悔しさが滲む。

「悄然」としていた東京日日の記者たちを支えていたのは、これまで以上に質の高い紙面をつくろうという気概

TOKYO NICHI-NICHI SHIMBUN.

東京日日新聞

今日以後の東京日日新聞

1911年3月1日付の「東京日日」一面

OSAKA MAINICHI SHIMBUN

大阪毎日新聞

同日付の「大阪毎日」一面

だった。その表れのひとつが、当代きっての人気歌人、与謝野晶子の歌を連日、一面に掲載するという新企画ではなかったか。

新聞の顔である一面に短歌の連載、しかも同一作者の新作を日々載せるというのは、大胆な企画である。明治末期の新聞の一面は必ずしも現在のような位置づけではなく、新聞社によっては、人目をひくよう全面に広告を載せたり、目玉となる新聞小説を掲載したりするところも多かった。東京日日は広告や小説を一面に掲載する時期を経て、一九一一年初めには一面に政治や経済の重要ニュースを掲載するようになっていた。

重要ニュースの並ぶ一面で、女性歌人の短歌を連日掲載するのは思い切った企画だった。連載について晶子にいつ、どんな形で依頼したか、資料は残っていない。しかし、スタートが「三月一日」だと説明する際、それが東京日日にとって合併後の新紙面を飾る大事な企画だということは伝えたはずだ。依頼する際には、編集局長や幹部も同席したかもしれない。

晶子は大いに張り切っただろう。前例のない連載企画に対する昂ぶりだけではない。大阪毎日との不本意な吸収合併を受け入れる記者たちにとって、合併第一日の一面の中で晶子の歌だけが東京日日のオリジナルの部分であり、彼らにとって誇るべき企画なのだ。晶子はそのことを意気に感じたのではないか。娘時代には大阪の新聞に親しんだが、今の自分は大阪を離れ、東京に住み東京の新聞を読んでいる。そして大阪は、もうなつかしく慕わしい故郷というよりは、愛憎相半ばする地であった。

晶子は鉄幹と暮らすため一九〇一年六月、親も故郷も捨てる覚悟で家を出た。その後、実家との関係は修復されたが、道ならぬ恋を貫いた晶子に対する地元・堺の視線は冷たかった。

ふるさとは冷《つめた》きものと蔑《なみ》し居り父の御墓《みはか》の石だたみゆゑ　『春泥集』

「ふるさとと言っても冷たいものだと自分はその存在を疎んじている。その冷たさは亡き父の墓石のようでもあるから」――。一九一〇年十一月、「文章世界」に掲載された歌は、故郷・堺が自分に対して冷淡なことへの口惜しさ、悲しみが表れている。妻子ある男性のもとに走った激情に当時の人たちは驚き、とんでもない女だと噂し合った。晶子の卒業した堺女学校では、その名を同窓会名簿から削除せよという意見もあったという。文学者としての顕彰が地元で盛んになったのは戦後、それもずいぶん経ってからのことである。

一九四八年に堺市役所に勤めていた詩人、安西冬衛が晶子の歌碑を市内に建立することを提案したが賛同が得られず、実現に至らなかった。「てふてふが一匹韃靼海峡を渡つて行つた。」という一行詩「春」で有名な詩人の声も奏功しなかったのだ。堺市に初めて晶子の歌碑が建てられたのは晶子の没後十九年、『みだれ髪』が出版されて六十年後の一九六一年だった。

東京日日新聞の記者から大阪毎日とのやむない合併話を聞いたとき、晶子の心には「ふるさとは冷きもの」という思いがよぎったかもしれない。「ぜひ、やりましょう」――新聞社の求めに応じて、きっぱり返事しただろう。

合併初日の一面は、ほぼ大阪毎日社長の文章に占拠された形である。その片隅に置かれた晶子の二首は、東京日日の記者たちの心意気を表すものでもあった。

難産を乗り越えて

当時の東京日日の発行部数は、合併第一日の実績で約七万七千部。十万部を優に超えていた大阪朝日や大阪毎日には及ばないが、晶子と夫、寛（一九〇五年から「鉄幹」の号を廃した）が発行していた雑誌「明星」は最も発行部数が多いときで五千部をやや上回る程度で、終刊した一九〇八年には千部を切っていた。文芸雑誌とは比べものにならない新聞の影響力の大きさを、晶子も意識したはずだ。

「新しい紙面にふさわしい、新しい歌を」と考えたとき、晶子は臨月を迎えていた。歌の締め切りが迫る二月二十二日、双生児を出産したが、それまでにない難産で一人は死産になった。嬰児の火葬は二十四日に行われた。寛が「ひと目見ておいてやらないか。これまでにない美しい子だ」と促したが、結局、晶子は火葬場でもその子の顔を見なかった。赤ん坊のために縫っておいた衣類や枕を見ると、何もかもが虚しく思われた。

特別紙面にふさわしい、インパクトのある歌を、とは考えていただろうが、最初から出産を詠むつもりだったかどうかはわからない。それまで晶子は五回出産したが、死産は初めての経験だった。臨月まで元気だった子を亡くしたことに打ちのめされ、心身ともに疲弊しきっていた。追い詰められたような極限状態で、晶子は出産を詠むしかなかった。なぜ、あの子は死んだのか。なぜ女はこれほどの苦痛を味わわなければ出産できないのか――。沸々と滾るような感情が噴き出して歌になった。

あはれなる半死の母と息せざる児《こ》と血に染《そ》みて薄暗き床《とこ》　（三月二日）
親と児《こ》の戦ふ初《はじめ》かなしくも新しき世の生《うま》るるはじめ　（三月三日）
蛇の子に胎を裂かるる蛇の母そを冷《つめた》くも「時」の見つむる　（三月五日）
産のあと頭《かしら》つめたく血の失せて氷の中の魚となりゆく　（三月七日）

これらの歌がいつ詠まれたかは不明である。死児の火葬を終えた晶子は二十七日高熱を発して人事不省に陥り、連載企画の始まった三月一日には腎臓炎と心臓病で入院した。

出産の歌はいずれも異常な緊迫感にあふれ、憔悴しきった女の姿が迫ってくる。薄暗く血なまぐさい産室の様子に息が詰まるようだ。けれども、凄惨な場面の描写だけに終わってはいない。出産を「親と児の戦ふ初」と捉えた視線は新鮮であり、カギかっこで括られた「時」は、長い人類史、また人智を超えた存在を思わせる。「悪龍」や「猪」を経て「氷の中の魚」になるという身体感覚も独特だ。

晶子以降の女性歌人たちも出産を詠んでいる。優れた歌は多い。しかし、その生々しさや迫力、衝撃において晶子の歌を超えるものは未だない。

東京日日の紙面に晶子は、三月一日から十二日まで、一回の休載を挟み、二首ずつ出産の歌を寄稿した。そのほとんどが後に歌集『青海波』に収められた。

二十二首の出産の歌が掲載された後、晶子はやっと息をつくような歌を詠んだ。

あたらしき芝居の噂人のして帰りし卓ににほふ花皿
わが宿世《すくせ》浮木に身をば縛られて明るき海に流されにけん
（三月十四日）

出産の苦しみや子を亡くした悲しみを抱えつつも、花の香りにふっと心が和むようになった。見舞客が話題にした新しい芝居への好奇心もよみがえる。この世に生きるのはままならぬことばかりだが、運命に流されつつも「明るき海」と思えるような心もちが、ようやく戻ってきたのだ。

連日、苦しいお産の歌を読まされた読者も、東京日日の担当記者もほっとしたことだろう。そ

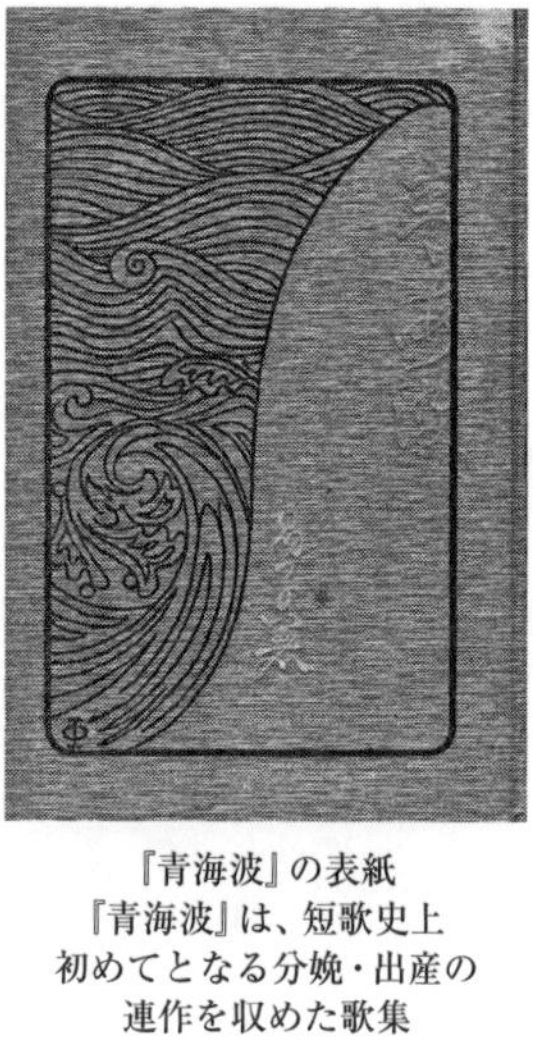
『青海波』の表紙
『青海波』は、短歌史上初めてとなる分娩・出産の連作を収めた歌集

の後、晶子の一面の連載は、翌年五月四日付紙面まで、実に一年二か月に渡って続いた。

このときの出産の歌は歌壇のみならず、新聞読者である一般の人たちにも強く印象づけられたようだ。五年後に、晶子が当時珍しかった麻酔分娩で五男を出産した際、読売新聞は「晶子夫人の無痛分娩」を報じる記事の冒頭に「悪龍となりて苦み猪となりて啼かずば人の生み難きかな」の一首を引用した。産みの苦しみを表現した連作のなかでも、三月一日紙面に掲載された歌は最も衝撃的な歌として広く記憶されていたことがわかる。

出産を詠い論じる

新聞に出産の歌を発表したのは大胆な試みだったが、たまたま連載開始と難産が重なったからではない。東京日日に歌を寄稿する二年前の春から、晶子は出産を最も重要な文学的テーマと捉えていた。

一九〇九年の三月十五日付の読売新聞には「産の床」と題する詩が掲載されている。

甘睡《うまゐ》せる我が枕辺に
音も無く物ぞ来れる。
静かなる胸を叩きて

傍らに寄り添ふけはひ。
（中略）
わが悩み早も残らず、
子よ、汝《なれ》を生みし夕の
うら若き母のまぼろし。

この月三日に、三男の麟が生まれたばかりだった。産を終えた充足感と夢うつつの状態がやや甘美に表現された幻想的な作品である。晶子はその後も陣痛や出産をテーマにした詩を書いたが、いずれも孤独感や死への恐怖が前面に出ており、「産の床」のような淡い幸福感はない。

同年三月十七日から二十日にかけては、東京二六新聞に「産屋《うぶや》物語」が載った。後に最初の評論集『一隅より』の冒頭に置かれる文章だ。「未だ産屋に籠っている私は医師から筆とることもものを読むことも許されておりません」と始まっている。

妊娠の煩い、産の苦痛《くるしみ》、こういうことは到底男の方にわかるものではなかろうかと存じます。（中略）私は男と女とを厳しく区別して、女が特別に優れた者のようにいばりたくて申すのではありません。同じく人である。ただ協同して生活を営むうえに互いに自分に適した仕事を受け持つので、児を産むからけがらわしい、戦争《いくさ》に出るから尊いというような偏頗《へんぱ》な考えを男も女も持たぬようにいたしたいと存じます。

「昔から女は損な役割」で、「劣者弱者」のように扱われていることに疑問を呈し、男女が協同し尊敬し合うことの大切さを説いた文章は、今日の課題とされている「男女共同参画社会」の基本を思わせる。今でこそ広く共有、共感されている概念だが、当時の読者には戸惑いがあったかもしれない。男女の「協同」について、実現にはどうすればよいかといった考察や、晶子自身がそう考えるに至ったきっかけなどは書かれておらず、文章の後半のテーマは文学作品における男女の描かれ方へ移ってしまうのだが、評論を書き始めた最初から晶子が男女の「協同」を重要な課題と捉えていたのは明らかだ。

文章のタイトルにある「産屋」は、出産の際に妊婦がこもる小屋のことである。たいへん古い言葉で、古事記の「国生み」の場面にも出てくる。時代や地域によって意味合いは異なるが、女たちが出産前後の期間において日常の労働から解放される憩いの場という一面もあった。悠久の生の営みを思わせる「産屋」という古い言葉をタイトルに冠し、内容としては男女が互いを認め合い協同すべきだという新しい思想を述べたのは、取り合わせの意外性を狙ったためだろう。そこに晶子の独創性を見ることができる。

前年秋に「明星」が終刊し、新聞や雑誌がこぞって晶子に原稿を依頼し始めた時期だった。歌人である晶子が、社会的なテーマを書こうとしてまず取り組んだのが男女の協同だったのは、それが彼女自身にとって最も関心があり切実な問題だったことを示す。その問題意識は自らの出産経験に根ざすものだった。二年後、晶子は「産屋物語」を最初の評論集『一隅より』の冒頭に置く。男女が支え合う社会について繰り返し提言した、晶子の原点と言うべき文章である。

忘れ難い痛み

出産というテーマに向けた晶子の思いは、詩と評論にとどまらなかった。一九〇九年四月十六日、晶子は読売新聞に小説「初産」を寄稿する。四回連載のごく短いものだ。

作品は、身重のお濱が停車場に夫を迎えに行くところから始まる。お濱は初婚だが、夫の芳之助は二度目の結婚である。勤めから帰ってきた芳之助は、停車場で待っていた妻を案じ、体が冷えたのではないかと訊ねる。お濱は坐っているより立っている方が冷えないだろうと答えるのだが、夫はそれをたしなめる。

「立っていたってそういう身体の時は冷えるものだ。」

「そうですか。」今の芳之助の言葉は女に子を産ました経験のある男のいうことだとお濱は憎かったのである。芳之助はお濱を案じるあまりによくいろいろのことをいう。その度にお濱は自分の夫は初恋で自分を思ってくれたのではないという苦《つら》い感じがするのであった。

お濱には夫の言葉がいちいち引っかかる。そして、夫にとっての初めての子どもは三年前に前妻との間に生まれた子であって、自分がこれから産む子ではないのだと、おなかの子がかわいそうでならなくなる。

結婚した女性にとって最初の妊娠・出産は、不安はあるにせよ、幸福な体験であるはずだ。けれどもこの作品には、悲しみが濃く漂う。夫婦の会話はリアルで、初婚の晶子と再婚の寛の間に交わされたやりとりを想像させる。

「初産」に見られるお濱の苦しみは、晶子自身の苦しみだった。妊娠・出産によって夫の過去、夫と他の女性との間に生まれた子どもの存在と否応なく向き合わざるを得ない苦痛を、恐らく晶子は長く持ち続けたのだろう。それを小説という形に昇華できたのは、初めての子を出産して六年後、四回の出産経験を経てからだったのだ。ごく私的な、それだけに切実な新妻の悲しみが描かれた「初産」は、小説としては未熟であっても、当時の晶子の苦悩や葛藤を知るうえで貴重な作品だろう。

この小説を書く九年前、一九〇〇年九月に寛と前妻・滝野との間に長男、萃《あつむ》が生まれている。晶子はその誕生を祝う歌を「明星」十月号に寄せた。

このあした君があげたるみどり子のやがて得ん恋うつくしかれな

「お祝ひまでに」と題した一首には、どんな思いが隠されていたのだろう。「明星」の同人で、晶子と同じように寛に心惹かれていた山川登美子も、同じ号に「高てらす天の岩戸の雲裂けてうぶごゑたかき星の御子かな」と寿ぐ歌を出している。作家、渡辺淳一は二人の歌について、「天子か君主さまの子でも生まれたかと錯覚するほどで、まさに教祖さまの御子の御生誕、といった感じである」(『君も雛罌粟われも雛罌粟』)と揶揄しているが、確かに二首のテンションは高い。二人は師への道ならぬ恋ごころを気取られまいと、競い合うように子どもの誕生を祝ってみせたのだろう。

晶子と登美子、寛の三人が京都・粟田山で一夜を過ごすのは、それから二か月も経たないころであった。晶子と寛の関係は急速に深まり、妻の滝野は翌年三月、夫と離別する意思をしたため た手紙を晶子に送る。その手紙に「何も〳〵ゆるし給へ」と感謝を述べた晶子であったから、恋がテーマである『みだれ髪』に、あえて「このあした君があげたるみどり子の〜」の一首を収めたのかもしれない。

しかし、「君があげたるみどり子」に対する複雑な思いはたやすく消えるものではなく、自らが出産を体験するとき、むしろ痛みを増してよみがえるのだった。一九〇二年十一月一日、晶子は長男、光を出産する。

白虹《びやっこう》の秋の日をさす眼は父に春のうれひの母おびし眉　『小扇』

光を詠んだ最初の歌とされるこの一首は、「明星」一九〇三年四月号に掲載された。誕生からすでに五か月がたっている。出詠と雑誌刊行の時期が一か月ほどずれるにしても、随分と遅い。多作で知られる晶子が、しかも萃が誕生した際にはその翌月の「明星」に掲載されるほど素早く「お祝ひ」の歌を詠んだ晶子が、なぜ翌年春に至るまで子どもを産んだ喜びを詠まなかったのだろう。歌自体も、目は父親似で眉は母親似と述べた、やや理の勝った表現で、「やがて得ん恋うつくしかれな」の伸びやかさに遠く及ばない。

「初産」を書いた一年後の三月、晶子は東京日日新聞の一面に出産の歌を発表した。評論、詩、そして小説において出産を取り上げてきた晶子が、最後まで出産をテーマにすることをためらったのが短歌だったのかもしれない。しかし、「初産」を書くことで夫に対する積年のわだかまりを乗り越えていた彼女に、迷いはなかった。難産と死産を通して見えた人間の生の本質こそ、晶子が描こうとした新たな主題であり、それを世に問うのに、新聞という最も影響力のあるメディアほど相応しいものはなかった。

第二章　表現の自由を求めて

君死にたまふことなかれ

与謝野晶子の作品で最もよく知られているのは、歌集『みだれ髪』と「君死にたまふことなかれ」だろう。『みだれ髪』が恋愛を大胆華麗に歌い上げたのに対し、「君死にたまふことなかれ」は、日露戦争に出征した弟の身を案じた真情あふれる詩である。

あゝをとうとよ君を泣く
君死にたまふことなかれ
末に生れし君なれば
親のなさけはまさりしも
親は刃《やいば》をにぎらせて

人を殺せとをしへしや
人を殺して死ねよとて
二十四までをそだてしや

日露戦争の開戦から半年ほどしか経たない一九〇四（明治三十七）年九月、「明星」に晶子の「君死にたまふこと勿れ」が掲載された。文芸評論家の大町桂月が「戦争を非とするもの」「余りに大胆過ぐる言葉」と批判すると、晶子は夫に宛てた私信の形をとった「ひらきぶみ」で「歌は歌に候」と述べ、歌詠みの自分は「後の人に笑われぬ、まことの心を歌いおきたく候」とやんわりとかわした。

大国ロシア相手の戦争に人々が熱狂しているとき、戦場の肉親を案じる詩が厭戦気分を助長するものだと危険視される可能性を、晶子は事前にどれくらい予測していたのだろう。全く考えなかったはずはない。当時の政府は厳しく言論を取り締まっていたからだ。

出版物の統制は明治のスタートと共に始まっていた。新政府は、図書出版が対象の「出版条例」、新聞や雑誌などの定期刊行物が対象の「新聞紙条例」という二つの条例によって、反政府的な言論活動を取り締まった。

図書出版については一八九三年、新たに「出版法」が公布される。「掲載内容事項の制限」「出版の差し止め、発売頒布の禁止、差し押さえ等の行政処分」などを盛り込み、条例よりも統制を強化した法律であった。一方、新聞紙条例の方は何度か改正を重ね、一八九七年の改正では内務大臣の新聞紙発行禁停止権と発売頒布差押権、また行政処分による新聞の発行禁止が廃止されるなど、内容が緩和されていた。

一九〇九年三月、新聞紙条例の報道規制をさらに緩めようと、記者経験のある代議士らが議員立法で新聞紙法案を提出した。きっかけは前年東京・日本橋で起きた殺人事件だった。当時、裁判に付すかどうか定まらない予審中の事件については条例で報道が禁じられていた。それにもかかわらず事件を報じた東京日日新聞や萬朝報など十四社が条例違反で起訴されたため、新聞各社で新法を求める機運が高まったのである。法案には、予審中の事件報道の規制の廃止、裁判所による発行禁止処分の廃止などが盛り込まれた。

ところが国会で成立した「新聞紙法」は、予審中の報道規制の禁止など原案の肝心な部分がすっかり抜け落ちた内容に変わっていた。それどころか、いったん廃止されていた発行差し止めや差し押さえ処分といった行政処分が再び盛り込まれたうえ、内務大臣の行政処分権が拡大されるなど、厳しさを増した内容となっていた。法案の提出が、言論統制を強めようとしていた政府に都合よく利用された形であった。

各紙は権力の前に消沈し、新聞紙法に対する批判も低調だったが、この年の十月、晶子は三十首の歌で昂然と言論統制に対して抗議の意を示した。

「灰色の日」の憤り

一九〇九年十月、文芸誌「新声」に晶子の連作「灰色の日」三十首（34－35ページに収録）が掲載された。タイトル通り、全体に灰色にくすんだような重苦しい雰囲気の連作だ。『みだれ髪』の絢爛な色彩感はなく、王朝文学をこよなく愛した晶子とは思えぬ、憤りをあらわにした歌が冒頭から並ぶ。

願ふことあき足らぬこといと多し腹立たしさも打まじりつつ
かかる時をのこなりせば慰むるわざの一つに雄誥《をたけび》をせん
わが住むは醜き都《みやこ》雨ふればニコライの堂泥に泳げり

「現実がこうであったら……と願ったり、物足りなく思ったりすることばかり多い。その中には腹立たしさも混じっている」「こんなとき私が男であったなら、腹立たしい気持ちをなだめるために雄たけびを上げてしまうのだけれど」「私の住んでいるのは本当に醜い都市だこと。雨が降ればニコライ堂のあるあたりは泥だらけになってしまう」――。一、二首目は、やりきれなさや怒りが強い言葉で詠まれている。三首目では東京を「醜き都」と断じる。

「雨ふれば～泥に泳げり」というのは、当時の東京では雨が降ると地面がぬかるんで歩けなくな

「新聲」（一九〇九年十月号）

灰色の日

與謝野晶子

願ふことあき足らぬことといと多し腹立たしさも打まじりつつ
かかる時をのこなりせば慰むるわざの一つに雄誥《をたけび》をせん
わが住むは醜き都《みやこ》雨ふればニコライの堂泥に泳げり
あかき旗とりて少女《をとめ》もまじれるをさらさら憎き事と思はず
浪華《なには》ぶし活動写真小田原の金次郎をばよろこべる国
いにしへも検非違使《けびゐし》などは文学を知らざるをもて愧《は》ぢざりしかな
清原の女《ちよ》も石川の女郎《いらつめ》もこの大御代に用無しとする
都をば泥海となしわが児等に気管支炎を送る秋雨
わが草紙《さうし》水仕に裂けし赤切の赤き指もて国を呪詛する
長雨の泥の都に金貸《かねかし》と邪険《じやけん》の医者と行きかへるかな
この都宵の十時を過ぎぬれば人通り無し行く芝居なし
わが背子は世の嘲りを聞くたびに筆をば擱《お》きて物を思へる
飼犬に口輪箝《は》むると小説を禁ずる触《ふれ》と行はれたる

破らむはPAN《パン》の会なるみやび男《を》がかの学校のわかき女優か
高価なる専売局の葉巻をば買はむとぞ思ふ違勅ならずや
鹽屋《えんや》てふこのあはれなる将軍は世界の罪を一人被《き》んとす
小田原の金次郎をば説く日のみ哲学博士大声を揚ぐ
おもしろきCAFE《カフエ》だに無き都にて友よ何をか語らんとする
教育を見世物にする教師達をとめの為めに檻を造れる
おほぎみは猶も尊し上方《かみがた》に育ちし我の習ひなるかも
わかき子の海のあなたを慕ふことこれにまされる呪詛のあらんや
蒼蠅《さばへ》なす新聞記者と雑誌記者を坑埋《あなうめ》にする暴君もあれ
百台の電車停《とま》るをめづらしとせざる都に人として居る
灰色の雨の都にこゑ悪ろき露西亜麺麭売《ろしやぱんうり》の鬼ぞすだける
わが国にDILETTANTE《ディレッターント》は未《いま》だ無し然か云ふ人に目の無きが如
味のなき安小説《やすせうせつ》を買はんよりかの露西亜麺麭《ろしやぱん》を噛《かじ》るまされり
わが歌のかたはしをだにかの長者その宰相は知らずやあるらん
この国の上卿《じやうけい》達がなげゝるは惨《みじめ》なるかな銭の無きこと
新しき荷風の筆のものがたり馬券の如く禁ぜられにき
威嚇せよ駭《おどろ》かしめよさて後に貴《あて》にしづかに思はむべく。

るほどだったことを指すのだろう。一八八九年から始まった都市整備事業は財政難のために遅々として進まず、田山花袋もそのころの東京を「泥濘の都会」と表現している。上下水道の工事などの事業が一応完成したのは一九一四年だったから、「灰色の日」の発表されたころはまだニコライ堂あたりの工事も終わっていなかったのだろう。

雄たけびを上げたくなるほどの「腹立たしさ」は、この時期の言論統制に向けられたものだった。「灰色の日」の最後から二首目には、その憤りの原因が示されている。

新しき荷風の筆のものがたり馬券の如く禁ぜられにき

晶子がこの歌を発表した一九〇九年時点での「新しき荷風の筆のものがたり」、永井荷風の最新作と言えば、同年九月に出版された短編集『歓楽』である。出版されるとたちまち発禁処分となった。表題作の「歓楽」は同じ年の七月、月刊「新小説」に掲載された際にも発禁処分となっていた。単行本は、表題作の「歓楽」と、「監獄署の裏」の二編が問題とされた。

荷風にとって、この年は発禁処分続きだった。三月に刊行された『ふらんす物語』もすぐ発禁となった。「新しき荷風の筆のものがたり」の「新しき」には、「『ふらんす物語』に続いて、今度の『歓楽』も!」という憤りが滲むようだ。荷風の『歓楽』が発禁処分になる一か月前には、晶子が尊敬してやまない森鷗外の「ヰタ・セクスアリス」を掲載した「スバル」第七号も発禁処分になっていた。

当時の出版法は、発行日の三日前に製本したもの二部を内務省に届け出ることを義務づけていた。内務省警保局の検閲官が「安寧秩序を妨害」あるいは「風俗を壊乱」する可能性があると見なせば、発売・頒布は禁止され、刻版・印本は差し押さえられた。発禁処分は内務大臣の専権事項だった。

警視庁統計書によると、一九〇六年に発禁処分を受けた出版物は四四〇件だったが、翌〇七年には八倍以上の三、五六四件に跳ね上がる。〇八年は四五一件と減ったものの、このころから特に文学作品に対する処分が増えてゆく。「灰色の日」が発表された〇九年、文学者は常に検閲を意識せざるを得ない状況だった。

晶子がこの歌を詠んだ前年の一九〇八年十月、政府は馬券の売買を禁止した。幕末に輸入された競馬は、軍馬の育成や飼養技術の向上を資する面もあると考えられ、民間の競馬会社によって各地で盛んに催されるようになっていた。一八八一年から十年以上にわたって明治天皇が根岸競馬に行幸するなど、鹿鳴館外交と同じように欧化政策の一環でもあったようだ。しかし、桂内閣は市民の射倖心をあおることを懸念し、馬券の発行を禁止した。

競馬という新しい娯楽を喜んでいた人々をがっかりさせた政府のやり方を、晶子は荷風の小説の発禁処分と重ねたのである。

夏目漱石の『三四郎』にも競馬は登場する。馬券を買ったため金策に困った友人に、三四郎が金を貸す場面があるのだ。三四郎自身が馬券を買ったと誤解した美禰子から「馬券であてるのは、人の心をあてるよりむずかしいじゃありませんか」と諭されてしまうという、ちょっと笑える箇所である。この場面が書かれたのはまだ馬券が発行されていた時期だった。『三四郎』は、一九〇八年九月から十二月にかけて東京朝日新聞に連載されたが、漱石が原稿を書き始めたのは八月中旬、脱稿は奇しくも馬券販売を禁じた閣令が発せられた十月五日だった。

発禁処分と抑圧

晶子が出版物に対する権力の弾圧を最初に目の当たりにしたのは、一九〇〇年十一月、「明星」第八号が発禁となったときだ。新詩社に入ってわずか半年後の出来事だったから、衝撃は大きかった。

「明星」第八号の発禁処分は、一條成美《いちじょうせいび》の描いた裸の女性のイラストが「風俗を壊乱する」と見なされたためだった。このイラストは、与謝野鉄幹と上田敏の二人による白馬会の合評対談のページを飾っていた。白馬会は黒田清輝を中心に結成された洋画家の団体で、画壇の新派であった。対談のテーマの一つが裸体画だったため、一條は内容に即したカットを描き、それが対談のページに置かれたのだろう。皮肉としか言いようがない。明治期はまだ、女性の裸体画が風俗を乱すという理由で警察が美術展に介入し、その一部を布で覆って展示した「腰巻き事件」などが起こる時代であった。
「灰色の日」には他にも発禁処分の相次ぐ状況を嘆く歌がある。

飼犬に口輪箝《は》むると小説を禁ずる触《ふれ》と行はれたる
蒼蠅《さばへ》なす新聞記者と雑誌記者を坑埋《あなうめ》にする暴君もあれ

一首目の背景には、狂犬病の流行がある。当時、各地で狂犬病が広がっており、東京でも深刻な問題となっていた。一九〇九年五月、警視庁は「畜犬取締規則」を定め、犬を飼う人に首輪の装着や死亡の届け出などを課した。特に人を咬む恐れのある犬には「口輪または箝口具」をはめるよう義務づけた。晶子はその年のトピックス二題として、口輪をはめられる哀れな犬と、理不尽な発禁処分を受ける文学者とを一首の中で並べてみせたのだ。
焚書坑儒の故事を踏まえた二首目は、新聞紙法による言論統制を意識している。「さばえなす」とは、「夏のハエのように騒がしい、煩わしい」という意味だ。こんなにも発禁処分が相次ぐならば、いっそ権力にとって都合の悪いことを書き立てる「新聞記者と雑誌記者」を生き埋めにする「暴君」がいてほしいものだ、と言い放った反語的表現だろう。秦の始皇帝がかつて自分を批判した疑いのある儒学者らを生き埋めの刑に処した故事さながらに、表現の自由が制限されていく情勢に、晶子が危機感を募らせていたことの伝わってくる二首である。

当時「発禁」は、文学者のみならず誰にとっても身近な出来事だった。新聞にはしばしば「左記の出版物は発売を禁止され残本を差押へられる」などと書籍のタイトルを列挙した一段のベタ記事が載った。「安寧秩序を紊乱するものと認められ」と理由を記した記事もあったが、ただ発禁の事実と書名のみ列挙することが多かった。読者は『原始的共産制』『純生社会主義哲学』といったタイトルから、政府の意向を読み取るしかなかった。

一九〇九年十二月の東京朝日新聞に、内務省警保局検閲課の内情を調べた記事がある。記事によると、検閲課には八人しかおらず、五人は新聞法、三人が出版法に関わる出版物の検閲に携わっていた。この年十一月の出版法による出版物は三、三一四点で、一日にチェックすべき点数は検閲者一人あたり三十点を超える計算だ。記事は「風俗壊乱の点数は都鄙を問わず誠に盛んなるもの」であり、「検閲課の繁忙は目も当てられぬ有様なり」と少々からかい気味に書いている。

名指しの大臣批判

晶子はこうした社会的状況を深く憂え、明確な意図をもって「新声」に連作を寄稿したと考えられる。「灰色の日」を発表した十月、新聞にも同様の社会批判の歌を寄稿しているからだ。

わが住むは醜き都《みやこ》雨ふればニコライの塔泥に浮べり

都をば泥海となしわが児等に気管支炎を送る秋雨
をみなにて歌よむ我をかの大臣《おとど》その将軍も知らずやあるらむ
英太郎東助と云ふ大臣《だいじん》は文学を知らずあはれなるかな
新しき荷風の筆のものがたり馬券の如く禁ぜられにき

十月十五日付の東京毎日新聞に掲載された五首である。三、四首目は新作だが、一、二、五首目は「灰色の日」一連に含まれている歌とほぼ同じだ。当時の晶子は、既に発表した歌を別の媒体に転載することもあった。

四首目に詠まれている「英太郎東助」は、前年七月に成立した第二次桂内閣の文部大臣・小松原英太郎と内務大臣・平田東助を指す。この二人こそ、当時の言論統制に深く関わる中心的人物だった。

第二次桂内閣が発足した一九〇八年、首相は外交や軍備、教育など十二項目にわたる政綱を公表した。その中の「内務」の項目には、「社会主義に係る出版・集会等を抑制してその蔓延を防ぐべきなり」と、社会主義思想対策が明記されている。新聞紙法の施行とそれに基づく発禁処分は、この政綱に基づくものである。

平田東助は内務省のトップになる前は内務省法制局長官を務め、政治集会やデモを取り締まる治安警察法案を議会に提出した人物だ。法制局長官当時の内務次官が小松原英太郎だったというのも因縁めいている。政治的な集会や結社、言論活動を制限するこの法律は、第二次世界大戦後に廃止されるまで、長く人々を苦しめた。また、平田は内閣入りしてまもなく「戊申詔書《ぼしんしょうしょ》」の案を閣議に提出したことでも知られる。詔書とは天皇の発給する最高の文書で、戊申詔書は社会主義思想の広がりの抑制と、市民生活における勤勉と倹約を奨励する内容だった。

晶子は、こうした状況を踏まえ、出版統制に関わる「英太郎東助」は文学の何たるかも知らない、と揶揄したのである。三首目の「大臣」は小松原文部大臣、平田内務大臣、「その将軍」は二人の仕える内閣総理大臣であり、陸軍大将や軍事参議官を務めた桂太郎だろう。時の総理と二大臣は、文学を解さず、女の身で短歌を詠んでいる自分のことなどご存じあるまい、と皮肉ったのである。

五首の最後が「新しき荷風の筆のものがたり～」であることからも、晶子がこの五首の連作で、相次ぐ発禁処分に抗議しようと意図したのは明らかだ。「灰色の日」三十首に比べれば歌数は少ないが、現役の大臣二人を名指しで「文学など知らない人たちだ」と憐れんでみせた表現は痛烈であり、新聞紙上に発表するのは大胆なことだった。

「長者」と「宰相」

わが歌のかたはしをだにかの長者その宰相は知らずやあるらん

「灰色の日」には、東京毎日新聞に載った「をみなにて歌よむ我を〜」と似た一首が入っている。「私の詠む歌の一端さえも、あの長者や宰相はご存じないのだろう」。「宰相」は桂太郎だろうが、「かの長者」とは誰を指すのか。可能性が高いのは実業家、大倉喜八郎である。歌が詠まれた三年前に、文芸奨励のために大金を投じることが話題になっていた。

大倉喜八郎は、一八三七（天保八）年に新潟県で生まれ、商家で丁稚奉公した後、一代で巨額の財を築き上げた。貿易、製鉄、建設など数多くの企業を興し、鹿鳴館や帝国劇場、帝国ホテルを設立した。自身の還暦を記念して、東京経済大学の前身となる商業学校を創設したのは、当時よく知られた美談だった。

一九〇六年に今度は古稀を迎えるにあたり、大倉は自分の愛好する浄瑠璃と狂歌の新作を募集し、祝賀を盛り上げようと計画していた。それを知った小説家、石橋思案が雑誌で、「僕は思わず拍案驚喜！」「文学のために万金を惜しまぬ度量は洪大無辺」などと手放しで大倉のアイディアを褒めちぎった。その記事を見た大倉は、「世の文学者という人々の中に、氏のいうように困っている人があるならば、私も道楽に多少の金は出してもよろしい」と、文学奨励のために五百円寄付することを申し出た。

五百円というのは相当な額だ。同じ年に刊行された夏目漱石の『坊っちゃん』に、近い額が出てくる。両親が他界した後、主人公の「おれ」が、仲の悪かった兄から「これを資本にして商売をするなり、学資にして勉強をするなり、どうでも随意に使うがいい」と、手切れ金のように「六百円」を渡される場面である。坊っちゃんは「なんの六百円ぐらい貰わんでも困りはせん」と思いはしたが、一応受け取って物理学校（東京理科大学の旧称）で学ぶ。教師になった坊っちゃんの月給は四十円となっているから、大倉の「五百円」は高給取りの年収くらいに相当したわけだ。

大倉が文芸奨励のために提供した五百円は、石橋思案に託された。石橋は「文芸倶楽部」誌上で「滑稽作物」を募集し、大倉の古稀を祝そうとしたのだが、金満家にすり寄るような企画は文壇から大きな反発を受け、最後はうやむやになってしまった。

それにしても、時事的な出来事を詠んだ連作「灰色の日」の中で、晶子はなぜ三年も前の長者・大倉の文芸奨励を題材にしたのだろう。「長者」と「宰相」を並べた意図は何だったのか。

歌が詠まれた一九〇九年は年明けから、優れた文学作品に相応の報酬を与え、文学者を保護する政府の「文芸院」設立の是非を巡る論議が盛んに繰り広げられていた。出版物の発禁処分が相次ぐ中、政府による文芸の保護や奨励という案に対する不信や抵抗感は大きかった。晶子も文芸院設立の動きに警戒心を抱く一人だった。


それですぐに文士の生活が順境に赴くものでもなく、千や二千の賞金を文部省が懸けたからと申して大作がすぐに現われるものでもありません。（中略）文学者の側から見ますると、なんぼ多年の虐待に苦しんでいるとはいえ、文部省の保護や優待を受けて文学が栄えるもののように思うのは文学の性質を知らない人の考えです。大学の独立を唱えるのと同じく文学もまた政府から離れて独立すべきもので勿論あろうと思います。（中略）正直に申せば文芸院などは文学のために何の必要もないと申してもよろしい。ですから文学者の側では誰も文芸院の設立などに、大した期待を繋《か》けてはおりません。少しは無法な発売禁止が減じはしないかくらいのところですが、それもあてにはなりかねます。

（『一隅より』）

「多年の虐待」「無法な発売禁止」と、晶子は政府の厳しい文芸取り締まりを正面から批判し、まともな文学者なら、政府からの褒賞などに何の期待もしない、文学とはそんな保護や奨励とは関係のないものだと高らかに述べた。

文芸院設立計画の発端となったのは、文芸評論家、長谷川天渓が一九〇六年六月号の「太陽」に寄稿した「文芸院の設立を望む」である。ちょうど大倉喜八郎が文芸奨励の提案をした年だ。長谷川は、美術家や工芸家が宮内省の運営する帝室技芸員という制度によって保護・奨励されている一方で、文学者は冷遇されていることを問題視した。優れた文学作品に相応の報酬を与えたり、それらを海外に紹介したりすることで、文学者を保護せよ、という主張には、権力による恣意的な検閲を防ごうとする意図も含まれていた。

この時代の文学者たちにとって、相次ぐ発禁処分に対する一番の悩みは、取り締まりの具体的な基準や方針が全く示されないことだった。処分の理由は「安寧秩序を妨害」か「風俗を壊乱」

のどちらかだが、出版物のどの部分がどういうふうに問題なのか具体的な判断内容は示されず、文学者は不信と不安を抱くばかりだった。長谷川には、文芸院を設け眼識ある委員が出版物を判定することで、行き過ぎた検閲を抑制し、文学の保護、奨励を図ろうとする目論見があったと思われる。

当時の新聞や雑誌は文芸院設立の是非を文学者や識者に問う特集を組んだが、構想自体が漠然としていたので、意見もまちまちだった。晶子のように文芸院に対して懐疑的な文学者は少なくなかったが、長谷川は根気強く「文芸審査員必要」「文芸の取締に就いて―文芸院の設立を望む―」などの文章を発表し続けた。それを受けて新聞や雑誌も少しずつ実現化に向けた政府側の意向を取材するようになっていったのである。

一九〇九年の年明けから「灰色の日」が詠まれた秋までは、文芸院設立に関する議論が最も熱く展開された時期であった。一月半ば、小松原文相が文学者たちを食事会に招待したことが明らかになり、メディアは一気に色めき立つ。各紙には「いよいよ文芸院の設立か」（国民新聞）、「官邸の晩餐会、文芸院設置如何」（横浜貿易新報）、「文相文士懇話会　平田内相も参加す　話題は文芸の保護、文芸院設立論」（東京朝日新聞）などの見出しが躍った。

食事会当日の十九日、夏目漱石、森鷗外、上田敏ら九人が文相官邸に赴いた。文部次官や専門学務局長ら文部省のメンバーに加え、平田内相、内務次官らも出席した。文芸を奨励しようとする文部省のみならず、出版物を取り締まる内務省の役人も顔を揃えたのである。

その半年後の七月には、文芸院の予算が計上されたことが各紙に報じられるが、後に誤報と判明する。ようやく政府が「穏健優秀な文芸的著作物の発達を奨励」するために、文芸院ならぬ「文芸委員会」設置について公布するまでには、それから二年ほどの歳月が必要だった。

「わが歌のかたはしをだにかの長者その宰相は知らずやあるらん」は、まさに文芸奨励のあり方について新聞や雑誌で盛んに議論されていた真っただ中に詠まれたものだった。晶子は政府による文芸奨励も大倉喜八郎のような資産家の文芸支援も、共に危ういものと警戒した。権力やカネと癒着すれば、必ず筆鋒は鈍る。どんなに金銭的に困窮しようが、それだけは避けたいと考えていたのだ。

「悲しきこと」

連作「灰色の日」の大きなテーマは、文学が軽んじられ発禁処分の相次ぐことに対する批判、そして、文学が権力に取り込まれることへの懸念と嫌悪だった。

この国の上卿達《じやうけい》がなげゝるは惨《みじめ》なるかな銭の無きこと

「上卿」は、平安、鎌倉時代の朝廷において政務や儀式を指揮した役職だ。現代の大臣たちを昔の役職名で呼び、「銭の無きこと」ばかり嘆いているのは惨めなことだ、とやんわり批判した歌なのである。

明治維新を経て近代国家としてスタートしたときから、政府は財政難に苦しんでいた。廃藩置県と地租改正によって全国から徴税する新しいシステムが作られたものの、工業化を急ピッチで進めるには資金はいくらあっても足りなかった。日清戦争に勝って得た賠償金でひと息ついたのもつかの間、日露戦争に要する多額の戦費を国内外の公債で賄ったため、財政は火の車だった。

政府は日露戦争中に所得税を上げ、たばこや塩の専売制で歳入増加を図ろうとした。煙草専売法は一九〇四年、塩専売法は一九〇五年に公布された。「灰色の日」の十五首目にある「高価なる専売局の葉巻」は、一九〇七年から専売局が葉巻の製造を直営で行うようになったことを指している。

明治政府は常に「銭の無きこと」を訴える政府であり、晶子はそこに失望感を抱いていた。彼女は政府にもっと国の歩むべき方向を示すなど、高い理想を掲げてほしいと願っていたのではないか。

政治や人生の目的は金銭ではない、と晶子は考えていた。その思想は、一九一一年一月の「太陽」に寄稿した「婦人と思想」に示されている。

現今の男子は皆金銭を欲して物質的の利を得ることに努力している。それがためにたくさんの営利事業が起こり、幾多の資本家を富ましめ、多数の労働者が働いてはいるが、さて何故に金銭を要するかという根本問題について考えている人はきわめて少ないのである。ただ盲目的に金銭の前に手足を動かしているに過ぎない。従って今の富といい、経済というものは人生の最も有用なる目的のために運用せられずに、皮相的、虚飾的、有害的な方面に蓄積し交換せられる結果となり、（中略）経済学とか社会学とか商業道徳とかいうことは講壇の空文たるにとどまって毫も実際生活に行われていないのである。

「物質的の利」ばかりを追求しているという言葉は、まるで現代日本への批判のようだ。一部の資本家ばかりが富を得、それが有効活用されていない状況を晶子は嘆いた。

当時の与謝野家には子どもが六人いて、そのうち三女の佐保子は経済的な理由で里子に出されていた。この文章を書いていたころの晶子は双生児をみごもっており、一人は死産、一人は里子に出すことになる。定期的に萬朝報、都新聞、東京二六新聞、大阪毎日新聞、東京毎日新聞、「少女の友」「女子文壇」「中学世界」などに寄稿していたが、書いても書いても原稿料は生活費に消えていった。そんな状況にありながら、「物質的の利」のみを求めることに晶子は強い反発を感じた。

われの云ふ悲しきことと世の人の悲《かな》しむことと少しことなる

「灰色の日」一連を発表した四か月後の一九一〇年二月、東京毎日新聞に掲載された歌である。「世間には税金が高いことや家計が苦しいといった物質的な欠乏を悲しむ人が多いが、自分の思う『悲しきこと』はそれとは違う」——どんなに経済的に逼迫しようと、そのこと自体は晶子にとって苦にならなかった。文学者として生きる覚悟を決めた彼女は常に高みを目指した。だから、個々人が自由に生きる新時代を目指すはずだった近代化が、単なる資本主義化にとどまっていることに深い失望を感じていたのだ。政府までが「銭の無きこと」を嘆く状況こそ、晶子にとって「悲しきこと」にほかならなかった。

この歌が発表された二月、帝国議会で予算案が通過し、翌年五月、文芸作品の保護・奨励に努める「文芸委員会」が正式に成立した。

『春泥集』の思惑

社会のさまざまな出来事を詠んだ「灰色の日」一連は、そのままの形では歌集に入れられなかった。晶子の第九歌集『春泥集』（一九一一年）には、一九〇九年五月から一一年一月にかけて作られた約六百首が収められているが、「灰色の日」三十首のうち、入っているのはたったの七首である。しかも、もともとの連作の形ではなく、ばらばらに収められている。

第一歌集『みだれ髪』、第二歌集『小扇』、その次に刊行された夫との合著歌集『毒草』までの三冊は、「臙脂紫」「白百合」といった章題を付けて分けられているが、その後の晶子の歌集には章立てがない。雑誌や新聞に発表された連作が必ずしも元の形でないことは、晶子が制作時期にこだわらず、歌集全体の雰囲気、読者が読み進めるときの気分といったものを考えて並べ変えたことを思わせる。『春泥集』にも同様の意図が働いているのだろう。

けれども、いくら晶子が多作だったからといって、「灰色の日」三十首のうち七首しか収めていないのは少なすぎる。発禁処分を受ける刊行物の多かった時代、やはり「国を呪詛する」や「この国の上卿たち」といった言葉を詠み込んだ歌を歌集に入れることに危険を感じたからではないか。

歌集に入らなかった歌を見ると、まず、「腹立たしさ」「雄詰《をたけび》」「暴君」といった強い言葉のあるものが落とされている。それから、言論弾圧を批判した「飼犬に口輪」や、当時の社会風俗、特定の事件や事故を詠んだ歌も入れられていない。

『春泥集』に入れられた七首のほとんどは、全く雰囲気の異なる前後の歌に挟まれ、連作

『春泥集』は布装で、装丁画は藤島武二、挿画は中沢弘光という美しい歌集

で読んだときに感じられる陰鬱な気分を失っている。かろうじて、「新しき荷風の筆のものがたり馬券の如く禁ぜられにき」の一首だけが、正面切って政府を批判した歌と言える。

恐らく、この「荷風」の一首を入れるだけでも、晶子にとってはかなり勇気を要することだった。そのことを思わせるのは、歌集冒頭に置かれた上田敏の文章「春泥集のはじめに。」である。第一歌集ならわからなくもないが、九冊目となるベテラン歌人の歌集にこうした序文が付けられるのは珍しい。しかも延々二十八ページにも及ぶ。木俣修は「筆者の深い学識から発した一種の抒情詩論といったようなもの」と評しているが、この序文こそ、歌集が発禁処分とならぬよう、晶子が講じた防衛策だったのではないか。

『海潮音』の名訳で知られる上田敏は、鷗外と共に「明星」を長く支えた理解者であり、『春泥集』の刊行当時は京都帝大教授だった。彼の文章を載せることは、一種の「お墨付き」だったと考えられる。

上田は「春泥集のはじめに。」で、「詩人の言語は、その時時の用を足す符号ではなく、心の状態そのものを明らかにする象徴であるから、（中略）痛切に、親密に、ある時はぎょっとするほど突っ込んでくるものだ」などと述べ、最後は「日本歌壇における与謝野夫人は、古の紫式部、清少納言、赤染衛門等はものかは、新古今集中の女詩人、かの俊成が女に比して優るとも劣ることがない。日本女詩人の第一人、後世は必ず晶子夫人をもって明治の光栄の一とするだろう」と最大級の賛辞で結んでいる。これほど上田敏帝大教授が褒め称える歌集を、そう無碍に発禁にはできなかっただろう。

文芸委員会のその後

文芸奨励のために設立された文芸委員会の最初の仕事は、優れた文学作品の顕彰であった。一九一二年一月十三日、前年に出版された作品四十一点が奨励対象の候補とされ、選考作業が始まった。委員会のメンバーだった鷗外の日記によると、最終候補に残ったのは、夏目漱石の『門』、島崎藤村の『家』、正宗白鳥の『微光』、永井荷風の『すみだ川』、谷崎潤一郎の『刺青』、そして与謝野晶子の『春泥集』という六作品だった。

ところが、委員らの意見が、どうしてもまとまらない。結局、候補になった作品ではなく、坪内逍遥の長年にわたる翻訳や演劇活動などに対して「文芸功労賞」を授与する形がとられた。つじつま合わせの表彰であった。

文芸委員会の活動は、坪内逍遙を表彰した後、事実上の休眠状態に入る。そして、一九一三年六月十三日、文芸委員会の「廃止ノ件ヲ裁可」する官報が告示され、長年にわたって検討された文学者の保護、奨励政策はあえなく幕を下ろしたのだった。

＊引用した「君死にたまふこと勿れ」は、「明星」（一九〇四年九月号）の表記に倣った。

第三章　社会事象を追う

コメンテイター晶子

一九〇九（明治四十二）年秋に発表された「灰色の日」は、全編が時代に対する痛烈な批判である。年月がたったため、現代の私たちには、歌に詠まれたさまざまな風俗や事件がほとんどわからなくなってしまっているが、当時の時代背景がわかると、晶子のまなざしが生き生きとよみがえる。この連作は、大きな列車事故を取り上げたかと思えば、人気グルメ情報や汚職事件、流行しているエンターテインメント紹介が盛り込まれており、同時代の読者は、ワイドショーを見るように楽しんだのかもしれない。晶子はさしずめ、歯に衣着せぬ辛口のコメンテイターといったところだろう。

百台の電車停《とま》るをめづらしとせざる都に人として居る

「百台もの電車が止まってしまう状況さえ特に珍しいと思われなくなった首都に、私も都会人として生きている」――。東京市内に路面電車が走り始めたのは一九〇三年で、この歌が詠まれた六年前だ。電車はまだ目新しい乗り物で、走行中の電車に飛び乗ろうとしてけがをする人が後を絶たなかった。また、運転技術の未熟さや軌道に入った石などが原因で電車が止まるトラブルが度々起こった。それにしても「百台の電車」は誇張表現なのか、実際の出来事だったのか。「灰色の日」の作られる八か月ほど前、東京朝日新聞に「電車の事故多し」という見出しで、一月三十日午後七時ごろ起きた脱線事故の記事が載った。四谷行きの電車が数寄屋橋の交差点で脱線し、復旧作業がなかなか進まなかったため、日比谷から歌舞伎座前まで「百余台の電車立往生をなし」たという。一月のことで「寒気甚だしく」「乗客は非常に迷惑したる」状況だったが、約一時間後にようやく復旧した。

同じ紙面には、この事故を筆頭に、車掌の不注意で乗客が路上に落ちて重傷を負った事故、線路に砂利が入ったのが原因で起きた脱線事故の記事が並んでおり、当時の事故の多さがわかる。

電車事故を詠む二年前、晶子は童話「金魚のお使」を発表した。三匹の金魚が「太郎さん」に代わり、新宿から「甲武線の電車」に乗ってお使いに出かけるというストーリーだ。新しい乗り物を登場させたのは、子どもを喜ばせようという狙いだけでなく、表現者としての関心の広さも表れている。「百台の電車」が止まるという事故は首都ならではの光景であり、そうした大事故にもはや驚かない自分、都市の変化の速さに順応している自分を何だか感心して眺めているのが面白い歌だ。

電車は今も残る名詞だが、「灰色の日」には一時的に流行したものも詠まれている。「ロシアパン」はその一つである。

味のなき安小説《やすせうせつ》を買はんよりかの露西亜麺麭《ろしやぱん》を噛《かじ》るまされり
灰色の雨の都にこゑ悪ろき露西亜麺麭売《ろしやぱんうり》の鬼ぞすだける

歌の意味は、「味のない廉価な小説を買うよりも、ロシアパンをかじる方がましだ」「雨が降る灰色の都に、声が悪く見慣れぬ風貌のロシアパン売りがぞろぞろ歩いている」だが、「ロシアパン」がわからないと歌の意図するところが理解できない。

「ロシアパン」は、ライ麦粉を多く含む大ぶりの黒パンで、明治の終わりごろ東京で人気を集めた。「灰色の日」が発表された一九〇九年の四月、夏目漱石は日記に「昨日は本郷の通りで西洋人がパン〳〵と云つて箱をひいて歩いてゐた」と書いている。同じ年の八月には、東京のみならず千葉・房総にまでパンを売るロシアの行商人の声が聞かれたという人気ぶりが読売新聞で紹介された。

一首目の「味のなき安小説」は、明治二十年代からブームになっていた探偵小説だろうか。安価で毒にも薬にもならない流行小説を買うくらいなら、ロシアパンをかじった方がましだ、というのだ。ここには、荷風や鷗外の小説を相次いで発禁処分にした政府への批判がこめられている。

二首目からは、晶子が実際に何度か呼び売りの声を聞いていたことがわかる。「灰色の雨の都」は、連作のタイトル「灰色の日」と響き合い、時代を憂える晶子の気分が伝わってくる。そうした重苦しい心情と、ロシアパンの呼び売りののんきな声のちぐはぐさによって、奇妙なリアリティが生まれている。当時の読者の多くは、呼び売りの声やパンの味をまざまざと思い浮かべつつ、この歌を味わったに違いない。

「ロシアパン」のような固有名詞のほか、今では誰のことかわからない人名も出てくる。

塩屋《えんや》てふこのあはれなる将軍は世界の罪を一人被《き》んとす

「塩屋というこの哀れな将軍は世界中の罪をたった一人でかぶろうとしている」——「塩屋」は、陸軍中将だった塩屋方圀を指す。退役後の一九〇六年に、渋沢栄一らと大日本水産株式会社の創立発起人となり、社長に就任した。ところがその三年後、塩屋は会社の小切手を偽造し七十五万円もの大金を使い込んだ罪に問われる。

晶子が「灰色の日」の連作に取り組んでいた九月、新聞は連日この横領事件の公判を取り上げた。塩屋のほかに八人が共謀したとされたが、塩屋は「自分の専断」でやったと述べ、見出しには常に「塩屋中将」の名が登場した。今の貨幣価値にして大体二十億円に相当する額を一人で使い込んだというのは不自然であり、スケープゴートに仕立てられた感があった。晶子は塩屋を「あはれ」と言うことで、そうした納得し難い審理を嗤ってみせたのである。

「時の人」金次郎

当時の東京では、寄席や歌舞伎などさまざまな娯楽が人々を楽しませていた。中でも浪花節と活動写真は絶大な人気を誇る新しい娯楽だった。「灰色の日」には、その二つを詠み込んだ一首がある。

浪華《なには》ぶし活動写真小田原の金次郎をばよろこべる国

「浪華ぶしや活動写真、そして小田原の金次郎なんてものを喜ぶ国よ」——。「浪華ぶし」は、三味線の伴奏に合わせて語られる俗謡だ。明治中期まで関西で「浮かれ節」と呼ばれていたものが一九〇七年、浪曲師の桃中軒雲右衛門が上京して大当たりを取ったことで大人気となった。「灰色の日」が作られたころは、まさに浪花節の第一黄金期だった。「活動写真」はその当時まだ弁士が内容を語る無声映画だったが、一九〇三年に浅草公園に日本初の活動写真常設劇場として電気館がオープンしたばかりでもあり、人々は初めて見る映像メディアに魅了された。

読売新聞の編集局長で人気コラムニストだった上司小剣《かみつかさしょうけん》は、コラム「その日〳〵」に、「活動写真、薩摩琵琶、剣舞、源氏節、浪花節、皆なイヤなものだ」と書いている。のちに作家となる上司にとって、通俗的なエンターテインメントに人々が熱狂する様子は興ざめするものだったようだ。

晶子の歌は一見、当時流行していたものを並べた一首に見える。だが、浪花節や活動写真と並列される形で「小田原の金次郎」が挙げられているのは、どういうわけなのか。「金次郎」は、相模国（現・神奈川県小田原市）に生まれた江戸時代後期の思想家、農政家の二宮尊徳を指す。優れた人物とされる彼が、はやり物と並べられている意図は何だろう――。

その当時、二宮尊徳こそ、時の人だった。明治政府は経済と道徳の融和を訴えた二宮の「報徳主義」を、近代化を進めるうえで重要な政策と見なし、積極的に奨励していたからである。日清・日露戦争後の増税で国民、特に農村部の人々は疲弊しきっていた。近代国家を目指す政府としては、軍備の拡大や近代産業の育成を強力に進めるため、人々の国家への帰属意識を高め、産業発展に尽くすよう教化することが不可欠だった。

一九〇五年、二宮の没後五十年を契機に、半官半民の教化団体として「報徳会」が発足する。この会の中心となる内務官僚、財界関係者、教育者らが二宮の報徳主義を広める政策を全国的に展開した。今で言う産官学による一大プロジェクトは「地方改良運動」と呼ばれた。具体的には、貯蓄組合の設立や神社合併、青年集団や小学校の統一、部落有林野統一などによって荒廃した農村を立て直し、地方財政の窮乏を乗り切ろうとするものだった。

一九〇八年十月に発布された戊申詔書は、二宮崇拝を強めた大きな要因だった。詔書や勅語は天皇の発する文書で、明治期には数多くの詔勅が発せられた。中でも、勤倹を基軸とする道徳の振興を強調した戊申詔書は、教育勅語と並んで道徳教育の基本とされた。詔書の謄本が県庁など全国の役所や学校に配布されたうえ、「二宮先生の教えは最も今日の時勢に適切なる教え」とする報徳会が内務官僚と一体となり、各地で詔書捧読会や講演会を開催した。こうして勤倹をモットーとした二宮尊徳を手本とする風潮は一気に全国へ広がった。

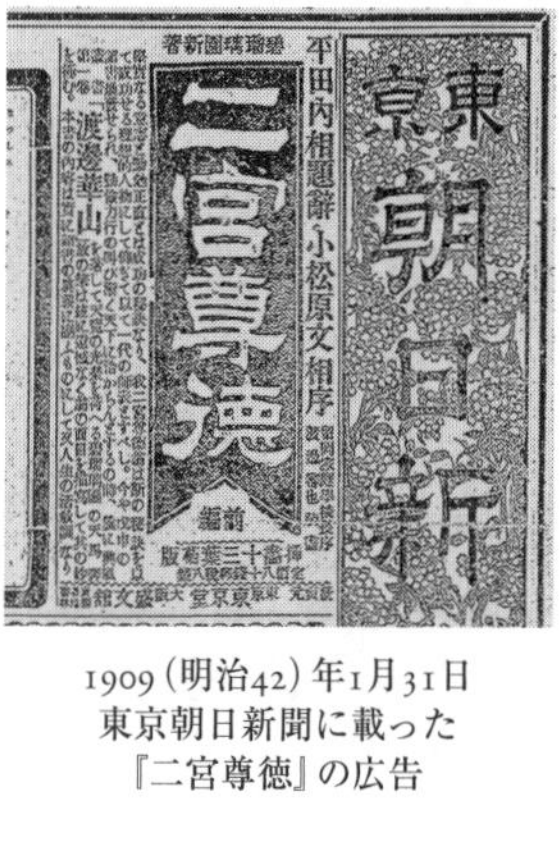

1909（明治42）年1月31日
東京朝日新聞に載った
『二宮尊徳』の広告

戊申詔書の影響は大きく、一九〇八年から翌年にかけて刊行された出版物を見ると、『農業と二宮尊徳』『史実小説　二宮尊徳』『二宮尊徳と現社会』『成功の二宮尊徳翁』『二宮尊徳翁道徳経済論』『二宮尊徳言行録』……と、二宮関係の本だけでざっと五十冊を超える。

一九〇九年一月三十一日付東京朝日新聞一面には、碧瑠璃園著『二宮尊徳　前編』（東京堂）の広告が掲載され、本のタイトルの脇には、麗々しく「平田内相題辞・小松原文相序」と記されている。晶子が「英太郎東助と云ふ大臣は文学を知らずあはれなるかな」とからかった二人が名前を並べたのは偶然ではない。戊申詔書案を閣議に提出したのは内務大臣の平田であり、小松原の下には二宮の思想を実践する結社「遠江国報徳社」社長を父に持つ文部次官、岡田良平がいた。

同年七月、三宅雪嶺の主宰する言論誌「日本及日本人」には、「小松原英太郎と平田東助は兄弟分にして、骨肉よりも親密なり」「二人は始終往復して三日と面を会わさねば気が済まぬというほどなり」などと皮肉られている。晶子が「英太郎東助」と並べて詠んでみせたように、この二人の名はペアとして、当時の人たちに認識されていたのである。

政府の勤倹奨励

二宮金次郎は明治半ばごろから何度か教科書に登場していたが、岡田が文部官僚として出世を続ける中、登場頻度が急増する。一九一一年には文部省唱歌「二宮金次郎」が教科書に掲載されるなど、内務省に倣い文部省も二宮を重んじるようになったことがわかる。

勤勉や倹約、孝行といった道徳は、それ自体は悪いものではないが、すべてが自己責任とされる危険性も帯びていた。歴史学者の安丸良夫は、近代日本の支配者がそうした通俗的な道徳を巧妙に利用したことを指摘する。生活苦や家の没落などの原因が為政者の責任でなく個々の資質に帰され、人々の批判を封じてしまったというのだ。「まず自助努力」と公的援助を回避しようとする現代の政治家を思わせるが、晶子の「金次郎嫌い」もまた、そうした風潮への懸念の表れだった。

小田原の金次郎をば説く日のみ哲学博士大声を揚ぐ

博士らも説くはまことか二宮の金次郎をば二なき如くに

「小田原の金次郎について説くときだけ、あの哲学博士は自信ありげに大声を上げる」「博士の称号を持つ人たちが二宮金次郎をまたとない優れた人物のように称揚するのは本気なのだろうか」――。一首目は「灰色の日」の十七首目、二首目は、「灰色の日」とほぼ同時期に東京毎日新聞に掲載された歌である。「哲学博士」「博士」が誰を指すかははっきりしないが、教養ある人さえ二宮を無二の偉人のように礼賛することに対する腹立たしさが滲む。

一九一〇年秋、晶子は「早稲田文学」十一月号に「雨の半日」と題する文章を寄せた。降り続く雨に憂うつな気分を味わいつつ、身辺の事柄や自分の考えを綴った内容だが、そこに「福来博士」という人物が登場する。

福来友吉は当時、東京帝国大学助教授だった心理学者だ。一九〇六年に「催眠術の心理学的研究」で文学博士号を授与された。福来が新聞に寄稿した「謂ゆる文士の警句」は、「今の日本の思想界は文士によって多く支配せられている」で始まり、西洋の本をかじった文学者の書くものは浅はかだと述べた内容だ。これに対して、晶子は全く論理的ではないと厳しく批判する。

大した見識もなく時の日和次第で立論し、それで中流の生活をしていく曲学阿世の学者ほど生温《なまぬる》いものはない。そういう学者に限って世論に先立って発言した例がなく、政府が報徳教を鼓吹するとにわかに二宮尊徳を説き出し、官憲が発売禁止を行うとそれに尾《つ》いて文士の思想を罵るのである。

文学者は発禁処分に遭う危険性と常に隣り合わせなのに、御用学者は何と「生温い」ものか、という怒りがほとばしる。こうした憤りが晶子に「金次郎」の歌を作らせたのだ。

「灰色の日」を発表した翌年にも晶子は「女学世界」で二宮批判を書いている。六月号では、尋常小学校の生徒に「二宮金次郎のさもしい消極主義」を奨励する文部省を批判し、七月号では「鎖国時代の消極主義者なる二宮金次郎」などを崇拝するのは非文明的だと断じた。

晶子が何度となく批判しているのはやや執拗にも思えるが、それほど当時は二宮尊徳の思想が喧伝されていたということだろう。百姓一揆という手段をとらず、農民自身の勤勉と倹約によって窮状を解決しようとした二宮は、明治政府にとって非常に都合のよい人物だった。中村紀久二は『教科書の社会史』で、一九〇〇年代のほとんどの修身教科書に二宮が登場し、理想的人間と崇められていた状況について「この傾向は異常である」と見ている。

晶子にしても「小田原の金次郎」そのものを憎んだのではなく、二宮の教えを利用して人々に勤倹を強いる政府への反感が大きかった。そして、政府にへつらって二宮を担ぐ学者の見識のなさは、自由であるべき学問の世界への冒瀆にほかならなかった。

教訓話の白々しさ

「灰色の日」には、晶子がお仕着せの道徳を嫌ったことを示す歌が、もう一首ある。

わが草紙《さうし》水仕に裂けし赤切の赤き指もて国を呪詛する

「血の滲むような努力を重ねて書いた私の原稿……。水仕事でひび割れ、血の滲む指を突き出し、国に対して呪ってやる」——晶子が当時、赤ぎれに悩まされていたわけではない。この歌を当時の読者が読めば、「水仕」と「赤切」という言葉から、たちまち江戸時代の儒学者・中江藤樹の少年時代のエピソードを思い出したはずだ。

近江の国に生まれた藤樹は、早くに父を亡くし、母一人子一人で暮らしていたが、十二歳になったころ学問を修めるために母と別れ、遠く離れた師匠のもとで勉学に励む。あるとき、母が慣れぬ水仕事で赤ぎれに苦しんでいることを知って良薬を手に入れ、実家を目指したが、帰ってきた藤樹を母は厳しく叱り、師のもとへ帰るよう諭した——。一八九二年に出版された村井弦斎による中江藤樹の伝記物語『近江聖人』は、「灰色の日」が書かれたころには三十版を重ねるロングセラーになっていた。藤樹の少年時代のエピソードは史実ではなく、弦斎の創作とされている。

この時代、「近江聖人」は二宮尊徳と並ぶ道徳教育のシンボルだった。親子の自然な情愛よりも国に尽くすことの方が大切だと説く「近江聖人」、個々人が仕事に勤しみ、国力の増強に努める二宮尊徳、どちらも富国強兵へ導く存在として称えられた。一八九四年に書かれた内村鑑三の『代表的日本人』には、西郷隆盛、上杉鷹山、日蓮と並び、二宮尊徳と中江藤樹が取り上げられていることからも、存在感の大きさがわかる。

村井弦斎の『近江聖人』は巌谷小波が企画したシリーズ「少年文学叢書」（博文館）の第十四巻で、第七巻の『二宮尊徳翁』と並ぶ売れ行きだった。『二宮尊徳翁』の作者は幸田露伴である。こちらも版を重ね、薪を背負いつつ書物を読む少年が描かれた口絵は、金次郎の銅像の原型になっ

幸田露伴著の
『二宮尊徳翁』（博文館）の口絵

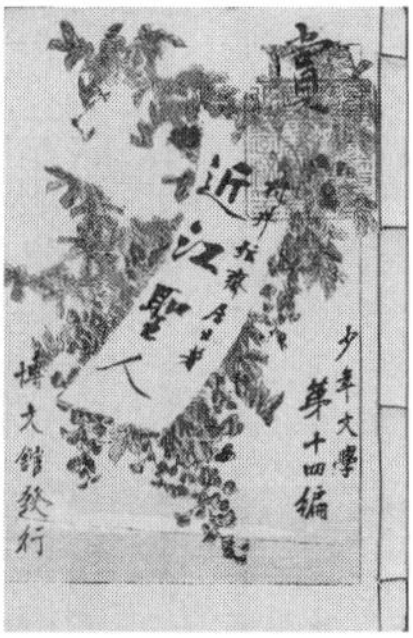

『近江聖人』（博文館）の
著者は村井弦斎。
43版まで版を重ねた

たといわれる。
晶子はこうした道徳的な話を好まなかった。「灰色の日」を発表した翌年に刊行した短編童話集『おとぎばなし　少年少女』（博文館）の「はしがき」で、晶子は旧来の子ども向け読み物を批判する。

自分の二人の男の児と二人の女の児とが大きくなっていくに従って、何かお伽噺が要るようになってまいりました。それで、初めのうちは世間に新しくできたお伽噺の本を買って読んで聞かせるようにいたしておりましたが、それらのお伽噺には、仇打とか、泥坊とか、金銭に関したこととかを書いたものが混じっていたり、また言葉づかいが野卑であったり、またあまりに教訓がかったことを露骨に書いたりしてあって、児供《こども》をのんびりと清く素直に育てよう、ひろく大きく楽天的に育てようと考えている私の心もちに合わないものが多いところから、近年はできるだけ自分でお伽噺を作って話して聞かせることにいたしております。

「世間に新しくできたお伽噺の本」は、巌谷小波の「少年文学叢書」シリーズだろう。その第一巻として巌谷が自ら書いた『こがね丸』は、日本初の児童文学作品と位置づけられるが、晶子はこの作品に出てくる「仇打とか、泥坊とか」を嫌った。そして、勤勉や孝行を説く『二宮尊徳翁』や『近江聖人』のような作品に対して、「あまりに教訓がかったこと」と批判したのである。

晶子には、子どもたちを伸びやかに明るく育てようとする教育観があった。そして、「灰色の日」に収められた「小田原の金次郎」や「水仕に裂けし赤切の赤き指」の歌には、自らの教育観のみならず、庶民に道徳思想を押しつけてくるお上への不信感がこめられていた。

潜水艇事故を詠む

連作「灰色の日」の掲載された「新声」は、後に新潮社を創立する佐藤義亮が創刊した雑誌である。もともとは文芸誌の色合いが強かったが、「灰色の日」が掲載されたころは、足尾鉱毒事件など社会問題を積極的に取り上げ、青年たちの多大な支持を得ていた。晶子は、そうした「新声」の性格も心得、出版物の発売禁止や二宮金次郎の道徳教育を批判する歌を発表したのだろう。「灰色の日」は晶子が自発的にテーマを選んで構成した連作と思われるが、メディアの側から短歌で報道するという「題詠」的な試みを依頼されることもあった。

一九一〇年四月十一日、広島湾で海軍の第六潜水艇が訓練中に沈没し、艇長と十三人の乗組員が死亡する事故が起きた。艇長が死の間際まで沈没の状況や部下への謝罪を記した遺書が見つかると、国内ばかりかアメリカやロシアをはじめ国際的にも大きく報じられた。この事故の一年後に、晶子は艇長を悼む十五首の連作「佐久間大尉を傷む歌」を雑誌「精神修養」に寄稿する。

ひんがしの国のならひに死ぬ事を誉《ほ》むるは悲し誉めざれば悪《あ》し

連作の多くは「ますら男」「大和だましひ」といった言葉を用いて艇長の佐久間勉を称える歌だが、冒頭に、国のために死んだことを褒め、美化することへの疑問、懸念をやんわり詠んだ一首が置かれている。

沈んでゆく潜水艇内を見てきたかのような臨場感に満ちた歌は、映像による報道がまだなかった時代、衝撃的だったに違いない。

水漬《みづ》きつつ電燈きえぬ真黒なる十尋《とひろ》の底の海の冷たさ
海底《うなぞこ》に死は今せまる夜の零時船の武夫《もののふ》ころも湿《うるほ》ふ

事故から一年たつにもかかわらず、眼前の光景のように詠んでみせている。浸水が進んで灯りがふっと消えた後の闇の深さ、水深十七メートルの海底の冷たさが、何ともリアルだ。誰も見ることのできなかった潜水艇内を豊かな想像力でありありと再現した歌である。

連作十五首のうち十三首は、一九一二年一月に出版した第十歌集『青海波』に収められた。「灰色の日」のときは、三十首のうち七首しか第九歌集『春泥集』（一九一一年）に入れなかったのと比べると格段に多い。「灰色の日」は政府批判の歌が多く、歌集に収めることに警戒心が働いたのは確かだが、「佐久間大尉を傷む歌」のような悲惨な事故の歌を収めることに抵抗感を抱かなかったのだろうか。

潜水艇事故の十三首が歌集に収められたのは、晶子の意識、文学観に大きな変化が生じていたことを意味する。『春泥集』の出版と『青海波』の出版の間に起こった最大の出来事と言えば、双生児の片方が死ぬほどの難産である。

生死の間をさまよった晶子は、身の内からほとばしるように前代未聞の出産の歌を詠み、連日、東京日日新聞の一面を飾った。王朝和歌の世界をこよなく愛し、恋愛を美しく歌い上げた晶子だったが、それまで誰も歌に詠もうとしなかった産みの苦しみを生々と表現したとき、表現者として新たなステージに踏み出したのだ。

三十代に入った晶子が、新たな歌境を拓こうとしていたこともあるだろう。また、『春泥集』の刊行後、初めての評論集『一隅にて』を上梓したことで、言論人としての自分を意識したと考えられる。潜水艇の沈没という痛ましい事故を詠んだ連作を出産の連作と共に『青海波』に収めたのは、ごく自然な成り行きだっただろう。その萌芽こそ「灰色の日」の連作だった。

時事詠の行方

「灰色の日」という連作を読むと、晶子が大正デモクラシーの前から民主主義の根幹である言論・

表現の自由を希求していたこと、時の政府に対してもの申す勇気を持っていたことが明らかだ。もっとこうした歌を読みたかったと思うのだが、一九一二年の渡欧後は時事的な事柄を詠んだものは見られなくなる。

その理由の一つは、ヨーロッパ帰りの晶子にさまざまなテーマでの執筆依頼が一気に増えたことだ。明治末期の大逆事件に萎縮した活字メディアは、大正時代になり再び活気を取り戻し始めていた。ヨーロッパで見聞を広めた晶子の文章は新しい時代にふさわしく、書き手としての魅力は大きかった。晶子は文章によって社会を批判するだけで手一杯だったに違いない。

そんな時期に晶子が時事的なニュースを詠んだ珍しい連作がある。一九一三年三月二十八日、埼玉県松井村（現・埼玉県入間郡）に陸軍の飛行機が墜落し、二人のパイロットが死亡した。この日本初の航空機事故について、晶子は東京朝日新聞から歌を依頼された。「木村徳田二中尉を悼みて」と題する十五首は三十日付の朝刊に掲載された。

大空を路《みち》とせし君いちはやく破滅を踏みぬかなしきかなや　『舞ごろも』
現身《うつそみ》のくだけて散るを飛行機のはがねの骨とひとしく語る
新しき世の犠牲《にへ》かなし御空《みそら》行き危《あやふ》きを行きむなしくなりぬ

まだ一人か二人しか乗れない複葉機が中心で、一般人が飛行機に乗る機会はほとんどなかった時代である。各地で飛行大会が開催され、人々の関心を集め始めていたが、飛行機が飛ぶ様子を実際に見た人は少なかった。晶子は潜水艇の事故と同様、想像力を駆使して詠んでいる。

当時のメディアの弱点の一つは、映像情報の乏しさだった。写真伝送技術ができる前は、現像したフィルムを新聞社で焼き付けなければ写真を印刷できなかったので、事件、事故の発生した場所や時間帯によっては、現場写真が掲載されるまでに時間を要した。だから、歌人である与謝野晶子がニュースに関連した歌の注文を受けたのも、それほど奇異なことではなかった。人々は歌を読んで事故の現場や被害者の心情を想像した。

佐久間艇長の最期を詳しく記した「沈勇」という文章は修身の教科書に長く掲載されたが、墜落事故で亡くなったパイロットたちについても、二人を悼む「悲歌」が作られたり、記念の立像が建造されたりした。どちらも人々の胸を打つ事故であり、その両方について歌を依頼されたことは当時の晶子の歌人としての位置を表している。また、晶子自身、二つの事故についての「題詠」を依頼された経験から、社会的な事柄を詠む意義について考えたに違いない。

多作だった晶子は、歌集を編む際、惜しげなく歌を捨てた。飛行機事故を詠んだ十五首がすべて詩歌集『舞ごろも』（一九一六年）に収められているのは、注目すべきことだ。しかも、この詩歌集に収められているのは短歌が百七十二首、詩が五十八編と、歌数が他の歌集に比べて極端に少ない。

追悼の十五首は、歌集の終わり近くに置かれている。それに続く末尾の三首のうち、次の二首は書き下ろしの新作だった。

我にある百《もも》とせは皆わかき日と頼みて之を空しくもせじ
太陽のもとに物みな汗かきて力を出だす若き六月

「私に百年の命があるとしたら、その年月はすべて若さに満ちた日々だと信じて、無為に過ごさぬようにしよう」「太陽の下、命あるものがみな汗をかいてエネルギーを発散している若々しい六月よ」――。墜落死したパイロットを悼む一連に続いてこの二首を読むと、読者は自ずと人生の短さや儚さ、また生命の素晴らしさをより強く意識させられる。歌集最後の一首は一九一六年五月、歌集刊行間近に萬朝報へ寄稿した歌である。

みづからを支ふる力はしけやし夏の木立の如くあらまし

「自らを支える力のいとおしさよ。それが夏の木立のように力強かったらよかったのに」――。「まし」という反実仮想の助動詞は、夏の木立のしなやかな生命力を持ち得ずに散った二人のパイロットの悲劇を思わせる。『舞ごろも』のラストは明らかに、パイロット追悼の連作と「わかき日」や「力」「夏」を詠んだ三首とを対比させた構成だ。

『舞ごろも』は歌数こそ少ないが、生と死というテーマが明確な歌集である。刊行される二〜三か月ほど前、出産を控えた三十七歳の晶子は体調不良のため臥せりがちで、「婦人画報」に発表した連作のタイトルも「病める日に」となっている。五男を出産した際は、体の負担を減らすため初めて無痛分娩を選択したが、体力の衰えは著しかった。収録された歌を見ると、墜落事故の連作を除いて「病」「死」という言葉がそれぞれ七つ、「命」という語が三つ用いられている。これらの歌は、晶子が出産前後に自らの死を強く意識したことを示すだろう。

飛行機が当時、科学の粋を集めた乗り物であったことも晶子にとっては大きな意味を持っていた。日本人が動力飛行機での初飛行に成功してまもない一九一一年に「飛ぶ鳥に似たる軽戯《かるわざ》ひさかたの飛行機などに人の驚く」と詠むなど、晶子は飛行機に並々ならぬ関心を抱いていた。墜落事故は人間の英知の素晴らしさと限界の両面を示す出来事であり、心を揺さぶられたに違いない。

飛行機事故の連作が晶子にとって大切な作品だったことを示すのは、『晶子短歌全集』(一九二九年、新潮社)である。これは、十五冊の歌集を収めた全三巻の全集(一九一九年)を合綴縮刷した愛蔵版で、一冊にまとめるには選歌して多くの歌を削る必要があった。例えば、『みだれ髪』は三三九首のうち十四首、『青海波』は五三五首のうち五九首が落とされている。ところが、『舞ごろも』からは二首しか削られておらず、飛行機事故の十五首はすべて収められている。このことからも、晶子が明確な意図をもって、事故の一連を歌集の最後に置いたことがわかる。

第四章　嵐の時代に

「あかき旗」の事件

日本が近代国家としてスタートした明治時代、工業化が進むにつれて、労働環境の改善を求め社会運動が活発になった。それに対し、政府は取り締まりを強化し、言論活動を弾圧した。雑誌や新聞、書籍が次々に発禁処分となる時代、晶子は重苦しい気分で日々机に向かったが、胸の底には澱のように憤りや悔しさが溜まっていた。「灰色の日」一連の大きなテーマは表現の自由が脅かされている現状であり、民主主義の危機への抗議だった。

「灰色の日」に詠まれた事件や事故の多くは一九〇九（明治四十二）年に起きているが、前年の出来事を詠んだ一首がある。

あかき旗とりて少女《をとめ》もまじれるをさらさら憎き事と思はず

一九〇八年六月、東京・神田の錦輝館で社会主義者の集会がひらかれた後、数人が赤い旗をもって街頭に出たことが「治安を乱す行為」と見なされ、女性四人と見物人二人を含む十六人が検挙された。

その日は、一年前に筆禍事件を起こして投獄された社会運動家、山口義三（孤剣）の出所を祝う集会が催された。参加した約七十人の中には堺利彦、大杉栄、荒畑寒村ら社会主義者の中心的人物が顔をそろえ、警察は集会の当日、錦輝館周辺を監視していた。

『寒村自伝』によると、荒畑は事前に「無政府共産」「無政府」という文字を白いテープで赤い布に縫いつけた旗を準備し、錦輝館の集会に持参したという。赤旗は、フランス革命以降、革命や社会主義、共産主義の象徴とされてきた。

堺利彦の「赤旗事件の回顧」によると、集会後、玄関のあたりが騒がしいのに気づいて表通りに出てみると、複数の警察官が参加者の持っていた赤旗を取り上げようとし、もみ合っていた。堺は警察官をなだめる一方で、仲間たちに赤旗を翻さず巻いて持ち帰るよう諭した。しかし、警官ともみ合いになった参加者たちは警察署へ連れて行かれ、最終的には、あきらめて現場から離れて歩き出した堺らも連行された。

逮捕された十六人に複数の女性が含まれていたことに、世間は注目した。事件発生翌日の東京朝日新聞は「錦輝館前の大騒動　中に妙齢の佳人あり」の見出しをつけ、「騒動の渦中に数名の婦人あり。一人は年十七八、なで肩のすらりとしたる優姿《やさすがた》なれど、眼は爛々たる光を放ちて、胸中の確信を現わせり。一人は紫矢絣の単衣《ひとえ》に濃色の袴」などと、好奇に満ちたまなざしで書きたてた。

逮捕された女性は、神川松子、大須賀さと子、管野すが、小暮礼子の四人だった。神川松子は広島県出身の二十三歳、日本女子大学、青山女学院などで英語、ロシア語を学ぶ学生だった。大須賀は愛知県出身の二十六歳、青山女学院と日本女医学校で学んだ社会運動家である。二十七歳と最年長の管野すがは大阪出身。毎日電報、牟婁《むろ》新報など複数の新聞社で記者として働いた後、社会主義運動にかかわるようになっていた。「十九歳」と書かれている小暮礼子は事件当時、堺利彦の家に寄宿していた。

事件から二か月たった八月、公判当日は朝から大勢の傍聴希望者が裁判所に詰めかけた。「雲霞の如き群衆」が警察官の制止を振り切って法廷内になだれ込んだ様子や、傍聴席を増やすため急きょ椅子が三列分ほど運び込まれたことも報じられた。

新聞は被告の女性たちの様子について、「体のこなし、よほど芝居気がある」とか「少しく青ざめ」などと、いちいち詳しく描写した。法廷内のスケッチには、日本髪で女性とわかる姿が後ろから描かれている。

「赤旗事件」と称されるこの事件で、堺利彦、山川均、大杉栄ら十二人が官吏抗拒罪と治安警察法違反で有罪判決を受けた。官吏抗拒は、今で言えば公務執行妨害である。神川松子と管野すがは無罪となった。

判決への抗議

「あかき旗とりて少女《をとめ》もまじれるをさらさら憎き事と思はず」――歌の意味は、年若い女性も（社会主義者たちに）交じって「あかき旗」を手に取ったことを、自分は「さらさら憎き事と思はず」、決して憎いこと、気に入らぬこととは思わない、というものだ。

逮捕された四人の女性は、十九歳の小暮礼子を除けば皆二十代で、当時の感覚からすれば娘盛りを過ぎた年齢だった。しかし、晶子は「少女」という、純真なイメージの言葉を用いた。「灰色の日」の一連には、「泥海」「呪詛」「鬼」といった暗く、すさまじい言葉が並ぶが、この赤旗事件の歌は、すっきりと美しい一首として立っているのである。

「さらさら」は強調の言葉で、打ち消し表現を伴い「決して」「絶対に」と否定する副詞である。「憎き事」は、「枕草子」に「にくきもの」として癪に障るもの、見苦しいことなどを挙げた章段を思わせる。晶子は、まるで明治の清少納言のように、「あの赤旗事件って、全然大したことではないですよね」と表現したのだが、それはあくまでも表面的なさりげなさであり、内心は彼女たちに向けられた社会的制裁を苦々しく、また恐ろしく思っていたはずだ。

歌の詠まれた一九〇九年十月は、赤旗事件の判決が出てから一年二か月が経っている。晶子の歌は、事件そのものというよりは、判決に対する批判と読むのが正しいだろう。

赤旗事件の判決は、罪状に比して非常に厳しい内容だった。被告十四人中、有罪が十二人。うち九人は重禁固刑の実刑判決、三人は執行猶予となった。最も重かったのは大杉栄で、重禁固二年六月と罰金二十五円。最も軽い大須賀さと子らでさえ、重禁固一年と罰金十円だった。

堺利彦は「赤旗事件の回顧」で、当日の経緯を記した後に「この日の外面に現われた事柄はただこれだけだった」「イタヅラの張本人は大杉栄君」と書いている。事件当時、堺は三十七歳、大杉は二十三歳。堺の感覚では、血気盛んな若者たちが少々羽目を外して路上で赤旗を振り回した「イタヅラ」に過ぎなかった。だから、治安警察法違反と官吏抗拒という罪名であっても、刑期は「たかだか二か月以上四か月くらいなものだという見当」をつけていた。「あんな何んでもない、つまらん事件だもの、それ以上になりっこはない」というのが、当事者も含め一般的な見解だった。それだけに、重禁固二年と罰金二十円という異例の重刑判決が下ったとき、堺は青ざめる思いだった。

新聞各紙は逮捕された若い女性を珍獣のような扱いで書いたが、晶子は彼女たちを偏見のまなざしで見ることをしなかった。「憎き事と思はず」は、「あんなにも重い刑を処されるべきことではないだろう」という意味だろう。人を傷つけたり何かを盗んだりしたわけではない、ただ赤い旗を路上で翻しただけのことなのに……。

赤旗事件は「灰色の日」発表の一年四か月前の出来事だ。晶子はその判決も含め、事件についてずっと考え続けていた。それが決して、一部の社会主義者だけが関わる出来事ではなかったからだ。当時の政府は、事あるごとに表現や思想の自由を侵害してきた。いつ何が発禁処分にされるか分からずに怯える文学者も、赤旗を振っただけで逮捕され重罪を科される社会主義者も、当局の監視下にある危うい存在だった。

赤旗事件の余波

赤旗事件は、「つまらん事件」ではなかった。それどころか、歴史の大きな転換点であったことが後に明らかになる。

事件から五日後の六月二十七日、時の内閣総理大臣、西園寺公望は突然辞意を表明し、七月四日には内閣が総辞職した。この年五月に組閣されたばかりなのに、西園寺はなぜ辞めたのか。

表向きは健康上の理由とされたが、背景には彼を失脚させようとする力が働いていた。赤旗事件直後、元老・山縣有朋が密かに、西園寺内閣の社会主義者の取り締まりは手ぬるいと天皇に進言していたのだ。山縣は以前から、西園寺が私邸に文学者たちを招いて交流していることに批判的で、治安対策の甘さに不満を抱いていた。赤旗事件は西園寺を攻撃するまたとない好機だった。

西園寺はパリのソルボンヌ大学で十年学び、帰国後は中江兆民らと「東洋自由新聞」を設立したリベラルな人物だった。留学中、後にフランス首相となる急進的社会主義者、ジョルジュ・クレマンソーと親交を深めたこともあり、自由民権運動に対する理解を示していた。

八月に言い渡された赤旗事件の判決は、社会主義者に対する弾圧が強くなる「冬の時代」の始まりを象徴するものだった。九月には社会主義と自由を標榜した「熊本評論」「東京社会新聞」が発禁となり、「平民評論」「自由思想」「東北評論」など社会主義の雑誌が相次いで廃刊に追い込まれた。晶子が「灰色の日」一連を発表した一九〇九年秋は、まさに言論弾圧が強まり、それに対する市民の不安と不信が高まってきた時期だったのである。

連作「灰色の日」のどこに赤旗事件が置かれているのか、そこから晶子の意図が見えてくる。一連は厭世的な気分に満ちた三首から始まっている。

願ふことあき足らぬことといと多し腹立たしさも打まじりつつ
かかる時をのこなりせば慰むるわざの一つに雄誥《をたけび》をせん
わが住むは醜き都雨ふればニコライの堂泥に泳げり

「灰色の日」というタイトルそのままの陰鬱な心境、情景が詠まれた三首だが、作者がなぜ「灰色」の重苦しさを抱えているのか、という具体的な理由は示されていない。赤旗事件を詠んだ歌は、この三首の次に来る。「ニコライの堂泥に泳げり」と、連作タイトルの「灰色」と「泥」の暗いイメージが合わさったところから一転、「あかき旗」の鮮やかさが映える。

『みだれ髪』で「かくてなほあくがれますか真善美わが手の花はくれなゐよ君」などと、紅色を恋の象徴として巧みに用いた晶子である。こうした色彩のもたらす効果をよく心得ていただろう。三十首という連作で、個々の歌がどう響き合うか計算したことを感じさせる構成だ。読む者は、重苦しい灰色の中、不意に現れた「あかき旗」の美しさ、活力を強く印象づけられる。さらに「少女」の純なイメージも加わり、「さらさら憎き事と思はず」にうなずかされる。

連作の中では永井荷風の『歓楽』が発禁処分となったことを詠んだ「新しき荷風の筆のものがたり馬券の如く禁ぜられにき」も目を引くが、三十首中二十九首目と、終わりの方にある。一方、赤旗事件を詠んだ歌は、冒頭から四首目と目立つ位置に置かれている。言論統制の厳しい時代、「憎き事と思はず」と大胆に言ってのけた、この一首だけで危険思想の持ち主と断じられてもおかしくなかった。日露戦争が始まって半年後に「君死にたまふこと勿れ」を発表し、論議を呼んだことも思い出させる勇気である。

しかし、判決公判から一年二か月もたってから赤旗事件について詠んだのは、どうしてだろう。日露戦争当時の晶子は二十五歳と若く、自分の発言の影響力についての自覚もほとんどなかった。それから四年経て、五児の母となった晶子が用心深くなったことも勿論あるだろう。しかし、何よりの要因は、重くのしかかってくる政府の締めつけではなかったか。「灰色の日」三十首には、そうした時代に対する憤り、身悶えするような嫌悪感が満ちている。かつて「君死にたまふこと勿れ」と高らかに述べた晶子が、歌にするのをためらい、事件発生から一年以上胸の奥に潜めていた憤りを噴出させたのが「さらさら憎き事と思はず」を含む「灰色の日」一連であった。

事件の深い傷跡

赤旗事件の現場に居合わせ逮捕された管野すがは、このとき体調が悪く、警察官との小競り合いに加わらなかったため無罪となった。しかし、留置場で仲間と共に理不尽な暴力を受けたショックと屈辱感は、胸に深く刻まれた。荒畑寒村の『日本社会主義運動史』によると、荒畑や大杉栄は裸にされた上、殴る蹴る、髪をつかんでひきずり回されるなどの暴行を受け、最後には気を失ってしまったという。

公判中、被告全員に対して「無政府共産を目的としているか」と質問される場面があった。多くの男性被告が「社会主義の究極の理想は無政府共産だが、われらはこれを口にしたことはない」とかわしたのに対し、管野すがだけは「私は社会主義よりむしろ無政府主義です。近来思想が進むに従い、ますますその感念が強くなりました」と、悪びれることなく宣言した。この時代、自分が無政府主義者だと認めることは、自殺にも等しい行為だった。共に裁かれた青年たちも、法廷内の人々も驚いたことだろう。このときの読売新聞の裁判記事には「わたしは無政府党です」という見出しがつけられている。

それから約二年後の一九一〇年六月、管野は「大逆事件」で逮捕される。天皇暗殺を企てた首謀者の一人として罪に問われたのである。その際の供述調書には、赤旗事件のときの警察官の暴虐な行為を見て、このようなありさまでは温和な手段で問題解決できず、暴動あるいは革命を起こして人心を覚醒させなければダメだ、と思い定めたと記されている。赤旗事件は、管野すがのみならず、多くの社会主義者の活動を先鋭化させた。赤旗事件が起こらなかったら、大逆事件は起こらなかったかもしれない。

一九〇九年秋に、赤旗事件の厳しい処分を憂える歌を詠んだとき、晶子が翌年の大逆事件を予見できたはずもない。しかし、彼女の鋭い感性は、赤旗事件における不当な逮捕と判決を、危うさを増してゆく時代を象徴するものと捉えていた。

恐怖の時代に

対外進出を図る明治政府は、政策に批判的な社会運動を過度に恐れた。社会主義者が大量に検挙された大逆事件はその表れであり、明治の終わりを一気に暗くした。

「大逆事件」というのは複数の事件の総称である。発端となったのは一九一〇年五月、長野県東筑摩郡中川手村（現・長野県安曇野市）で、職工、宮下太吉が爆発物取締罰則違反で逮捕された事件だ。宮下は天皇暗殺を企てたとされ、その謀議に加わった疑いで、七月半ばにかけて和歌山や熊本など全国で数百人に上る社会主義者が検挙された。その結果、二十六人が天皇暗殺を企てた容疑で起訴される。起訴状の内容は極秘扱いで、記事差し止めの命令書が出された。天皇の暗殺を企てたという皇室危害罪が適用されたため、裁判は初めから大審院（現在の最高裁判所）で行われ、被告側の請求した証人は認められなかった。

翌年一月十八日に二十四人が死刑、二人が有期刑という判決が下る。天皇が神に等しかった時代、暗殺を企てれば実行以前の協議や準備を行っても死刑が科された。死刑判決を受けた二十四人のうち半数は恩赦で有期刑になったが、一週間もたたない一月二十四日に十一人、翌日に一人の死刑が執行された。

この事件で実際に天皇暗殺をもくろんだのは、宮下や管野すがら四人である。残りの二十二人は計画に関与していなかった。現在では、二十二人のうち数人が不敬罪に問われる可能性はあったにせよ、事件は全くのでっちあげだったと考えられている。事件発覚から死刑執行まで一年もかからず、一度に十二人が死刑に処されたことに、人々は震え上がった。

1910年12月11日付中央新聞に
掲載された法廷イラスト。
左から幸徳伝次郎（秋水）、新村忠雄、管野スガ

石川啄木は随筆「所謂《いわゆる》今度の事」で、人々が大逆事件について、こわごわと語り合う様子を書

いている。この随筆は、事件が発覚した一九一〇年の夏から秋にかけて書かれたと見られるが、生前は発表されなかった。

「所謂今度の事」は、三人の男らの会話から始まる。「今度の事はしかし警察が早く探知したからよかったさ」「今度の事はそれ程でもないのをわざとあんなに新聞で吹聴させたんだって噂もあるぜ」といったやりとりがあり、地の文で「今度の事と言うのは、実に、近頃幸徳等一味の無政府主義者が企てた爆裂弾事件の事だった」と説明される。事件について口にするのさえ憚られた状況がわかる。

当時、小説『不如帰』がベストセラーになっていた作家、徳富蘆花も大きな衝撃を受けた一人だ。妻の愛子は日記に、新聞で事件の判決内容を知った夫が「何事ぞ二四人の死刑宣告!!」と驚愕し、翌日は夫婦で終日そのことについて話したことを記している。死刑が執行されたことを知ったとき、蘆花は思わず「オオイ、もう殺しちまったよ。みんな死んだよ」と叫び、妻と二人して涙に暮れたという。

社会評論家の山川菊栄は、事件当時二十歳で、女子英学塾(現・津田塾大学)の学生だった。死刑執行が報じられた日の様子を生々しく回想している。

背筋を走る悪寒とともにわけがわからぬなりに、直感的になにやら非常な無理と不正とが感ぜられました。(中略)大逆事件についてはいっさいが秘密のうちに葬られたので、何もわからぬなりに、姉や私はただ本能的な正義感と憤りをあおられ、犠牲者への同情をよび起されました。

（『おんな二代の記』）

現代においても、死刑の執行は大きなニュースだ。しかも判決から日をおかずに十二人が一度に処刑されたことは、誰が見ても尋常ではなかった。こうした状況で、事件の本質を深く憂え、時代状況を作品の中で突きつめたのが森鷗外である。

鷗外の抗議

鷗外は、晶子と寛にとって特別な存在だった。寛の主宰した新詩社の実質的な協力者であり、雑誌「明星」に度々作品を寄せた。一九〇七年、与謝野家に双子の女児が生まれたときはお祝いに歌を贈り、その歌にちなんで子どもは「八峰《やつお》」「七瀬」と名付けられた。寛の歌集『相聞』に懇切な序文を寄せるなど、夫妻にとっては最も近しく、尊敬する文学者であった。

大逆事件の起こった一九一〇年、鷗外は陸軍軍医総監、陸軍省医務局長という要職に就く一方で、慶應義塾大学の文学科顧問に就任する。五月に創刊された「三田文学」は鷗外の作品発表の場となり、寛と晶子も短歌や詩、小説、戯曲などを寄稿した。

同年九月の「三田文学」に載った鷗外の「ファスチェス」は、政府の検閲や言論・思想弾圧政策を風刺した内容だった。「記者」と「官吏」の対話部分で、記者が「風俗壊乱」の標準について訊ねると、官吏は内務省や警視庁など組織によってその思想感情は異なり、検閲者によっても標準は異なるだろうと答える。発禁処分の明確な基準が示されない実態を鋭く批判した作品である。

十一月号に掲載された「沈黙の塔」は、さらに風刺の利いた寓話的な作品だ。「椰子の殻の爆裂弾」や「パアシイ族の無政府主義者」など、大逆事件を想起させる表現がいくつも出てくる。「パアシイ族の少壮者」の読む西洋の書物が風俗を壊乱するという理由で禁止されるくだりは、発禁処分の相次ぐ当時の日本の状況と重なるうえ、同時期に新聞連載された記事への批判が込められているのが明らかだ。

この年の九月十六日から東京朝日新聞で「危険なる洋書」と題する連載企画が始まった。全十四回の内容は、モーパッサンやイプセン、トルストイなど海外作家の作品について、「卑俗、貪婪、多淫」「現代思想の毒泉」などと酷評した内容だった。思春期の少年少女をリアルに表現した「春のめざめ」で知られるドイツの劇作家、ヴェデキントを日本に初めて紹介した鷗外もやり玉に挙げられた。ロシアの政治思想家、クロポトキンの回には「幸徳一派の愛読書」という見出しが付されている。幸徳秋水は六月、天皇暗殺を企てた一人として逮捕されていた。

「沈黙の塔」には、パアシイ族が「危険なる洋書」という語を発明したという箇所があるが、たった八行に七回も「危険なる洋書」が出てくるのは、どう考えても奇妙だ。若いころから議論を好んだ鷗外が、文学の知識をひけらかしつつ見当違いの中傷を連ねた連載「危険なる洋書」を徹底的に攻撃しようとした意図もあっただろう。一方で、連載の内容に憤っているように見せかけ、その実、発禁処分の相次ぐ現状を冷静に批判する目的だったとも考えられる。

鷗外は「危険なる洋書」が連載される前から、政府の方針に対し、強い抵抗感を抱いていた。木下杢太郎の一九一〇年九月の日記には、鷗外が「近頃の文芸検閲の方針が不定で非常に不愉快だ」と漏らしていたことが記されている。ちょうど、著作物の「標準」について官吏に問う「ファスチェス」が発表されたころである。

「沈黙の塔」の終盤、鷗外は高らかに宣言する。「芸術の認める価値は、因習を破るところにある。因習の圏内にうろついている作は凡作である」「学問も因習を破って進んで行く。一国の一時代の風尚に肘を掣せられていては、学問は死ぬる」——。新聞連載「危険なる洋書」を真っ向から批判すると共に、政府に対し言論弾圧の本質が「因習」への固執にあることを突きつけた内容だ。

続く十二月号に寄稿した「食堂」には、官吏であり、文学者でもある「木村」という男が登場する。鷗外自身を思わせるこの人物は、役所の食堂で顔を合わせた同僚に、無政府主義の流れについて簡潔に説明してみせる。同僚が「とうとう恐ろしい連中の事が発表になっちまったね」と話すと、木村が「僕は言論の自由を大事な事だと思っていますから、発売禁止のあまり手広く行われるのを嘆かわしく思うだけです」と述べるなど、「沈黙の塔」よりも現実的な内容である。

政府の要職にあった鷗外は、大逆事件についてもある程度、情報を持っていたと考えられる。

創刊まもない「三田文学」が発禁処分の憂き目に遭わぬよう、ぎりぎりの表現を探りつつ書かれた三作だった。

晶子と寛の不安

この年「三田文学」に何度か短歌や小説を寄稿していた晶子は、「沈黙の塔」や「食堂」をもちろん読んだだろうが、社会主義者たちが次々に逮捕された一連の事件に対する不信や批判を作品化するには至らなかった。

一つには、事件に関する情報がこの段階ではあまりなかった。幸徳秋水が六月に逮捕された時点で、東京地裁から「犯罪事件に関する一切の件」について掲載禁止という通達があり、報道は厳しく規制されていた。社会主義者らが逮捕されたという小さな記事が時々新聞に載っても、人々は事件の関連性や全容を詳しく知ることができなかった。

大逆事件の発端となる爆裂事件の起こる直前、晶子は「女学世界」五月号に、検閲の厳しさと発売禁止を批判する記事を寄稿している。

　その筋の検閲係はあまり図書の検閲ばかりしているので、神経衰弱にかかって、読むものがみな怖ろしい秩序紊乱、風俗壊乱に見えるらしい。（中略）気の利いた、そうして酔興な内務大臣が一人ぐらい現われて一切発売禁止をやめるような果断な放任主義を取ったなら、きっと三日大臣で罷《や》めさせられるには決まっているけれど、その人の名は不朽であろう。

「気の利いた内務大臣」という小馬鹿にした表現や、発禁処分が全くなくなったらと夢想するあたりが晶子らしい。厳しい言論統制を笑い飛ばそうとする、タフな精神が表れた夢想である。

しかし、次々に社会主義者らが逮捕される中、恐怖心が募っていく。事件に関連して逮捕された中には、夫・寛の友人だった和歌山の医師、大石誠之助も含まれていた。幸徳秋水らと親交があったことから、大逆の謀議に加わったと疑われたのである。

大石は和歌山・新宮の名家に生まれ、米国で医学を学んだ後、新宮で開業した。進歩的な思想の持ち主で、中央の社会主義者たちとも交流があった。寛は一九〇六年秋、新宮を訪れたときに知り合い、彼の案内で熊野川の川下りなどを楽しんだ。大石が事件で捕われたときはその身を案じ、新宮在住の知人に「官憲の審理は公明なる如くにして公明ならず（中略）大石君のごとき新思想家をも重刑に処せんとするは、野蛮至極」という手紙を書き送っている。

寛の主宰する「明星」の同人だった平出修が、大逆事件の被告弁護人の一人となったことも、事件への強い関心につながった。平出は当時、弁護士になって六年目の三十二歳、終刊した「明星」の後継誌「スバル」の編集に携わっていた。弁論の始まる前、平出は社会思想について正確な知識を得たいと寛に相談し、寛は鷗外を頼ることにした。社会主義や無政府主義の流れを作品中で解説してみせた鷗外ほど優れた講師もいなかった。

そのときの訪問について寛は後に「啄木君の思い出」の中で、「研究心に富んだ平出君は私に伴われて行って一週間ほど毎夜鷗外先生から無政府主義と社会主義の講義を秘密に聞くのであった」と回想している。「一週間ほど毎夜」という記述については、実際には一回から数回程度ではなかったかと指摘する研究がいくつかある。しかし、一九一〇年十月後半に、寛と平出が鷗外の自宅を訪ね、複数回にわたってレクチャーを受けたのは確かだろう。

当時の日本の状況について寛は「裁判官も弁護士も社会主義、無政府主義、虚無主義の区別さえ知らない時代であった」と記している。東京大学総合図書館の鷗外文庫には、経済学者、フリードリヒ・マックルの『社会主義の文化的理想』や、社会主義や共産主義の概念をドイツに初めて紹介した法学者、ローレンツ・フォン・シュタインの著作などが含まれる。寛と平出の訪問時以降に刊行された本も多いが、鷗外が社会主義、共産主義などの思想書を広く読んでいたことは間違いない。

巧者な政府批判

大逆事件の被告二十六人の判決が確定する直前、晶子は「太陽」一月号に「婦人と思想」と題する文章を寄稿した。タイトル通り、女性も自らの思想を持って生きるべきだという内容だが、実利を目的とする事業に比べ、思想が軽んじられている風潮を嘆く部分にこんな一節がある。

「広く智識を世界に求め云云」と仰せられた維新の御誓文を拝したる以後の国民は、何よりも思想を重んずべきはずであるのに（中略）近ごろ聞くところによると、社会主義者の中《うち》にある大逆罪の犯人を発見するに及んで、政府の高官らは慌てて欧州の書籍を研究し、初めて社会主義と無政府主義との区別を知ったということである。また一冊の新刊小説をも読むことなくして現代文学を排斥する官憲や教育家の多いことは現に見受けるところである。

「太陽」は知識人向けのオピニオン誌であり、寄稿するのはトップクラスの文化人に限られていた。晶子はそれまでに数回、短歌の連作を寄せたことはあったが、評論は初めてだった。年頭に刊行される一月号への寄稿には特別な晴れがましさがあり、力をこめて書いたに違いない。締め切りは前年の十二月だっただろうから、「大逆罪の犯人」の大半が年明け早々死刑に処されることなど、晶子も誰も想像していなかった。

「維新の御誓文」とは、明治政府の基本方針を示した五箇条の御誓文のことである。「広く智識を世界に求め云云」は、御誓文の五箇条目「智識ヲ世界ニ求メ大ニ皇基ヲ振起スベシ」を指す。「世界から新しい知識を採り入れ、天皇が治める国の基礎を発展させてゆきましょう」という意味だ。晶子は天皇の権威を借りた形で、社会主義と無政府主義の区別も分からず権力を振りかざす官憲は、御誓文の内容を知らないのでしょうか、と皮肉ったのである。御誓文を持ってこられれば、誰も反論できない。晶子のしたたかな計算が見える文章であり、多少は明るい気分も漂う。

一九一一年一月三日、平出修が石川啄木と一緒に与謝野家を訪ねた。「明星」の同人だった二人は親しく、当時は共に「スバル」に関わっていた。年始の挨拶であれば、寛だけでなく晶子にも会ったはずであり、大逆事件のことも話題になっただろう。晶子は二月に出産を控えていた。啄木の日記には、その後、平出のところで「無政府主義者の特別裁判に関する内容を聞いた」と記されている。啄木も大逆事件に大きなショックを受け、社会主義に関する本を読むだけでなく、平出から裁判資料を借りて写すなどしていた。

それから半月余りのうちに判決と死刑執行が行われたのだから、晶子はどれほど衝撃を受けたことだろう。五回の出産を経験していたが、陣痛や分娩時の痛みは回を重ねても和らがず、いつも出産に対する恐怖心を抱えていた。そして、今回は双生児であったうえ胎児の位置が悪かったため、初めて病院での出産となった。そのことも不安を大きくしたようだ。

生きてまた帰らじとするわが車刑場に似る病院の門

病院へ向かうとき、大逆事件のことが晶子の胸をよぎった。自らの死への恐怖から、処刑された人々が思われ、「刑場」という言葉を呼び寄せた。生きては帰ってこられないだろう、という推量の「かへらじ」が重く響く。

大逆事件と出産

二月二十二日の出産は、これまでにない難産となった。逆子だった方の赤ん坊は死産だった。一人が生き、一人が死ぬ——その違いはほんの偶然による。大逆事件の被告も、命が危ぶまれるほどの難産を経験した自分も、一つ間違えば別の結果だったかもしれない。晶子の心には冷えびえとした思いが満ちていた。

後に晶子は「産褥の記」に、産後の状態をこう記している。

ようやく産後の痛みが治ったので、うとうとと眠ろうとしてみたが、目をつぶると種種の厭な幻覚に襲われて、この正月に大逆罪で死刑になった、自分の逢ったこともない、大石誠之助さんの柩などが枕もとに並ぶ。目を開けるとすぐ消えてしまう。疲れ切っている体は眠くてたまらないけれど、強いて目をつぶると、死んだ赤ん坊らしいものが繊《ほそ》い指でしきりにまぶたを剥こうとする。（中略）こんな厭な幻覚を見たのは初めてである。

異常な幻覚に見舞われた原因は、わが子を失ったことだけではなかった。国家権力によって一度に十二人もの命が奪われた凄惨な出来事が意識から離れない。生死の境を彷徨った晶子は、自分が生も死も孕む存在であることを思い、「空である、虚無である」と痛切に感じた。

虚無を生む死を生むかかる大事をも夢とうつつの境にて聞く

出産から一週間後、東京日日新聞の一面で晶子の歌の連載が始まる。晶子はもう闇から抜け出していた。歌という最も信頼できる器に、ほとばしる感情を注いだ。人間の生と死、そして不穏な世相への異議申し立てこそ詠うべきものだった。

産屋なるわが枕辺に白く立つ大逆囚の十二の柩

「産屋」という言葉からは、生まれたばかりの無垢な嬰児のイメージが思い浮かぶが、次の「大逆囚」という言葉には重苦しい暗さが漂う。出産したばかりの枕もとに、死刑に処せられた十二人の柩が立ち並ぶという光景はすさまじい。「柩」とあるが、「白く立つ」からは死装束をまとった亡霊の姿も浮かび、生と死のイメージがぶつかり合う衝撃的な一首だ。晶子は「今度の事」などと詠まなかった。十二人が処刑されてからまだ一か月余りの時期に、臆することなく「大逆」の二文字を詠み込んだ歌に、人々は息を飲んだに違いない。

誠之助の死を悼む

晶子がこの歌を詠むのと前後して、寛も大逆事件を詩にしている。「三田文学」四月号に掲載された「春日雑詠」である。のどかな春の情景から始まる作品は、中盤から大石が事件に巻き込まれて死んだのを嘆く絶唱となる。

大石誠之助は死にました。
いい気味な。
器械に挟まれて死にました。（中略）

神様を最初に無視した誠之助。
大逆無道の誠之助。（中略）

誠之助と誠之助の一味が死んだので、
忠良なる日本人は之から気楽に寝られます。
例へば、TOLSTOI《トルストイ》が歿んだので、世界に危険の断えたよに。

おめでたう。

「器械」は、明治政府の冷酷なシステムを思わせる。「気楽に寝られます。」「おめでたう。」は、血を吐くような思いで絞り出された皮肉に他ならない。

「大逆無道」は、道理や人の道を甚だしく踏み外した行為という意味で、前漢時代の「史記」から来ている。言葉としては大悪無道や極悪非道と同様に用いられてきたが、大逆事件が起こった後では、新たな禍々しさが加わった。

後世の私たちは、一連の事件を「大逆事件」として認識している。しかし、「大逆事件」という名称が定着するのは判決の出た一九一一年一月以降である。

爆発物が見つかり数人が検挙された当初の新聞各紙は、「幸徳一派の爆弾事件」「爆発物陰謀事件」「無政府党員の反逆事件」といった呼称で伝えていた。大審院が開廷された一九一〇年十二月十日の東京日日新聞は、「大逆事件特別裁判」と見出しに謳い、本文には「大反逆を企てたる無政府党幸徳秋水以下廿六名の極悪無道」「大不忠大反逆」といった言葉が躍るが、同じ日の東京朝日新聞などは「大陰謀裁判」「大逆謀」と書いた。各紙が翌年一月十八日以降、大々的に「大逆事件」と報じるようになったのは、その日の大審院公判の判決文に「大逆事件判決書」と書かれていたからである。

二十六人の逮捕者は、当時の刑法第七三条の適用によって裁かれた。天皇もしくは天皇に準じる皇后や皇太后、皇太子らに対して危害を加えたか、あるいは加えようとした者は死刑に処すると規定した条文だが、「大逆罪」という罪名は条文にはない。天皇に危害を加えようとした罪として用いられた「大逆」は、大審院という司法のトップ機関の造語だったといえる。

つまり、事件自体は半年以上にわたって、「大逆事件」ではなかった。晶子と寛が「大逆囚」「大逆無道」という語を詩歌に用いた一九一一年春、これらの語はいわば新語として受け止められたのではなかったか。その禍々しい響きは、いま以上に重く人々の胸に重くのしかかったに違いない。

寛が「三田文学」に寄稿した「春日雑詠」は、詩歌集『鴉と雨』（一九一五年）に収録される際、「誠之助の死」と改題された。その際、「いつに無い、今年の二月の暖かさ。」で始まる前半部分は削られ、「春の鳥」という独立した作品にされたため、のどかな春の光景から一転、陰惨な事件で命を落とした大石誠之助の悲劇が描かれるという劇的な展開ではなくなった。故人を悼む思いを強調する意図だったという解釈もできるが、誠之助の死の悲惨さはやや弱まった。

大きな変更はほかにもあり、最終行の「おめでたう。」の前に置かれていた「例へば、TOLSTOI《トルストイ》が歿んだので、／世界に危険の断えたよに。」という二行が削除された。レフ・トルストイは、日露戦争中に平和主義者、非戦論者として紹介され、一九一〇年代は博愛精神、平和主義の思想が戦争否定、国家否定といったアナーキズムにつながる危険思想の持ち主と警戒されていた。「春日雑詠」発表の五か月前に亡くなったトルストイの名を挿入することは、かなり思い切った表現であり、「おめでたう。」に込められたアイロニーを最大限に強める固有名詞だった。

その二行が削除されたのはなぜだったのだろう。

『鴉と雨』が刊行されたのはトルストイの没後五年の時点だが、その間『人間としてのトルストイ』『子の見たるトルストイ』といった翻訳書や、中里介山の『トルストイ言行録』や生田長江の『トルストイ語録』など関連書が多く出版され、影響力は決して薄れていなかった。二行の削除は、この詩を締めくくる最終行の痛烈な皮肉を弱める「ひとつの後退」だった。

「柩」に託した思い

寛の「春日雑詠」が載った「三田文学」四月号には、晶子の作品も掲載されている。「棺のめぐり」と題する戯曲である。

病院長夫人の亡骸が横たえられた棺を囲み、その家の執事や女中が集まって夫人と病院長の関係や、壁に掛けられた聖母マリアの絵について話す陰鬱な場面が続く奇妙な作品だ。特に筋立てもなく、「罪の人は悲しいことばかりです」といった思わせぶりな台詞があるが意味がつかめない。一人の死と「罪」を扱った「棺のめぐり」が、大逆事件後の暗然とした時代の空気を反映していることは確かだが、主題ははっきりしない。

「春日雑詠」で大逆事件を真正面から取り上げた寛に遠慮したのだろうか。二人して同じ事件を題材にした作品を寄稿すれば目を引き、「三田文学」が発禁処分に処せられるかもしれないと危ぶんだのかもしれない。タイトルの「棺」は、晶子が三月七日付の東京日日新聞に寄稿した「大逆囚の十二の柩」と響き合う。「三田文学」四月号の締め切りは三月だっただろうから、「棺」と「柩」はどちらも大逆事件に対する思いが注がれた語と解釈してよいだろう。

大石誠之助の人となりをよく知る寛は、その死自体を深く嘆いたが、大石と面識のなかった晶子は国家の暴力に強い衝撃を受けていた。十二人もの男女がほとんど冤罪で一度に処刑されたのは、路上で赤旗を振ったことで十数人が罰せられた赤旗事件を上回る暴虐であり、権力の勝利宣言に等しかった。

「棺のめぐり」は、打ちひしがれた晶子が思いを表現しきれなかった失敗作といってもよいだろう。しかし、晶子はこのとき短歌史上初の試みである出産の連作二十二首を新聞紙上に発表し続けていた。出産の歌の中で異彩を放つ「大逆囚の十二の柩」の歌は、明らかに大逆事件の判決と死刑執行に対する異議申し立てである。晶子の本領はあくまでも短歌だった。

「産屋なるわが枕辺に白く立つ大逆囚の十二の柩」は、東京日日新聞の一面に掲載された翌月に「女学世界」、七月には「新日本」に転載される。そして、翌年一月に刊行された第十歌集『青海波』に収められた。「大逆」という禍々しい言葉の重みと、事件について表現する危うさを重々知りつつ、晶子は強い意志と覚悟をもって「大逆囚」の歌を機会あるごとに読者に提示したのである。そこには、思想や表現の自由を制圧しようとする暴政への激しい憤りが込められていた。

第五章　憧れのパリへ

言論の世界で

一九一一（明治四十四）年七月、晶子は最初の評論集『一隅より』を出版した。新聞や雑誌に寄稿した文章がある程度の量になったからだろう。巻頭文には、この評論集が出版社の希望に従ってまとめたものだと記されている。そして、自分の「感想文」はあくまでも「新聞雑誌の依頼」によって筆を執ったものだと、少々言いわけじみた内容だ。

出版元の金尾文淵堂は、それまでに晶子の第二歌集『小扇』など三冊の歌集を手がけており、彼女が徐々に言論の場で活躍し始めたことにいち早く着目したのだろう。しかし、歌集しか上梓したことのない晶子にとって、自らの意見、批評をまとめた本を出すのは勇気を要した。

この時期、晶子は自分の内面の変化を自覚し始めていた。一九〇八年に夫、寛の主宰する雑誌「明星」が一〇〇号で終刊し、作品の発表の場は自然に一般の新聞や雑誌へと移行した。有名な女性歌人であり、多くの子どもを育てている晶子を、メディアは書き手として重宝した。「新婦人の自覚」「女子と都会教育」「離婚について」――テーマは多岐にわたった。詩歌の世界とは全く違う言論界で、晶子は懸命に筆を執った。それは、新しい世界に踏み入れる興奮と喜びを伴う経験だったに違いない。

一九一〇年の「女学世界」五月号に、晶子はこんな思いを綴っている。

私自身も詩人というような檻から跳び出して、まず何よりも「人」として派手に生きたい。歌なんか作れなくなってもよいから、潑剌たる生き甲斐のある日送りがしたい。

『みだれ髪』でデビューして、ちょうど十年の歳月がたっていた。詩歌の世界で活躍してきた晶子が「詩人というような檻」と書いていることには、読者もさぞ驚いただろう。社会評論の執筆という新しい仕事は、新たな自分との出会いであった。そして、歌人ではない自分を思いがけず見出した喜びは、「歌なんか作れなくなってもよい」くらい大きかったのである。

翌年の「女学世界」八月号に、晶子は「女子と社会的智識」と題し、女性の社会進出や国際関係に関する文章を寄稿する。ヨーロッパの状況を考察しつつ、戦争勃発を避けてほしいと述べた後で、晶子はカッコに入れる形で、「(わたしは去年の暮れあたりから、しみじみとこういう問題が気になり出した。)」と記している。「去年の暮れ」とは、一九一〇年暮れである。

さまざまな社会問題を題材にした「灰色の日」一連を発表したのは一九〇九年秋だった。出版物の発禁処分に憤り、赤旗事件の判決に疑問を呈した一連を発表しながら、その時点では、自分の心が社会的な問題に向いていることを自覚していなかったのだろう。それから二年、新聞や雑誌への寄稿を重ねるにつれ、晶子は評論を書くことに確かな手応えを感じるようになっていった。

その半面、悩みもあった。「明星」のライバルだった山川登美子や増田雅子は、当時の女性にとっての最高学府である女子大学へ進学したが、自分は女学校しか出ていない。体系的な知識がない的外れなことを書いてはいないかと不安に駆られた。

私が作をしないでいる時の心持は、いつも「素養が乏しい。他人ほどに物事の感じが鋭くない」という恐怖に襲われている。私は男の方のように旅行などで見聞を広める具合にも行かぬ。また外国の詩歌小説が一行でも読めるのではない。

（「歌を詠む心持」）

一九一一年一月に書かれたこの文章は、『一隅より』の巻頭文と同様、当時の晶子の心もとなさ、自信のなさをよく表している。どうにかして素養を身につけ、見聞を広め、堂々と発言したい——。そんな悶々とした思いを抱えていた同年十一月、夫の寛が心機一転を図ってパリへ発ったのである。

自分も何とかしてパリに行きたい。かつて憧れた地への思いが晶子の胸に広がった。

パリを目指す

当時の日本人にとってフランスは文化と芸術の国だった。「ベル・エポック」（美しき時代）と称され、パリには世界中から芸術家が集まり、文化の中心となっていた。

寛と晶子もまた、フランスに恋い焦がれた。寛が「明星」を創刊した一九〇〇年、パリでは万国博覧会が開かれ、アール・ヌーヴォーが隆盛を誇っていた。万博を見てきた黒田清輝や和田英作といった画家の影響を受け、「明星」の表紙や口絵にもアルフォンス・ミュシャを模したデザインが登場した。寛は絵画の革新にも強い関心を抱き、「アール・ヌーヴォーの絨毯」「今日のラファエル前派」など美術関係の文章や展覧会評を積極的に掲載した。百合や子羊といったヨーロッパ的なモチーフを多く詠み込んだ『みだれ髪』の装丁が、ハートと女性の横顔を組み合わせたアール・ヌーヴォー調だったのも、その流れを汲むものだった。

二十一歳のころ、晶子は同郷の友人に宛て、「ひたすらにローマベルリンのそらなつかしのこゝろおさへがたく、またの世には南欧の香高きくさのおふる野辺のほとりにうまれなまし」と綴っている。晶子と同世代の詩人、萩原朔太郎は「ふらんすへ行きたしと思へども／ふらんすはあまりに遠し」とうたった。誰もがヨーロッパ、とりわけフランスに憧れる時代だった。

寛のパリ行きは、「明星」が終刊して沈みがちな日々からの再起を図って計画された。渡欧前の夫婦の間には冷ややかな空気も漂っていたが、寛は旅先から親密な感情にあふれた手紙を頻繁に書き送った。「君を伴ふべかりしにと思ひ候」「僕は君を待ち焦れる」――晶子の胸は熱くなった。夫への思慕の念と、今後の評論活動に向けて見聞を広げたいという思いが一気に膨れ上がった。

子どもたち七人のうち、一番上の光が九歳、一番下の宇智子が一歳になったばかりだった。寛の渡航費を捻出するだけでも苦労したが、晶子は屏風に歌を揮毫した「百首屏風」を作って販売したり原稿料の前払いを依頼したりして、旅費を工面した。留守中の子どもの世話を義妹に頼み、東京・新橋駅から旅立ったとき、心にはもうパリで待つ夫の姿しかなかった。一九一二年五月五日のことである。

一人旅は心細かった。寛のように船で旅する余裕はなく、新橋から鉄道で福井・敦賀へ向かい、敦賀港からウラジオストックへ渡った。何度も乗り継ぐ緊張は大きかった。それだけではない。シベリア鉄道に乗ってから追加運賃を徴収され、手持ちの現金が足りなくなった。パリまでたどり着けそうにないことに動転した晶子だったが、見知らぬ人が不足分を立て替えてくれ、何とか切り抜けることができた。

景色を楽しむ余裕などなく、食事もろくろく喉を通らなかった。ようやくベルリンを過ぎ、パリが目前となったころには、「昨日からよほど神経衰弱が甚だしくなっているので、少し大きな街、大きな停車場《ステーション》を見ると何とも知れない圧迫を感じるので、私はなるべく外を見ないようにしていた」という有り様だった。ようやく夫に迎えられたときは、どれほど安堵したことだろう。「神経衰弱」の原因の一つは、言葉の問題だった。晶子のヨーロッパ行きは急に決まったので、外国語の勉強ができなかった。車窓から駅名を確かめようにも「露西亜字で書いた駅の名はもとより私に読まれない」と心細さが募った。

パリに着いてからも、その状況は変わらなかった。

人が物をいいかけますと、私はいい加減に、「セッサ」とか「メルシイ」とか「ウイ、ウイ」とかいいながら良人の傍へ出てきました。

（『巴里より』）

「ええ」とか「ありがとう」「そうそう」といった相づちを打っても、その実、何を訊ねられているかは分からなかった。パリに着いて二か月ほどたったころに、晶子は森鷗外へ「言葉が通ぜぬので便不便こもごも有之候」と書き送っている。

一方、寛は出発前にフランス語を二年半以上学んでいた。一九〇九年の六月には、長年にわたって寛と晶子を経済的に支えた実業家、小林政治に宛て、今後は「小説及び劇の方面」にも力を注ぎたいこと、また、四十歳までに一、二年フランスへ行きたいので、「近年語学をつづけおり」と書き送っている。その前年に「明星」が終刊に追い込まれたので、早くから渡欧で心機一転を図ろうと目論んでいたのだろう。

堺の歴史や文化について発信する文化観光施設「さかい利晶の杜」（大阪府堺市）には、晶子と寛それぞれのパスポートが所蔵されている。見比べると、寛の渡航の目的が「藝術研究ノ為メ」となっているのに対し、晶子のは「漫遊ノ為メ」と記されている。旅立つときから二人の準備状況は大きく異なっていたのである。

寛はパリでまずまずの収穫を得ていた。着いて一週間後の手紙には「言葉が日本にて本にて習ひしとはよほどちがひ候ゆえ、一寸解りかねる事多く候」とあるものの、新聞や新刊本を読むくらいの読解力は身につけており、晶子を迎えるころにはカフェで話しかけてきた踊り子や、モンパルナスの墓地の墓守と世間話をするほどになっていた。酒場の主人が客に"vous"（あなた）でなく"tu"（おまえ）を使って横柄な態度だということ、訪問先で会った女性のフランス語に違和感を抱いたところ、後でイギリス人と判明したことなどを得々と旅行記に書いている。

ロダンに会いにゆく

渡欧の準備が十分できなかった晶子だが、旅の最大の目的に向け、必要な手はずは調えていた。パリへ発つ一週間前の四月二十七日、晶子は親交のあった洋画家、有島生馬に手紙をしたためる。「良人よりあなた様に、私夫妻をロダン氏に御紹介たまはる文頂かれうれば、頂戴いたしこよと申しまゐりしに候。まことにあつかましきことゝぞんじ申候へど御ゆるし被下候はゞうれしかるべく候」――オーギュスト・ロダンと会うために、有島へ紹介状を依頼したのである。

近代彫刻の父といわれるロダンは、十九世紀末のヨーロッパでは、「考える人」を含む「地獄の門」などで有名だったが、当時の日本ではそれほど知られていなかった。一九一〇年十一月に雑誌「白樺」でロダンを初めて本格的に紹介した一人が有島生馬だった。有島が「白樺」でロダン特集号を組むことを知らせる手紙と贈り物の浮世絵をロダン本人に送ったところ、一九一一年暮れに返礼としてブロンズ彫刻三点が届いた。思いがけない到来物に白樺派の芸術家たちは感激し、さっそく翌年二月にロダン作品を中心とする美術展覧会を開いた。晶子が出発する約二か月前のことである。

有島からすれば、贈られた彫刻作品の展覧会についてロダンへ報告もしたかっただろうから、晶子の渡仏はちょうどよいタイミングだった。有島へ紹介状を依頼する手紙を書いた二日後、晶子は北原白秋へ「短い月日の間にできますかぎり、さまざまのものを見てまゐりたいと存じて居ります」と書き送った。このとき、晶子は「紹介状も手配したし、きっとロダン先生に会える!」と浮き立つような思いだったことだろう。

晶子がパリに着いてひと月余りたった一九一二年六月十八日、夫妻はロダンの自宅を訪ねた。通訳として松岡曙村というパリ在住の青年が同行した。本名は松岡新一郎という。まだ二十代後半だったがフランス語が達者で、「ル・マタン」や「コメディア」といった新聞に劇評を寄稿するほどだった。

三人はまず、この日の午前、詩人のアンリ・ド・レニエを訪ねた。当時日本でも人気の高かった詩人で、上田敏の『海潮音』には「花冠」など三編が収められている。午前にレニエ、午後にロダン、とは慌ただしいが、晶子と寛はその月の下旬、画家の石井柏亭らとイギリスへ足を延ばす計画を立てていた。早めにバカンスを取る有名人たちの消息が新聞に載り始め、ロダンが避暑地へ出かけてしまうのでは、と心配でもあった。

一行はパリから汽車に乗り込んだ。三十分ほどで郊外のムートン駅に着いたが、パリ市内と違って客待ちの馬車はない。ロダンの家までは「十四五町」、約一・五キロメートルの道のりだったから、「秋草模様の絽の着物に草履」といういでたちの晶子が洋装に靴の男性二人に遅れないように歩くのは「かなり苦労でした」という。ロダン邸に着くと、主はパリ市内のアトリエに行っていて夜まで戻らないと言われる。そこで三人は馬車と蒸気船、自動車を乗り継いでアトリエに向かった。使用人に晶子が有島生馬からもらった紹介状を渡すと、すぐに中に招き入れられた。

大理石の彫像が並ぶ一室で待っていたのは、髪もあごひげも銀色の巨匠だった。ロダンはにこにこしながら、まず晶子の手を取り、椅子へと導いた。有島から託された「白樺」を手渡すと非常に喜び、自分のブロンズ像が展示された日本の展覧会の様子を知りたがった。寛が知っている限りのことを話し、日本の青年たちがロダンの作品に大変感激したと伝えると上機嫌になった。

話は早世した彫刻家、荻原守衛にも及んだ。荻原はロダンの作品に深く打たれて絵画から彫刻に転向し、一九〇七年にはロダンに会うためパリへ足を運んでいた。一九一〇年に三十歳で亡くなった若き才能をロダンは心から惜しみ、彼は自分の芸術の精神をフランス人よりもよく解したと話した。

話は弾み、ロダンはデッサン展を日本で開催したいと相談を持ちかけた。誰か斡旋の労をとってくれるだろうか、彫刻作品も少しは送りたいのだが東京以外にも開催すべき都市はあるか、などと矢継ぎ早に訊ね、寛はそれ以上の熱意で応えた。自分がいま旅行記を寄稿している朝日新聞のような大新聞社や、早稲田文学といった文学雑誌社だったら喜んで斡旋の労をとるだろう、東京のみならず京都や大阪でも開催した方がよい、大歓迎されることは保証する、と自信たっぷりに話した。

寛は翌日の日付で朝日新聞にロダン訪問記を寄稿し、「翁の厚意と熱心とに対して感激し、また話の中《うち》にうっかり日本人を代表している気にもなったので、僕らはつとめて威勢のいい応答をしてしまった」と反省している。三十代の寛の興奮がほほ笑ましい。

巨匠を詠う

晶子も寛に劣らぬ深い感動を味わった。「ロダン翁に逢ひし日」と題した随想には、当日の思いが詳しく書かれている。

翁が私に向かって何か言われて、それを男たちに訳してもらうたびに、私はただ痴鈍な微笑の下にうなずいてばかりいました。（中略）こんなに大きく強い、汚《けが》されない、自由な、生地《きじ》のままのような巨人が地上にある。私はその巨人と時を同じくして生きている。その上私はその巨人と面接することができた。私はまたそれを思うと、全く自分の無知無力の恥を忘れて、自分の幸福の大きさに感激しないでいられません。

フランス語のやりとりは分からなくても、ロダンという芸術家の輝くばかりの存在感に圧倒された。若いころから一流の文学者と頻繁に交流し、もの怖じすることのなかった晶子だが、偉大な彫刻家の風格は特別だったのだろう。自分が日本を代表する有名歌人であることも、七人の子の母であることも忘れ、ただただロダンの声に耳を傾け、その表情に見入った。

フランス滞在中に晶子はロダンとの面会について雑誌に寄稿している。「婦人画報」（一九一二年九月号）に載った連載「欧州より」の二回目だ。

しかし、その文章で晶子は、ロダンの家にたどり着くまでの道のり、また夫人が大変あたたかく対応し、庭の花を自ら切り取って持たせてくれたことなどについて縷々述べ、肝心のロダンとの面会には全く触れていない。「ロダン先生に逢ったことの嬉しさを今この旅先で匆匆《そうそう》と書いてしまうのは惜しい気がする。しばらく一人で喜んでいよう。」と結ばれており、読者は拍子抜けしてしまう。

ロダンとの面会を詳しく記した「ロダン翁に逢ひし日」が発表されたのは、「新潮」一九一六年六月号、つまり、実際に面会してからほぼ四年後である。晶子はまるで子どもが宝物を誰にも見せずにしまっておくように、四年もの間、言葉にしないまま過ごしたのだ。誰かに話せば大切な感動が薄れてしまうような、そんな恐れを才能豊かな晶子が抱くほど、「ロダン先生に逢ったことの嬉しさ」は深いものだった。

帰国後に刊行された歌集『夏より秋へ』に、ロダンの名が出てくるのはたった一首しかない。「澄める水ほのほ浮けたりこれや何《なに》ロダンの作る男と女」という歌だが、ロダンに面会したことを詠んだ内容ではない。「澄める水」はセーヌ川だろうか。街灯のあかりか何か光を反射する水辺に、まるでロダンの彫刻のような男女がいる——という旅行詠のようだ。偉大な芸術家にまみえた喜びを心に深くしまい込み、なかなか文章に書かなかったのと同じように、晶子は歌にも詠まなかった。

だが一九一七年十一月、晶子は感情をあふれさせてロダンを詠む。同月十七日、巨匠がこの世を去ったのである。「文章世界」十二月号に晶子の「ロダン翁を偲びて」十三首が掲載された。

目《ま》のあたりロダンを見つる喜びを云はんとすれば唖《をし》に似るわれ
思出の中にたふとく金色《こんじき》すロダンと在りしアトリエの秋
ああロダンいみじき石の御娘《みむすめ》も石の息子《むすこ》もまた生む日無し

一首目は、ロダンと会ったときの回想である。巨匠に会った感激に打ちふるえ、言葉を失ってしまった経験は、忘れることのできない時間だった。

「短歌の鑑賞と作り方」で晶子は、この歌を詠んだときの心情を振り返っている。「かねがね日本にいた時から敬慕を捧げていた先生に、今日まのあたりお目にかかることができた。さてこの幸いを歌い、先生を讃美しようと思うけれども、先生の芸術はあまりに偉大である。わたしはあまりに小さな人間である。そうして、この幸いはあまりに大きい。ああ、わたしは何も言い得ない（中略）と歎いたのである」。言葉にできないもどかしさと幸福感の両方がひしひしと伝わってくる。

二首目の「アトリエ」には、天国を思わせる美しさと満ち足りた思いがあふれている。ロダン自身が「金色」の光を放っているようだ。晶子にとって、ロダンと会った思い出は生涯を通じて最も貴いものの一つだった。

三首目は、ロダンの彫刻作品を子どもに喩えている。素晴らしい作品が再びは生み出されないという悲嘆だが、その年の九月に晶子が出産後二日で赤ん坊を亡くしたことを考えると、身を抉られるような悲しみを感じさせる。

パリでロダンと会った感動は、ヨーロッパ滞在中にみごもった四男を「アウギュスト」（読みは「オーギュスト」）と名付けたことにも表れている。長男、光や六女、藤子の回想記には、ロダン訪問の際、晶子がみごもっていることを話すと、巨匠が「もし男の子なら、オーギュストと名付けなさい」と祝福の言葉を贈ったという逸話が書かれている。しかし、晶子がパリに到着したのは五月十九日であり、訪問は六月十八日と四週間余りしかたっていない。妊娠の初期症状は早い人で三週間目から現われるが、一般的には妊娠五、六週からであるし、確定的でないことを初対面のロダンに告げたかどうかは少々あやしい。ただ、年月がたつうちに、与謝野家にとって記念すべきエピソードとして繰り返し語られたのだろう。

渡欧の翌年に生まれた四男は、家族から「オーちゃん」の愛称でかわいがられたが、一九三三（昭和八）年五月、二十歳のとき自らの希望で「昱《いく》」と改名した。満州事変以降、日本は中国への侵略を進めており、この年の三月には国際連盟を脱退、戦争への道を歩みつつあった。「アウギュスト」という名への風当たりも強くなっていた。

青年・松岡の活躍

寛と晶子のヨーロッパ体験は、与謝野家の子どもたちに大きな影響を与える。夫妻の心には、誰か一人は外交官にしたいという願いが芽生えていたのである。

長男の光、次男の秀《しげる》の二人は、フランス語教育で知られる暁星学園に学んだ。光は後年、「普通の小学校は授業料がいらないでしょ。それなのに、授業料を払ってね。どちらかを外交官にしようと思って入れたわけです」と可笑しそうに述懐している。

渡欧の旅費に充てようと、晶子は新聞社などから原稿料を前借りした。そのため帰国後は返済のための執筆に追われ、家計は渡欧前にも増して苦しかった。しかし、無理を重ねて上の息子二人を私立校に通わせたのだ。

この決断の大きなきっかけは、ロダンとの面会に立ち会った松岡曙村との出会いだったと思われる。

鹿児島出身の松岡は二十代前半でフランスに渡り、パリ大学法学部に学んだ。晶子と寛に会ったのは渡仏から六年ほど経ったころである。日本から視察団が訪れた時は在仏日本大使館から案内や通訳をしばしば依頼されており、著名人と引き合わせる手配などは手慣れたものだった。パリの演劇評や現地ルポのようなエッセイなども東京朝日新聞に寄稿していた。その中には、たまたま遭遇した若い女性の出身地がフランス中南部のアヴェロンと聞き、すぐさまアヴェロンなまりで話しかけて驚かれたエピソードもある。

晶子が初めて松岡と会ったのは、日本人留学生を中心とした「パンテオン会」の会合と思われる。石井柏亭が自伝に、一九一二年六月一日のパンテオン会で「与謝野夫人」と「松岡」に会ったと記しているのだ。寛も同行していたはずで、このとき松岡にロダンを訪ねる際の通訳を依頼した可能性は高い。

晶子が帰国する直前、寛と晶子はパリのイタリア料理店「杜鵑亭《とけんてい》」(Restaurant du Coucou) へ松岡を案内し、夕食を共にした。彼がすべての手はずを調え通訳を務めてくれなければ、レニエやロダンと会うことはかなわなかった。特に、ロダンとの面会を果たした感激は大きく、その仕事ぶりを労うための晩餐だった。また、寛が日本へ戻った後も、松岡を介してデッサン展の開催についてロダンと連絡を取り合う必要があった。

杜鵑亭はパリで最も高いモンマルトルの丘の上にあったようだ。三人は舗装されていないでこぼこ道を歩いていった。「清水の三年坂ほどの勾配」と晶子は書いており、けっこうな坂道だったことがわかる。このとき松岡は息を切らしている晶子を気遣い、何度も「お苦しいでしょう、奥さん」と声をかけたが、寛の方は、立ち止まっては息をつく晶子に「もう、すぐそこじゃないか」と「苦い顔をして急き立てた」という。

こうした松岡の人間性と才能は、後年、意外な形で評価される。一九一九年に開かれたベルサイユ講和条約会議の際、西園寺公望の私設秘書として随行した「松岡新一郎」こそ、パリで活躍していた松岡曙村であった。彼は一九一四年初夏に帰国し、財閥系の企業で働いていた。三十二歳の青年が国際会議の随行員に抜擢されたのは、高い語学力に加え、晶子に見せたこまやかな気配りや如才なさが買われたからだろう。講和会議の後は外務省情報部に入り、日仏交流にも尽力した。

息子たちの一人を外交官に——という寛と晶子の思いはかなった。一九二八年春、次男の秀が東大法学部を卒業し、外務省に入ったのである。入省後、日本大使館員として語学研修のために赴いたのはフランス中東部の都市、ディジョンだった。渡仏する息子を送り出す晶子の目には、秀と若かりし日の松岡が重なって見えたのではないだろうか。

「最上の職業」とは

晶子のヨーロッパ滞在期間は約四か月と短かったが、フランスのみならずドイツやイギリスなど各国へ足を運び、見聞を広めたのは大きな収穫だった。また、尊敬する芸術家、ロダンに会った感激も深く心に刻まれた。しかし、それ以上に大きかったのは、自らに潜む思いに気づいたことだ。

帰国を前にした一九一二年八月、晶子は日刊紙「ル・タン」(Le Temps)の取材を受ける。場所は、パリを一望するモンマルトルの丘の一角である。ペンを構えた記者の問いに、晶子は一つひとつ丁寧に答えた。

取材のときの会話を、晶子は十八年後も鮮やかに記憶していた。一九三〇年三月、横浜貿易新報に寄稿した文章には、インタビューのことが詳しく記されている。

かつて私が巴里に滞在した時ル・タンの記者から「婦人の新しい職業として貴女は何を最上のものと思うか」と質問されたのに答えて、「人人の素質によることであるから一概にはいわれないが、また一概にいうべきことでもないが、もし見識があって筆が執れたら、新聞記者が男にも女にも最上の職業であろう」といった。

（「新聞紙の威力」）

このときのインタビュー記事は、一九一二年九月十二日付のル・タンに掲載された。実は、この記事には晶子が語ったという「新聞記者が最上の職業」という言葉はない。そもそも、インタビューは晶子個人についてではなく、日本における女性の状況を問う内容だった。当時、多くのフランス人にとって、日本は地理的にも文化的にも遠かった。記事の柱は、（一）女子教育の変化とそれに伴う職業婦人の増加、（二）結婚に関するしきたりや現状、（三）日本女性の特質——の三つである。「記者」という単語は、職業選択の幅が広がったと晶子が話した箇所に現れる。

女性教育の在りかたが見直されたのは今からまだほんの四十年ほど前のことに過ぎません。現在では、女子児童も六歳から初等教育が受けられるようになりました。十一歳からは中等教育へ進むこともできます。（中略）さらに勉強を続けたければ高等教育を受けることもできます。女子の教育環境を整えるため設立され

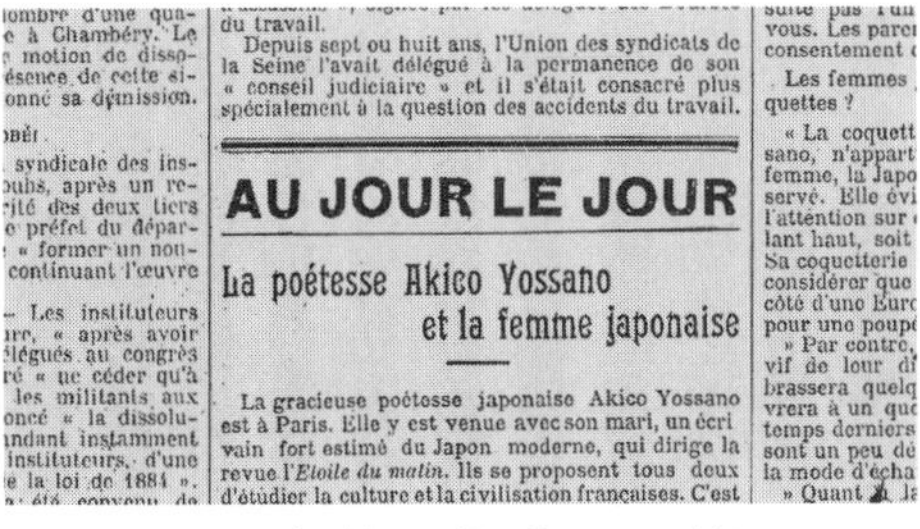
ombre d'une qua-
e à Chambéry. Le
motion de disso-
ésence de cette si-
onné sa démission.

syndicale des ins-
ouhs, après un re-
rité des deux tiers
e préfet du dépar-
« former un nou-
continuant l'œuvre

— Les instituteurs
ure, « après avoir
élégués au congrès
ré « ne céder qu'à
les militants aux
oncé « la dissolu-
andant instamment
instituteurs, d'une
e la loi de 1884 ».

du travail.
Depuis sept ou huit ans, l'Union des syndicats de la Seine l'avait délégué à la permanence de son « conseil judiciaire » et il s'était consacré plus spécialement à la question des accidents du travail.

AU JOUR LE JOUR

La poétesse Akico Yossano
et la femme japonaise

La gracieuse poétesse japonaise Akico Yossano est à Paris. Elle y est venue avec son mari, un écrivain fort estimé du Japon moderne, qui dirige la revue l'*Etoile du matin*. Ils se proposent tous deux d'étudier la culture et la civilisation françaises. C'est

vous. Les parei
consentement
Les femmes
quettes ?
« La coquett
sano, n'appart
femme, la Japo
servé. Elle évi
l'attention sur
lant haut, soit
Sa coquetterie
considérer que
côté d'une Eur
pour une poupe
» Par contre,
vif de leur d
brassera quelq
vrera à un qu
temps derniers
sont un peu dé
la mode d'écha
» Quant à la

1912年9月12日付の「ル・タン」紙

た大学校や高等師範学校、それに工芸や薬学をはじめとした各種専門学校や職業訓練校もたくさんあります。（中略）昔は（と、強調する与謝野氏）、良妻賢母に育て上げるのが女子教育の本分とされていました。今日では、厳しさを増す日本の経済状況によって目指すところが変わったと言ってもいいでしょう。女性であっても教育を通して自活できるだけの手段を身につけることが求められるようになったのです。かくして大量の職業婦人が誕生しました。教員、医師、文士、音楽家、公務員、記者、販売員、助産婦、看護婦などその種類は多岐に渡ります。イプセンの『人形の家』だってみんな読んでいます。（平野暁人訳）

パリへ発つ前年、松井須磨子主演による「人形の家」の初演が評判になっていた。晶子自身はその前に原作を読んで批評もしていたが、「みんな読んでいます」と日本女性全体の知的関心の高さを強調するあたりが、三十代半ばの晶子の口吻を思わせて愉快である。

最上の新しい職業は何と思うか、という質問はインタビューのこのあたりで挟まれたのではないか。その後には、「日本の婚姻制度はどんなものですか」「日本女性は嫉妬深く、蠱惑的にふるまうというのは本当ですか」など、文学と全く関係ない質問が続く。なぜそんな見当違いな質問ばかりするのか、と少なからず気の毒になるが、晶子は丁寧に、言葉を尽くして日本の現状を語っている。このとき彼女はきっと、文学者ではなく識者としてコメントを求められていることに喜びを感じていただろう。

そして、こみ上げてきた「新聞記者になりたい」という思いを、実に二十年近く胸にしまっていたのだ。

記者ファローとの交流

ル・タンのインタビューをしたのは、レオン・ファロー（Leon Faraut）という記者である。文芸誌「レザナール」（Les Annales：一九一二年九月二十九日号）の晶子の特集記事も手がけている。この特集は、晶子の寄稿と、ファローによる晶子の紹介記事の二本立てだ。「フランスの第一印象」という晶子の文章は、編集部から「フランスという国、なかんずくフランス女性から受けた印象についてまとめてほしい」と依頼を受けて書かれたものという。後に「巴里に於ける第一印象」のタイトルで寛との合著『巴里より』に収められる。

ファローは、晶子の生い立ちから今に至るまでの文学的歩み、国内での高い評価、また短歌が二千年以上の歴史をもち、「ユゴーやヴェルレーヌの詩とは似ても似つかぬもの」であることを解説している。額田王や紫式部にも触れるなど、日本文学への造詣が深かったことがわかる。恐らく一般紙のル・タンでは文学にあまり関心のない読者もいることを考え、日本の教育や結婚事情について話を絞ったのだろう。

『巴里より』で、晶子は八月十日に「プッティイ・パリジヤンの記者のファアロウさんの家のお茶に呼ばれた」と記している。「ル・プティ・パリジャン」（Le Petit Parisien）は一八七六年に創刊された日刊紙で、一九一〇年代には発行部数一〇〇万部を超え、パリの五大新聞の一つと言われた。ファローは複数の新聞や雑誌に寄稿する文芸専門記者だったようだ。

九月十二日付ル・タンに掲載された記事で彼は、取材の前に晶子から「干し魚のスープ、緑茶、日本酒、加えて堺市の様々な郷土料理」でもてなされたと書いている。晶子は「お茶に呼ばれた」返礼として、パリで入手できる材料で何とか和食を作ったに違いない。こうした個人的な交流を重ねたためだろう、寛は日本へ戻った晶子に宛てて、パリの記者たち、とりわけ「フワロオ」が晶子の帰国を残念がったと書き送っている。

一九一四年九月、晶子は東京日日新聞に、第一次世界大戦勃発後のパリを思う歌を寄せた。

戦ひの起ると書ける巴里《パリー》なる夫人《マダム》フアロウの水色の文
九月来てプラタンの葉の散る巴里目に浮《うか》べつゝいくさ思へる

「夫人《マダム》フアロウ」は、レオン・ファローの妻と思われる。「プラタン」はプラタナスのことで、紅葉した葉はパリの秋を象徴する風物の一つである。ファローのような文芸記者や芸術家、また野心に満ちた在仏日本人たちとの交流こそ、その後の晶子の糧となる豊かな収穫であった。「新聞記者になりたい」という思いは、こうしたパリの追憶と共に、深く晶子の心にとどまっていたのだ。

パリの画家「江内」

ル・タン紙の記事には、取材場所が「モンマルトルの丘の上に住む日本人画家の Yeutchi Shuncho のアトリエ」だったと書かれている。

〝Yeutchi〟という画家は、ル・タンのインタビューが行われた年の「レザナール」誌の晶子の特集記事に、パリの女性を描いたイラスト六点を添えた。そして、誌面には彼が晶子、寛と共に写った写真が大きく掲載されている。レザナール誌編集部を訪れた際に撮影されたもので、中央には晶子がやや緊張した面持ちで椅子に坐り、向かって左に寛、右に〝Yeutchi Shuncho〟が立つ。

〝Yeutchi〟の読みは「ゆいち」「ゆういち」などが考えられるが、『巴里より』を読み返すと、寛が晶子を伴ってモンマルトル界隈へ繰り出す「暗殺のキヤバレエ」という章に、「画家の江内」という人物が出てくる。寛が「一昨日の晩、晶子を伴《つ》れて画家の江内と一緒に僕が行った時は～」とある箇所だ。その画家が登場するのは一回きりだが、〝Yeutchi〟は「江内」ではないだろうか。

「江内」を手がかりに調べたところ、「江内春潮」という人物が浮かび上がった。一九一二年当時、パリにいた青年画家である。この人は、京都市立美術工芸学校（現・京都市立芸術大学）日本画科を卒業し、〇九年ごろに渡欧した。一四年に帰国し、東京の三越呉服店で展覧会を開いた際には、

「日本画を基礎とせる新画風を開始し巴里の美術界に認められ……」と紹介されている。PR誌「三越」に掲載された作品三点と、レザナール誌に載ったイラスト六点を比較すると、人物の顔の描き方や少しぼってりした輪郭のタッチがよく似ている。

ファローはレザナール誌で、"Yeutchi Shuncho"を「和製スタンラン」と、当時人気の高かったアール・ヌーヴォーの画家になぞらえている。闊達な線で黒猫を描いたポスター作品で知られるテオフィル・アレクサンドル・スタンランを引き合いに出すのは、最上級の褒め言葉だっただろう。

舞台芸術や音楽など文化情報や批評を扱っていた日刊文化紙「コメディア」(Comœdia) は、一九一一年七月二十一日の紙面で"Yeutchi Shuncho"を大きく取り上げ、その作品を七点も掲載しており、ファローの高い評価を裏づける。一九一七年に江内が帰国した際の展覧会では、「仏国の芸術家は江内君を目して東洋画界の天才なることを認識せり。巴里のサロンは奇才ある東洋画家として嘆賞したり」と紹介されており、"Yeutchi"は江内春潮と見て間違いないだろう。

ファローの記事によると、晶子のパリ滞在中、それを知った若い日本の文士が江内のアトリエに駆け込み、何とか晶子に会わせてほしいと訴えたという。その出来事から、若かった江内が画業の傍ら、日本からやってきた文化人の案内役や通訳を務め、芸術家の集まるサロンでよく知られた存在だったことが想像できる。

九月に刊行された「レザナール」誌の写真に納まった彼の左腕には、喪章が巻かれている。青年画家は、この年の七月三十日に明治天皇が崩御したことを悼みつつ与謝野夫妻と並び、カメラに向き合ったのであった。

ジャーナリストの自覚

パリから帰って三年後、晶子は二冊目の評論集『雑記帳』を出版する。扉には、「『一隅より』の時に比べて自分の思想に多大の変化のあったことはこの書が語っております。」と自信たっぷりの文章が掲げられている。『一隅より』の巻頭文とはまるで違う。晶子はどんな「多大の変化」を遂げたのだろう。

欧州の旅行から帰って以来、私の注意と興味とは芸術の方面よりも実際生活に繋がった思想問題と具体的問題とに向かうこ

与謝野夫妻と江内春潮の写真が
掲載された「レザナール」

晶子が表紙を飾った「レザナール」誌
（森下明穂さん提供）

とが多くなった。私は芸術上の述作を読む場合にも芸術的趣味の勝ったものよりは生活的実感の勝ったものを余計に好むようになった。忙《せわ》しい中で新聞雑誌の拾い読みをするにも、芸術上の記事を後回しにして、欧州の戦争問題や日本の政治問題に関係した記事を第一に読むという有様である。

ヨーロッパへの旅は、「実際生活に繋がった思想問題と具体的問題」に晶子の目を開かせた。原稿依頼もぐんと増え、晶子は着々と寄稿家としての地位を固めてゆく。さらに三年後、晶子は横浜貿易新報に「私の新聞観」という文章を寄せる。

近き未来において新聞記者の内部生活が科学主義化され人道主義化されると共に、新聞の報道もより科学的、より心理的に精確となり、それを一貫するに世界人類の愛と自由と幸福とを増進する倫理的精神をもってするであろう。この意味において私は新聞と新聞記者の聖職を讃美し、事情が許すなら私自身も新聞記者の職業を兼ねたく思う者である。

新聞記者が「聖職」とは到底思えないが、このときの晶子は、高い志と理想を抱く特別な職業と捉えていたのだろう。ヨーロッパでの経験は、社会情勢を正確に記録し、人々をよりよい方向へ導くという新聞の役割を認識させ、ジャーナリストに対する憧れを強めたのだ。この文章を書

いたとき、晶子の耳には、ル・タン紙の記者に答えたときの自分の声が響いていたに違いない
――「最上の職業は新聞記者」。

第六章　女性記者へのまなざし

草創期の婦人記者

パリでル・タン紙の記者の質問に対し、晶子は「最上の職業は新聞記者」と答えたが、そのとき一体、どんな記者像を思い描いていたのだろう。

自身の評論活動は始まったばかりだったが、晶子は新聞記者の仕事ぶりをよく知っていた。取材される立場だったからだ。既に明治末期には女性記者たちが華々しく活動しており、渡欧前から晶子は頻繁に取材された。その経験から、彼女たちの取材の仕方や言葉遣い、出来上がった記事について評した文章も多い。晶子と同時代に活躍した女性記者たちの状況や、晶子とのつながりについて見てゆこう。

日本で初めて新聞記者になった女性は、国民新聞で働いた竹越竹代（旧姓・中村）といわれている。国民新聞は、徳富蘇峰が一八九〇（明治二十三）年二月に創刊した日刊紙だ。創刊メンバーに、歴史や思想史に通じ言論界で活躍していた竹越与三郎と、その妻の竹代がいた。

竹代は一八七〇年、岡山藩士の娘として生まれ、地元の山陽女学校を卒業後、大阪の梅花女学校に進んだ。卒業と同時に一八八九年、竹越与三郎と結婚して上京、国民新聞の記者となる。与三郎は蘇峰と旧知の仲で、国民新聞では政治評論を担当した。この年は国会が開設され、初めての帝国議会議員選挙に人々は沸き立っていた。

創刊まもない国民新聞は、「婦人の新聞記者」と題した論説を載せた。「世に婦人ほど新聞記者たるの好資格をそなえたる者はなかるべし。彼らは精細なる観察力を有し、兼て深密なる批評心を有せり、（中略）婦人にして新聞社会に入らば成功すること疑いなけん」と、女性の資質を高く評価している。

夫が同じ社にいることを慮ったのか、竹代は「竹村女史」のペンネームで記事を書いた。その中の一つ、「帝国大学病院の模様」は、東京大学付属の病院の院内ルポである。五時間かけて、病院内の様子やまだ珍しかった看護職の女性二人の仕事を詳しく取材した内容だ。「〇〇氏との対話」というシリーズも担当した。「対話」というのはインタビューのことで、今ではごく普通の手法だが当時は珍しかった。創刊者の蘇峰が、社説や論説、投書以外にも人の意見を知ることができる記事が必要だと考えて作られた企画だった。竹代は女子教育に尽力した歌人、下田歌子や、文筆家で民権運動に関わった中島俊子など著名な女性に取材した。

先駆的な仕事を担った竹代だったが、入社と同時期に入った東京婦人矯風会の方の活動が忙しくなったこともあり、記者生活は三年ほどで終わった。

竹越竹代と並んで「初の女性記者」と称されるのは、後に「婦人之友」を創刊した羽仁もと子（旧姓・松岡）である。一八七三年、青森県八戸に生まれたもと子は、教育に理解のあった家族の支えで上京し、東京府立第一高等女学校、明治女学校で学ぶ。日中は学生として学び、夜は「女学雑誌」の校正のアルバイトをしていたことから、意志の強さと自立心が感じられる。いったん郷里に戻って教師として働くが、「私の望みは教師ではなくて書くことだった」と回想記に書いている。何とか書く仕事に就きたいと職業案内に目を配っていたところ、報知新聞が校正係を募集していることを知り、応募して採用された。一八九九年、二十六歳のときである。校正係の仕事に飽き足らず、自ら取材した原稿が認められたことで取材記者への転身を果たした。

竹越に遅れること九年であるが、羽仁の入社した年は高等女学校令が発布され、女子教育の大きな節目となる時期だった。同年には三十七校しかなかった高等女学校が、八年のうちに一三三校にまで増えるなど、女子教育の環境は急ピッチで整ってゆく。それと並行して、男児よりだいぶ低かった女児の小学校の就学率も九六・一四％と、男女ほぼ同じ割合に達した。

教育を受けた女性が増えれば、活字を読むようになる。それを見越してだろう、一九〇〇年代以降、「女学世界」や「女子教育」といった女性誌が次々に創刊される。その結果、料理や手芸、美容など女性読者向けの記事を書ける記者が求められるようになった。新聞も女性読者を意識し始める。一八九八年に大阪毎日新聞が「家庭の栞」という、家庭面の走りとなる欄を創設したのに続き、一九〇四年に読売新聞が「家庭小話」欄、〇八年に二六新聞が家庭欄を設けた。女性読者を増やすことで部数増を図ろうとしたのだろう。こうして生活実用記事が増えてゆくのと並行して、各社に女性記者が増えていった。

「婦人記者花くらべ」

その流れを証明するような雑誌の企画がある。一九一〇年の「婦人世界」十二月号の「新聞雑誌婦人記者花くらべ」と題し、各紙の記者たちの活躍ぶりを紹介した内容だ。「婦人世界」は、ベストセラー『食道楽』で知られる村井弦斎が編集顧問を務める雑誌で、当時は平均発行部数が十万部を超える人気を誇っていた。

各紙の女性記者を一人ずつ違う花に喩える趣向はやや少女趣味だが、当時有名だった女性記者たち十二人の名前がずらりと並んでいる。そのうち、「女学世界」などの雑誌記者を除く新聞記者は以下の通りである。雑誌編集者の羽仁もと子は新聞記者経験者として挙げる。

「婦人記者花くらべ」の載った
「婦人世界」1910年12月号

■大澤とよ子（時事新報）＝芙蓉
■磯村春子（報知新聞）＝紅ばら
■服部桂子（萬朝報）＝椿
■下山京子（時事新報）＝けしの花
■山崎千代子（毎日電報）＝コスモス
■山田邦枝子（中央新聞）＝花あやめ
■羽仁もと子（家庭の友《ママ》）

大澤とよ子（豊子）は、群馬県館林の藩士の家に生まれ、小学校を卒業後、十五歳で上京して速記塾で学んだ。その後、講演速記などの仕事をしていたが一八九九年、時事新報に速記者として入社。仕事ぶりを買われたのだろう、数年後に取材記者になった。「花くらべ」の掲載当時は三十六歳のベテラン記者だった。時事新報に二十五年間勤務した。

磯村春子は、福島県相馬郡中村町（現・相馬市）の裕福な家に生まれ、仙台の宮城女学校に学んだ後、郷里で教職に就いた。結婚してから日本女子大学校や女子英学塾（現・津田塾大学）で学び、一九〇五年に報知新聞に入社した。幼い子をおぶって出社したエピソードから「ルビ付き記者」とあだ名された。ＮＨＫの朝の連続テレビ小説「はね駒」のモデルになった女性記者としても知られる。英語が堪能だったので、「花くらべ」には「西洋人の訪問にかけては、恐らく女性記者中の第一位でしょう」「報知の磯村様といえば、やがて婦人記者の代名詞のようになってしまったくらいです」などと書かれている。当時三十一歳。

萬朝報の服部桂子は、当時三十か三十一歳で、情死や殺人の現場にも足を運ぶ一方、名家の訪問、集会の取材など何でもこなすとある。そのころ複数の新聞で記者として活躍していた松崎天民が東京朝日新聞に連載した「東京の女」には、「第一高等女学校の出身者で、これまた敬服すべき勉強家で活動家」と評されている。

下山京子は大阪時事新報で活躍した記者である。当時の新聞には、身分を偽って内部に潜入して記事を書く「化け込み」という手法があり、下山はそのはしりとされている。フランスの雑誌で女性記者が花売り娘に仮装したルポ記事のことを知った下山が、自ら編集長に申し出て小間物売りの格好であちこちを訪問した連載は、非常に人気を集めた。「花くらべ」には「お若くってお美しくって、弁舌が爽やか」「人の応接がお上手」などと書かれている。

毎日電報の山崎千代子は、訪問取材を得意とした。以前は樋口一葉のような美文調の文章だったが、「今は全くの記者肌になられて、特色のある彩筆をふるって」いたという。『現代女子の職業と其活要』（一九一三年）には、「女子大学の国文

人気を博した
『婦人記者化け込み
お目み江まわり』の表紙

科と英文科とをご卒業になった才媛」と書かれている。当時、国文科と英文科のあった女子大学と言えば、一九〇一年に創立された日本女子大学校ではないか。

中央新聞の山田邦枝子は、徳島の生まれだが長野の祖父母のもとで育つ。諏訪高等女学校で学んだ後、自活すべく上京し、中央新聞の記者になった。「花くらべ」当時はまだ二十歳だった。「女子文壇」などに投書する「閨秀作家」で、和歌や俳句も得意としたことが紹介されている。結婚後は「今井邦子」を名乗り、昭和の代表的女性歌人の一人となった。

羽仁もと子は、「花くらべ」当時は三十七歳。大澤とよ子と同年代なのに、「もういい加減なお年栄《としばえ》でしょう」などと書かれているのは、知名度が高く、長く活躍している印象が強かったせいかもしれない。報知新聞を辞めて一九〇三年に「家庭之友」を創刊し、一九〇八年には「婦人之友」と改称していた。一人だけ花に喩えられていないのは、記事の筆者によると「花の時代を過ぎたというばかりでなく」「秋の凋落も冬の霜枯も知らない常磐木《ときわぎ》」のイメージだから、というのは少々気の毒である。

磯村や羽仁のような恵まれた境遇の女性ばかりが記者になったのではない。大澤や山田のように、苦労して取材記者になったケースもあった。彼女たちはなぜ新聞記者を目指したのだろう。

磯村春子
（大正の初めごろ撮影。
磯村家所蔵）

羽仁もと子
（明治34年撮影。
婦人之友社提供）

記者を目指した理由

明治から大正にかけて、新聞記者という職業は、必ずしも社会的な地位が高くなかった。婦人参政権運動を率いた市川房枝は、愛知県立女子師範学校を卒業後、一九一七年から一年余り、名古屋新聞で記者として働いたが、自伝に「男女にかかわらず、当時は新聞記者はゆすりと同様に考えられていたので、母校の先生たちはひどく心配して注意された」と書いている。まじめな女性が就く職業と思わない人が多かったのだろう。しかし、進取の気性に富んだ女性たちは、ひるむことなく新しい職場に飛び込んだ。

その背景には、高等教育を受けた女性たちの受け皿となる就職口が少なかったことがある。当時は高等女学校を卒業しても男性のように官立の大学に進めなかった。女性にとっては女子師範学校が官立の最高学府であり、職業選択の幅は非常に狭かった。例えば磯村春子の場合、女子英学塾を卒業後、「女教師は誰にでもできるが、少し変わった仕事をしてみたい」と考え、報知新聞の門を叩いたという。まだ実験段階だった飛行船に技術者と同乗したエピソードなどから、好奇心旺盛で積極的な性格がうかがえる。

一九二五年に大阪朝日新聞の記者になった北村兼子は、関西大学初の女子学生として学んだにもかかわらず、高等文官試験を受験させてもらえなかった。高等文官試験は現行の司法試験と国家公務員試験を合わせたようなものだ。法律家を目指していた北村の道はここで断たれ、やむなく新聞記者になったのである。

一九一六年一月、三越呉服店が女店員を募集した際、予想を上回る応募があったことも、教育を受けた女性の就職先がなかったことを裏づける。「十七歳より二十二歳までの女子にして配偶者なきもの」で「尋常小学校を卒業したるものにして東京在住者」を募集する旨を複数の新聞に掲載したところ、五〇〇〇人近くの応募があった。その中には、女学校や女子大学に在学中の人もいたという。三越は他の呉服店に先駆けて一九〇〇年に初めて女店員を募集している。従来の販売法と異なる百貨店の陳列方式はもの珍しく、当時の若い女性たちにとって魅力ある職場だったに違いないが、三越側では高学歴の女性たちの応募にだいぶ戸惑ったようだ。

一方、経済的自立を目指して記者職を選んだ女性たちも多かった。「花くらべ」の九年後に読売新聞に入社した望月百合子は母親の苦労を見て育ち、物心つく頃から「決して嫁というものにはなるまい」「何か仕事に就こう」と心に決めていたという。郷里の山梨県甲府を離れ東京の成女高等女学校で学んだが、卒業時に両親が縁談を準備していたことに驚き、女学校の校長の紹介で記者になった。十一歳のときに「青鞜」創刊号を読み、「山の動く日来る」で始まる与謝野晶子の巻頭詩に感動したことも多少は影響していたかもしれない。

速記者として実績を積んで取材記者になった大澤など、自活することを当然と考えて就職する女性は着実に増え、新聞社は少ないながらも自立を目指す女性たちを受け入れていった。「婦人記者花くらべ」は、名の知られた記者の特徴や評判を並べた、やや興味本位な企画である。しかし、ここに名を連ねた女性たちは、個性豊かにそれぞれの道を進んだパイオニアだった。

訪問記者の来訪

明治末期の女性記者たちは、どんな取材をしたのだろう。

明治三十年代に人気のあった読みものの一つに、有名人のインタビュー企画がある。例えば、報知新聞の「夫人の素顔」は、大山捨松や矢島楫子といった名士の夫人や有名な女性を訪ね、家庭の切り盛りの仕方や子育ての方針などを聞き書きしたものだ。国民新聞の徳富蘇峰が早期に採り入れたインタビューは、この時期には各紙でよく企画されるようになっていた。こうした取材は「訪問取材」、担当記者は「訪問記者」と呼ばれた。女性記者たちは入社後まず、訪問取材を命じられることが多かった。

一九一三（大正二）年に中央新聞の記者となった中平文子の『女のくせに』は、自身の記者時代を振り返った回想記だ。最初に新聞社を訪れたときのことを、こんなふうに書いている。

「あの、どういう仕事を致しますのですかしら?」

私はうつむいたままで覚束なく尋ねると、

「主に訪問です、名流の夫人や令嬢を訪ねて、その訪問記を書くのですがね、楽なようでなかなか骨の折れる仕事ですから、あなたのようなお嬢さんで出来るかどうか疑問ですね、それとも何《ど》うです、勇気を起してやってみますか、あなた学校はどちらの御出身です?。」（中略）
「何んだか初めは随分極りの悪いもので御座いましょうね。」とにっこりすると、
「ええ、そりァ男子でも最初のうちはどぎまぎしてなかなか巧く可《い》い材料《たね》は取れません（後略）」

訪問取材は、必ずしも女性記者だけがやらされたわけではない。菊池寛は京都帝大を卒業して時事新報に入り、二年半、社会部記者としてひと通りの仕事を経験したが、その中には政財界の名士を訪ねて話を聞く取材も含まれていた。人と会うのが苦手だった菊池は、訪問記者の仕事はいつまでたっても上達しなかったと『半自叙伝』で振り返っている。
電話もない時代だったから、訪問取材はあらかじめ約束をとりつけるのでなく、前ぶれなしに訪ねることがほとんどだった。今で言う「アポなし取材」である。よほど寛大な相手でなければ、迷惑顔をされるだろうし、門前払いを食らうこともあったはずだ。ヨーロッパから戻った晶子が書いた小説「明るみへ」は、そのことを裏づける。

面会お断り
廃兵殿、訪問記者殿、／行商者殿、空談家殿、／揮毫依頼者殿、／其他特別の御用なき諸君、

今後の生涯を愛重すべき厳粛なる自覚により、右諸君の御諒察を乞ひ候。

この文言を、晶子自身が重ねられている主人公「京子」が読み上げると、夫の「透」が「それをね、板へ書いて玄関へ下げとくのだよ。好いだろう」と言う。寛と晶子が実際にこんな注意書きを玄関に掲げたかどうかはわからないが、小説の冒頭に持ってくるほど、与謝野家では「訪問記者」をはじめとする来客の多さに悩まされていたのだろう。

一九〇六年四月十八、十九日の読売新聞には、「名家を訪ひて」と題した訪問記者による晶子のインタビューが掲載されている。

「鉄幹《あるじ》はただいま病気で大学病院の方へ入っております。初めは面疔を煩って順天堂病院の方にいたのですが、面疔ってのは大変危険なんだそうですねえ」と始まっており、話し言葉をそのまま引き写したようだ。作歌の心得に関する記事だが、「私は歌を作るときには、作っている間に力をこめて直します。鉄幹《あるじ》のなどはすらすらときれいだけれど。ですから私の原稿などはもう真っ黒ですよ」など、締まりがなく読みにくい文である。

記者と晶子の攻防戦

訪問記者は突然現れるから、忙しいときには迷惑この上ない。晶子は一九一六年、「個人個人の時」と題した文章で苦言を呈している。

私の友の一人である快闊な若いある婦人の訪問記者に、私は遠慮しないで露骨にこういうことを話しました。

あなたも私も同じく筆を持っている労働者です。物質的に報いられることの薄いことを思えば、お互いに廉価な時間に働いているのですが、しかし、まだあなたは身一つのために働いておいでになればよいのですから、その時間を折折無駄になすっても、あなたお一人の御損で済みます。私のは十人の子供の死活に関係する時間なんですから、どんな廉価な時間であるにせよ、これをあなたのお時間と同じように無駄に費やしてはなりません。それは子供たちの生活を危うくする私の罪悪ですから、と。

一分一秒でも惜しい気持ちが伝わってくる。こうした訪問インタビューに応じても、謝礼は出なかっただろう。「子供の死活に関係する時間」というのは、決して大げさではない。この時期、与謝野家の家計は、ほとんど晶子一人の肩にかかっていた。子どもと一緒におもちゃを手作りするのは楽しいが、つい時間を忘れて没頭し、おもちゃを買うより高くつく、と書いた文章もあり、晶子の時間が収入に直結していたことがわかる。

著作と家庭との労働に服して忙しく日を送っている私には、全く時間の余裕がありません。それで私はやむを得ない限り外出しない事に決めています。しかるに私の最も迷惑する場合の多いのは、日日不意の客に訪問されることです。（中略）あるとき一人の婦人記者が雑誌社の用で突然私を訪ねて来られたのですが、私は分娩前でもあり、またちょうど急ぎの原稿を書いていたところでしたから、そのことを女中に言わせてお断りしました。

面会を断られた女性記者は、晶子とは面識がなかった。その後、「与謝野晶子は筆で立派なことを言っても、障子は穴だらけであり、庭は草だらけであり、実際の家庭を見るとだらしない、だらしない女に過ぎない」と触れ回ったと晶子は嘆いている。

「婦人記者倶楽部」

女性記者の訪問取材に悩まされた晶子だったが、彼女たちへの関心を常に抱いていた。一九一五年六月、晶子は雑誌「太陽」に「婦人記者の社交倶楽部」と題する文章を寄せており、女性記者ウォッチャーだった一面がわかる。

東京にある新聞雑誌社の婦人記者たちが社交倶楽部のような会を近く創められたそうである。

その会員の中には学殖も見識も実行力も十分備わって、新しい文明婦人たるに背かない神近市子女史のような人たちも居られるのであろう。日本の現状からいえば、婦人記者たちは婦人界の新知識であり、選良であり、そして多くの若い婦人が羨望の目を寄せる最も自由な境遇にあって活動する人たちである。（中略）その会を単に婦人記者たちの社交機関たるにとどめないで、婦人界のために種々の新思想と新運動との発電所となるまでに拡大してほしいものである。

「婦人界の新知識であり、選良」「最も自由な境遇にあって活動する人たち」は、晶子自身の評価だろう。そして、「多くの若い婦人が羨望の目を寄せる」という表現からは、当時の若い女性たちが記者職に憧れていたことを伝えている。

晶子の取り上げた「社交倶楽部のような会」は、日本初の女性記者クラブと思われる。

その八年前の一九〇七（明治四十）年二月、月刊新聞「世界婦人」の主宰者、福田英子の呼びかけによって「婦人記者倶楽部」という集まりが発足したが、実質的にはメンバーに男性記者が多くいたうえ、数か月で解散となった。「婦人に関する新聞雑誌記者の組織いたし候もの」というコンセプトでスタートしたが、福田以下、九津見房子や神川松子など社会主義に傾倒する記者が中心で、考え方にやや偏りがあったのも一因だったかもしれない。「社交倶楽部のような会」は、その八年後、一九一五年五月十五日、日本キリスト教婦人矯風会の呼びかけで実現した。

その当時、矯風会は、大阪・難波新地の遊廓を飛田へ移転させる計画に対し、反対運動を展開していた。難波新地の遊郭は江戸時代から続く花街だったが、一九一二年一月に火事で焼失し、大阪府は代替地としてその南西部にある飛田を指定しようとしていた。各紙は遊郭新設の必然性や土地売買を巡る利権について追及し、矯風会は人権問題として取り組んだ。この運動を広く知ってもらおうと矯風会の大会に新聞や雑誌の記者を招待した際、各紙の女性記者が十四人集まった。そのため、「かかることは実にめづらしき事」と一同に呼びかけて、新たな「婦人記者倶楽部」の発足となったのである。

一九〇三（明治三十六）年に出版された落合浪雄『女子職業案内』には、東京府下で新聞記者として働く女性は二十六人と書かれている。著者は、萬朝報の記者である。その十数年後だから、少しは増えていただろうが、十四人もの女性記者が顔を合わせる機会は、確かに珍しかっただろう。

矯風会の運動は実らず、飛田は結局一九一七（大正六）年、新たな遊郭を建設する土地として正式に許可されることになるが、新聞社や雑誌社の垣根を越えて婦人記者が集まって発足した「記者倶楽部」はその後も活動を続けた。

矯風会の記録に残っている初期のメンバーは、東京朝日新聞の竹中繁子、時事新報の大澤豊子、読売新聞の小橋三四子の三人だけだが、新聞記事に掲載された例会の出席者には、萬朝報の服部桂子のほか、「新女界」や「婦人新報」などの女性記者が名を連ねている。晶子が想像したような、親睦を図る会ではなく、当初は毎月一回集まっては公娼問題など時事的なテーマを論じ合う場だった。当時、東京・赤坂にあった矯風会の本部事務室がその会場だった。あくまでも私的な会合だったから、晶子が「社交倶楽部」と思ったのも無理はない。むしろ、どこからその情報を得たのか、そちらの方が不思議である。

記者倶楽部の活動内容に関する記録はほとんどなく、一九一九年に読売新聞に入社した望月百合子の回想は、貴重な記録といえる。「矢島楫子さんをはじめ、ガントレット恒子さんや婦人記者など一〇人ぐらいは集まっていたと思います。（中略）とくにテーマがあるわけじゃなく、雑談をする程度で、会報なども出してなかったですね。私は、この会で、いろいろ教えてもらいました。愛国婦人会など婦人会の動向もここで分かりました」

残念ながら、婦人記者倶楽部は発足四年にして、社交倶楽部的な会になってしまったようだ。男性に伍して働こうとすれば、他社の記者と交流を深める時間的余裕はあまりなかっただろう。全体に女性記者の勤続年数も短かった。

「婦人記者倶楽部」がいつの間にか立ち消えになった後、一九二三（大正十二）年に朝日新聞の竹中繁子、国民新聞の金子しげり、「婦女界」の太田菊子が中心となって呼びかけ、新たに「日本婦人記者倶楽部」が発足した。市川房枝や奥むめお、平塚らいてう、野上弥生子といった、婦人運動の指導者や文筆家も交えた会合は毎月開かれ、九年近く続いた。女性参政権や女性誌の風潮などについて語り合う場は、晶子の期待した、婦人界のための「種々の新思想と新運動との発電所」の一つとなったのではないだろうか。

わせる。

共感と励まし

訪問取材に悩まされ、その取材ぶりを厳しく批判しながらも、晶子は女性記者たちに共感と期待を抱いていた。一九一九年一月の横浜貿易新報に載った「敏感の欠乏」は、そのことをうかがわせる。

そういう女たちは、訪問した先の者がいかに忙しい職業を持って、いかに貴重な時間のなかに生きているかという「省察」を全く持っていないのです。「五分間だけお目にかかりたい」といいながら、一日や二日話し合っても解ききれないような質問を出したりします。そうして三十分でも一時間でも帰ろうとはしません。(中略)そうして、何事を聞いても、その話の要領をつかまず、軽く話したところと重く話したところとの力点の置き所を取り違えて、いつでもきっと話した者に多大の迷惑を与えずにおきません。私たちの仲間である婦人記者がわが国においてまだ厄介物視せられるのは、こういう理由からだと思います。

前半は質問内容や滞在時間の問題、後半は記事がピントはずれのものだったことへの批判だが、「私たちの仲間である婦人記者」という表現に着目したい。この言葉からは、自身も「記者」だという自覚、仲間意識が感じられる。晶子は取材される側であるだけでなく、自らもペンを振るう一人だった。当時の女性記者たちの仕事ぶりの拙さに苛立っていたのは、自分の時間がとられるという理由だけでなかった。女性記者たちが「厄介物」扱いされていることに、一番もどかしい思いをしていたのが晶子だったのである。

新聞や雑誌の記者からインタビューされることが多く、顔見知りの女性記者も多かった。「婦人記者花くらべ」のような企画や署名記事を読み、親しみを覚える記者もいただろう。神近市子はその一人であった。

女子英学塾に在学中から「青鞜」に加わり、東京日日新聞の記者になった神近は、何度か晶子を取材した。一九一六年十一月、晶子は横浜貿易新報に「神近市子さんのこと」と題する文章を寄稿した。「新聞記者として二三度訪問を受けたこともあり、その書かれたものを読んだこともあって、在来の女性に共通した弱点である優柔と浮華とからかけ離れた、しっかりしたところのある有数の青年婦人として、ひそかに多大の敬意を寄せていた」とある。

その月、神近は恋愛関係にあった無政府主義者、大杉栄を刃物で刺して逮捕されたのだった。大杉は妻がいるにもかかわらず、伊藤野枝と神近市子の二人と関係をもち、自由恋愛を標榜していた。晶子は「市子さんほどの教育ある婦人が（中略）なぜ内にある理性の指導に聴くことをあくまでも励まれなかったのであろうか」「市子さんの愛情の純粋と熱烈とに同情せずにいられない」と残念がった。女性記者全般を応援していた晶子にとって、神近の事件は思いもよらない出来事だった。

　また、晶子は雑誌編集者から新聞記者になった片岡松枝にも、こまやかな心配りを見せていた。片岡は、東洋大学専門部を卒業後、晶子が編纂校訂に関わった『日本古典全集』の刊行会に入り、編集、校正の仕事をした人で、後に時事新報の記者になった。

　この全集は、晶子と寛が十年かけて温めていた企画で、多くの人が古典に親しめるよう、文庫本サイズで価格を一冊五十銭に設定するという内容だった。しかし、収録作品が五百点、千巻に上るという膨大さに加え、最古の日本漢詩集「懐風藻」や、江戸時代後期の考証学者、狩谷棭斎《かりやえきさい》の全集など、一般の読者にはあまりなじみのない作品も多かったため、どの出版社も売れ行きを危ぶんだらしい。一九二五年にようやく、「日本古典全集刊行会」を発足させ、国文学者の正宗敦夫と三人で編纂校訂に携わる形でスタートした。

　一九四四年までに二六六巻が刊行されたが、晶子と寛が関わったのは、一九二八年までの約七十巻である。編纂校訂に加え、毎月一〇〇〇ページもの校正をこなさなくてはならず、当時の第二次「明星」の編集後記「一隅の卓」には、晶子も寛も毎晩のように午前二時まで仕事に追われていたことが記されている。こうした無理を重ねたことで「明星」の編集作業は滞り、二号分の合併号を出すことも続いた。ついには定期刊行物として安価な料金で郵送できる第三種郵便の認可も取り消されてしまった。こうした時間的、金銭的な負担が大きかったせいだろう、晶子と寛は第二期まで関わった後、正宗にその後の編纂校訂をまかせたのだった。

『日本古典全集』の晶子と寛の仕事が一段落した一九二八年、片岡は二十二歳で海外興業株式会社の機関誌「植民」の編集主任になる。海外興業は、国策移住に関する実質的な業務を全面的に担った機関である。当時は、ブラジルへの移民が年間一万人を上回っており、移住を希望する人にとっての情報誌として「植民」が果たした役割は小さくなかった。片岡の就職に際し、晶子はブラジル移民を推進する南米拓殖会社を創立した武藤山治に口利きを頼んだという。

この時、晶子は新しい門出を祝って着物と帯を贈った。『日本古典全集』での労をねぎらう意味もあったのだろう。ブルーの地の着物と、扇面模様が両面で色違いになっているリバーシブルの帯であった。

片岡の長女、京田三恵さんによると、晶子は着物と帯を贈る際、「ジャーナリストには着物がたくさん必要。仕事で徹夜続きでも周囲の人に悟られないように着替えること、時間がなければせめて帯を結び替えなさい」とアドバイスしたという。リバーシブルの帯なら、そんな時に役立つというのだ。深夜にまで及んだ『日本古典全集』の校正作業を共にした片岡だったから、自然とそんな話にもなったのだろう。

晶子からは他にも、仕事をする上でのアドバイスがいくつかあった。第一に「身だしなみに気をつけること。美しい服装を」、第二に「お化粧は忘れずに。徹夜明けの顔と服装には注意を」、第三に「職場には喪服の準備を。不幸は突然訪れるもの。自宅に戻れないこともあるので」という内容だったという。

片岡は「植民」で編集のみならず原稿書き、校正、広告取りなどもこなした。そして三年ほど勤めた後、三一年に時事新報の社会部家庭課編集部の記者となる。もともと記者志望であったことに加え、移民政策への疑念もあったらしい。

一九三五年末、出産を控えていた片岡は退社する。出産後に職場復帰するつもりだったが、経営が傾いていた時事新報で働き続けるのは難しかった。時事新報は一九三六年十二月に廃刊となった。

『日本古典全集』の仕事も合わせれば約十年間のキャリアだった。晶子との交流なども含め自身の来し方について書き残すことは一切なかった。南米へ移住した人の中には成功者もいたが、耕作不適地や地元民からの反感などに苦労した人も少なくなかった。そうした悲惨なケースに片岡は責任を感じ、自らの経歴を誇らかに語ることをしなかったのだという。

当時の「新聞記者」

パリで取材された晶子が「最上の職業は新聞記者」と語ったのは、今から百年以上も前のことだ。メディアとしての新聞の影響の大

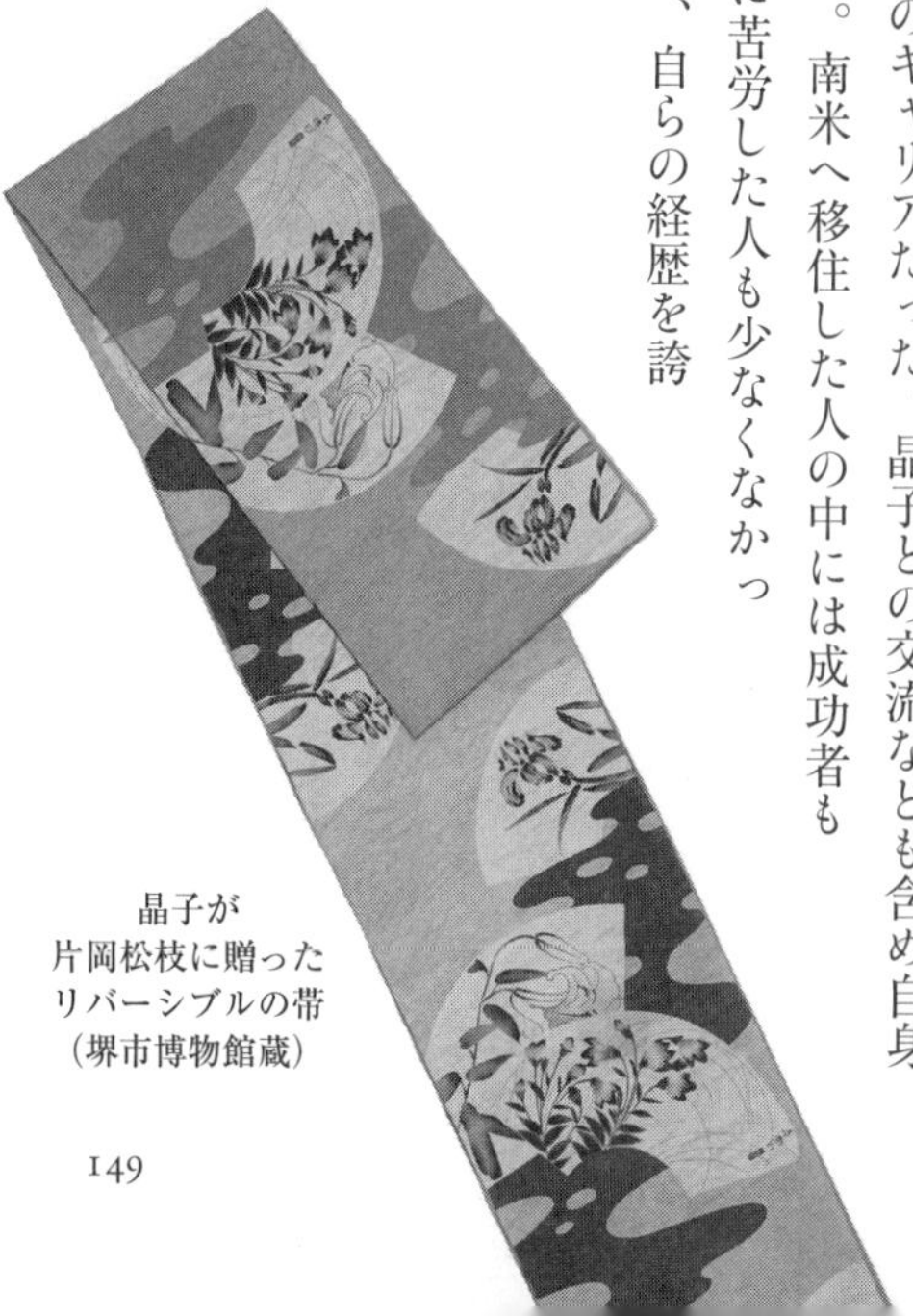

晶子が
片岡松枝に贈った
リバーシブルの帯
（堺市博物館蔵）

きさも違えば、「新聞記者」の定義も違う。どうしても晶子と新聞記者が結びつかず戸惑うのだが、晶子の仕事ぶりは当時の記者のイメージに近かったようだ。少女小説を多く書いた作家、永代美知代の短編「揺籃の丘」を読むと、それが納得できる。月刊「少女」一九一二年四月号に掲載されたこの作品で、美知代は主人公に「女流記者」への憧れを語らせている。

まもなく女学校に入学する主人公の芳子は、期待に胸を膨らませ、「優等で卒業して、やがては女子大学にも入り、立派なものになって母様に喜ばれたい」と願う。そして将来について空想するうちに、「一葉女史のように、晶子女史のように……と思うと、いつか雑誌の口絵で見たことのある、若くてそうして美しい女流記者の立ち姿がくっきりと眼の前に浮かんで（中略）芳子は自分がその女流記者なのか、女流記者が自分なのかわからなくなって」しまうのだった。樋口一葉や与謝野晶子から「女流記者」へと連想が働くところが面白い。

永代美知代（旧姓・岡田）は広島県の裕福な家に生まれ、神戸女学院を中途でやめて女子英学塾予科で学んだ。一九〇九年に東京毎日新聞の記者だった永代静雄と結婚し、そのころから少女小説を書き始める。静雄は一九〇八年に創刊された「少女の友」の第一号から、日本で初めてルイス・キャロルの『不思議の国のアリス』を翻訳・翻案した連載で知られる。読者である少女たちを意識したのか「須磨子」名義での寄稿だった。

「少女の友」は晶子が最初の童話を寄稿した雑誌であり、一九〇八年四月から三年はほぼ毎号作品が掲載されるほど中心的な存在だった。ホームグラウンドとも言うべき雑誌での晶子の活躍を、少女向けの小説を書き始めた美知代が意識しないはずがない。雑誌の口絵を飾った若くて美しい「女流記者」が誰だったのかはわからないが、美知代が後に「主婦之友」の記者になったことを考えると、作中の少女と同じように「晶子女史」と「女流記者」を重ね、憧れの気持ちを抱いていたことが考えられる。

晶子に「記者」のイメージがあったことは、一九一三年に刊行された『現代女子の職業と其活要』（鴨田坦著）からもわかる。この本は、女性のための就職ガイドで、「医師」「小学教員」「タイピスト」「電話交換手」など三十二の職業について、修業の方法や年限、就職口や収入などについて詳しい情報とアドバイスが書かれた実用書である。特徴は、専門性をもった職業に絞っていることだ。

「婦人記者」の項目には、時事新報の下山京子や東京日日新聞の山崎千代子らの仕事ぶりが紹介されているが、なぜか与謝野晶子の名も並んでいる。

「いろいろの雑誌や新聞で縦横の才筆を振るって居られる与謝野晶子女史は、記者という側ではないにしろ、やはり筆を持って、女として有髯男子をしりえに撞着たらしむる底の精力、自信はよくあんなことを思い切って歌に詩に発表さるると思う様です」と称賛されている。「記者という側ではない」にせよ、一九一三年ごろの晶子が記者のような仕事を重ね、一つのロールモデルとしてとらえられていたことを示す文章である。前年九月にヨーロッパから帰ってから「いろいろの雑誌や新聞」に寄稿する機会が増えていたが、それが多くの読者に「才筆」を印象づけていたのは明らかだ。

「婦人記者」の章には、「訪問記者の困難」「服装の気苦労」といった小見出しが並ぶ。「一箇月の収入」の項には、月給をもらう社員でない場合は「本人の手腕《うで》次第」とあり、「かの与謝野晶子様のような知名の作家になりますと、その収入も大したものだそうでございます」と書かれている。

「発展の余地あり」と題した最終項では、「要するにわが国で婦人記者の元祖は、紫式部、清少納言などを推すでありましょうが（中略）実力の修養と精神の鍛錬によりては、今後もなお発展の余地はすこぶる広いのでございます」と記者志望の読者を鼓舞する言葉で結ばれている。紫式部や清少納言が「婦人記者の元祖」とすれば、晶子の名が「婦人記者」に連なる一人と見なされるのもごく自然なことだっただろう。『現代女子の職業と其活要』は、晶子がヨーロッパから帰国して半年もたたないうちに「婦人記者」を思わせる評論活動を展開し、高く評価されていたことを示す資料といえる。

晶子の「婦人記者」への共感は、自身が取材される立場であったこと、そして、発信する記者の一人として見られることによって徐々に形成されたのだろう。新聞、雑誌というメディアで書き続けた晶子の中に、ジャーナリストであることの自覚が生まれたのはごく自然なことだった。

第七章　大正デモクラシーの中で

『雑記帳』の自信

ヨーロッパで見聞を広めた晶子は、渡欧前にも増して精力的に社会評論を書くようになった。帰国後三年目の一九一五（大正四）年に刊行された二冊目の評論集『雑記帳』の巻頭には、「エトワアルの広場」という詩が置かれている。冒頭は、「わたし」が初めて見るヨーロッパの都会の賑わいに圧倒される場面だ。

土から俄に
孵化して出た蛾のやうに、
わたしは突然、
地下電車《メトロ》から地上へ匍ひ上つた。

絶え間なく人々や自動車の行き交う様子に、「わたし」はしばらく立ちすくんでいたが、やがて「何とも言ひやうのない／叡智と威力」が内から沸き、「新しい喜悦」に胸を躍らせつつ歩み出す。この詩に描かれた心境の変化は、旅先での実体験だけでなく、これから幅広いテーマで社会評論を書いてゆこうとする意気込みを表すものでもあったと思われる。

続く巻頭言で晶子は、「エトワアルの広場」は「自分の近頃の思想を適切に表現した」ものだと述べている。この本を一冊目の評論集『一隅より』の姉妹編として読んでほしい、と記し、自らの思想の深化に自信を覗かせた文章だ。

『雑記帳』には、渡欧前に書かれたものも多く収められている。男女平等や女子教育の必要性など、取り上げているテーマは一九一一年に刊行された『一隅より』とそれほど変わらない。にもかかわらず、一冊目の評論の刊行時とは全く違う、自信に満ちた巻頭言を掲げているのは、評論活動に確かな手応えを感じていたからにほかならない。

『雑記帳』が刊行される年の一月から、晶子は「太陽」（博文館）に毎月寄稿するようになった。一八九五（明治二十八）年創刊の「太陽」は日本初の総合誌とされ、政治、経済、社会のほか、自然科学や芸術、文学など幅広いテーマを扱った。各界の第一人者が寄稿するオピニオンリーダー的な雑誌であったから、その誌上に「婦人界評論」を連載するのは晶子にとって誇らしいことだったはずだ。

渡欧前に晶子は既に、社会的な問題について「しみじみとこういう問題が気になり出した」と綴っていたが、『雑記帳』には改めて、「実際生活に繋がった思想問題と具体的問題」に関心が向かうようになったと記した。そして実際、心情的な変化のみならず、メディアからの原稿依頼も渡欧前とは比べものにならないほど増えた。巻頭言に満ちている自信は、ヨーロッパでの見聞のみならず、ジャーナリストとして歩み始めたという確かな手応えから生まれたものだった。

英国の女性参政権運動

大正時代を迎え、社会にはデモクラシーを求める動きが興っていた。言論や表現の自由が保障され、男女の隔てなく個人が生き生きと学び働く民主主義国家こそ、晶子の希求した社会だった。民主主義の根幹となるのは選挙だ。しかし、大正時代、普通選挙はまだ実現していなかった。一八九〇年の衆議院議員選挙は、直接国税を十五円以上納める満二十五歳以上の男性しか投票できない制限選挙で、選挙人は当時の人口の一％程度にとどまった。

一方、世界では女性の参政権を求める動きが少しずつ活発になっていた。特にイギリスでは、早くも一九世紀半ばに女性参政権運動が興った。二〇世紀初め、参政権を求めるイギリスの活動家の女性たち「サフラジェット」(Suffragette)は、長年の運動が実らないことに業を煮やし、「言葉ではなく行動を」をモットーに国会議事堂に乱入を試みるなどの実力行使で知られた。

て書いている。

晶子は渡欧前、一九一一年一月の「太陽」誌上で、参政権運動を巡る日英の状況の違いについ

男子側の保守主義者は英国婦人の参政権問題の運動を伝聞して婦人の覚醒を怖れるようであるが、わが国の婦人にはまだ容易にそういう突飛な運動は起こらないであろう。なぜならばわが国の青年には男子にさえ政治熱は皆無なのであるから、すべての学芸すべての社会問題に冷淡なる日本の女子が一躍そういう極端な新運動を試みようとは想われない。（「婦人と思想」）

サフラジェットの過激な活動が日本でも報じられていたため、このときの晶子は運動に違和感を覚え、「突飛」「極端」と見たのだろう。と同時に、日本の女性たちは社会問題への関心が低く参政権運動を起こすまでには至らないだろう、と醒めた見方をした。

しかし、その翌年、ヨーロッパを訪れた晶子はイギリスの女性たちの姿を実際に目にして考えを改める。パリで見る女性たちのような「粋な美」には乏しいが、知的で実直そうな印象に好感を抱いたのだ。夫と綴ったヨーロッパ見聞記『巴里より』の中で、晶子はイギリスの参政権運動について記している。

女子参政権問題の生じたことなどに種種の複雑した原因はあるにしても、その主たる原因は

外面の化粧に浮身をやつす巴里婦人と異《ちが》って、女子教育の普及した結果、内面的に思索する女が多数になったからであろう。（中略）参政権問題については急進派の婦人が男子ももはや現代にあえてしないような暴動を相変わらず実行して識者を顰蹙《ひんしゅく》させている。しかし、ある階級の婦人が男子と対等の資格を要求するのには拒みがたい真理がある。（中略）自分は堅実な英国人の間に起こった婦人運動が決して空騒ぎで終わらないことを信じる。

イギリスのサフラジェットの運動は、一九一二年の春には首相官邸への投石などの破壊行動を続け、二百人以上の女性が逮捕されていた。晶子と寛がロンドンを訪れた同年六月は、参政権の拡大を盛り込んだ法案に女性参政権が含まれていないことに女性たちが憤慨し、活動はさらに過激化していた。連日の報道を恐らく晶子も目にしたはずだ。

帰国後、晶子は「女子の参政権運動が世界の各地に起こっているのなども大いに意味のある現象」「英仏その他文明国の急進派婦人が、『選挙権を与えよ』と衷心から叫んでいる事実に理解と同感とを持つことができた」と共感を示している。

当時、白いドレスやストッキング、靴などを身につけた女性たちが行進する様子を、英国メディアは「白いデモンストレーション」と報じた。二〇二一年二月、東京五輪パラリンピック大会組織委員会の森喜朗会長（当時）の女性蔑視発言に抗議するため、野党の女性国会議員約二十人が白い服を着て本会議に臨んだが、これは二〇世紀初頭の女性参政権運動のシンボルカラーに倣ったパフォーマンスである。晶子がイギリスの女性たちに抱いた共感が、一世紀を経た今も受け継がれていることを示す出来事だった。

選挙応援の是非

晶子はイギリスの女性参政権運動への共感を表したが、『雑記帳』が刊行された一九一五年当時、日本ではまだ女性が投票することはおろか、政治集会を傍聴したり政治結社に加わったりすることさえできなかった。「集会及政社法」によって女性の参加は禁じられていたからだ。法文に禁止事項として挙げられていなかった女性の選挙運動まで問題視される風潮だった。

この年の三月、衆議院議員選挙が行われ、夫の寛が京都府から立候補した。寛が出馬する意思を明らかにした当初、晶子は立候補を思いとどまらせようと、知人や親戚に説得を頼んだ。選挙資金を調達するのが難しかったうえ、夫が代議士に向いているとも思えなかった。しかし、その決意が変わらないことがわかると、選挙区へ同行するなど協力を惜しまなかった。

「良人のはなむけに」と題して雑誌「反響」に寄稿した十首は、歌集には収められなかったが、夫の当選を願う気持ちがこめられた連作である。

身一つに飽き足らざるやわが背子はまた新しく国を思へり

あはれ知る故郷人《ふるさとびと》を頼むなり志あるわが背子のため
新しき民の列より君出でていや先にしも叫ぶ日の来よ

晶子はこれらの歌を、寛の遊説先で依頼されて揮毫することもあった。選挙期間中の読売新聞の匿名コラムは、二首目の「あはれ知る〜」の歌について、「例のカチユーシヤを凌がんばかりに関西地方に流行《はや》り出したのもまた面白い」と書いた。「例のカチユーシヤ」とは、女優の松井須磨子がトルストイ作「復活」の舞台で歌い、評判になった「カチユーシャの唄」を指す。「カチューシャ可愛や／別れのつらさ」という歌詞は流行語にもなっていたが、それほど選挙運動に関わる晶子の姿は意外で人々を驚かせたのかもしれない。

しかし、晶子の協力もむなしく、寛は得票わずか九十九票で落選した。選挙後、晶子は雑誌「新日本」から「日本婦人の選挙運動可否観」のアンケートへの回答を求められる。女性が応援演説や戸別訪問をする是非について識者に訊ねる企画だった。

アンケートの回答者二十七人はいずれも女性で、新聞関係が竹中繁子（東京朝日新聞）、大沢豊子（時事新報）、福田英子（世界婦人）、雑誌関係が丹いね子（婦人文芸）、西川文子（真新婦人）だった。伊藤野枝は「閨秀作家」という肩書で紹介されているが、この年に平塚らいてうから「青鞜」の編集・発行を引き継いでいた。歌人という肩書で掲載された晶子もまたメディアで活躍する一人だった。

他の回答者には、女子英学塾長の津田梅子や女優の松井須磨子、また、同年の衆議院議員選挙で当選した鳩山一郎の母、鳩山春子もいた。当時、春子が国会議員、東京市議を務めた夫や息子の選挙を応援したことは大きな話題になっていた。

質問は五問中四問が、女性の選挙応援や戸別訪問について是非を問う内容だ。最後の一問は、「婦人が政治に携わるとして、その夫その子らと政見を異にした場合は、どうすればよいとお考えになりますか」だった。将来的に女性参政権が実現したら、という設問のようにも解釈できるが、「政治に携わる」の内容ははっきりしない。

晶子は、五つの質問にまとめて答える形で回答した。

「人は何事をも実行し得る権利をもっている。男にのみその権利を許されて、女には許されないという道理がない。政治を男子の独占すべき事業だとする思想は根拠のない思想である。憲法の精神は人間の自由を男女によって差別していない」と、選挙運動の是非を問う編集部の意図を敢えて無視し、女性参政権そのものについて答えている。

女性に参政権を

女性が選挙運動に関わる是非がようやく一般誌で議論され始めたころ、当の女性たちは参政権を求め、声を上げていた。

一九一九年は女性参政権運動が盛んになる大きなきっかけとなった年だ。三月に衆議院議員選挙法が改正され、二十五歳以上の男子に選挙権が与えられる条件である納税額が「直接国税十円以上」から「三円以上」に引き下げられた。有権者は大幅に増えたが、まだ全人口の五・五％にとどまっていた。

この法改正を受け、晶子は「太陽」三月号に「似非《えせ》普通選挙運動」という、過激なタイトルで寄稿する。改正を巡る議論において、女性参政権について全く論じられなかったことを厳しく批判した内容だ。

人類の半数を占めて、国民としての義務を男子と共に分担する婦人が、文化生活のすべての体系において機会均等の権利を剝ぎ取られ、男子の隷属者として第二次的の寄生的生活に甘んじねばならないという、不法偏頗な生活の様式を是認する哲学と民主主義とが、現在のいずれの文明国に残存しているでしょうか。

寛の選挙運動に出発する晶子
（公益財団法人軽井沢美術文化学院提供）

何度となく寄稿してきた「太陽」の誌面だからだろうか、晶子の筆鋒は鋭く、容赦ない。民主主義を口にする人たちが「婦人の人格を無視した普通選挙」を唱えるのはあまりにも時代遅れだと憤る。二〇一九年、男性を基本に設計された社会を批判して話題になったキャロライン・クリアド＝ペレスの『存在しない女たち』（原題：*Invisible Women*）が出版されたが、晶子はちょうど一〇〇年前に、女性たちがあたかも存在しないかのように扱われていることに憤っていた。

「太陽」に加え、晶子は「婦人公論」三月号に「婦人参政権を要求す」、「婦人世界」四月号に「普通選挙と女子参政権」と、女性参政権をテーマに次々に寄稿した。

「婦人公論」では、納税額を引き下げた改正でもまだまだ有権者の数は少なく、選出された衆議院議員は国民全体の代表とは言えない、と断じている。そして、納税額の制限をもうけず二十五歳以上の男女を有権者にした場合、全人口の約四割に達し、一九一九年時点での有権者の約十七倍に当たると独自の試算結果を示した上で、「そうなってこそ真実の意味で国民全体の政治ということもでき、私たち自身の政治ということもできると思います」と述べた。数字に強い晶子らしい論である。男性有権者の納税要件が撤廃されるのは、それから六年後だった。

晶子は女性参政権を「女子のみの問題」「女性の権利拡張」とは捉えなかった。民主主義社会における「平等の権利」として、国民全体が政治に参与する機会を持つためのもの、と考えていたのである。

わが国の先覚者たちによって唱えられている普通選挙には、国民全体という中に私たち婦人の存在を無視しています。民主主義は男子ばかりの生活に適用されるものと限りません。文化生活に対する平等の権利は婦人にも分配されるべきものだと思います。否、それは婦人においても男子と同じくもとより享得している権利です。ただ私たちはその権利の回復を要求すればよいのだと思います。(「婦人参政権を要求す」)

女性参政権を、新たに獲得するものでなく「回復」を要求すべき権利だと主張したところが新鮮だ。

晶子がこんなにも生き生きと女性参政権について述べているのは、この時期、不本意ながら巻き込まれた「母性保護論争」が繰り広げられていたことを考えるといっそう興味深い。働く女性の母性保護について、晶子は男性の働き方も視野に入れた提言をしており、あくまでも女性の労働問題と捉えた他の論者と異なる立ち位置だった。教育や衛生、労働など「婦人が政治的に解決の道を要求せねばならぬ問題は無限なのですから、私たちはそれらのためにも、進んで参政権の分配を促すのが至当だと思います」(「似非普通選挙運動」)という結びは力強く、参政権の実質を深く考察した主張と言えるだろう。

女性運動の盛り上がり

一九一九年十一月、女性の社会的政治的権利の獲得に向け「新婦人協会」が設立された。中心となったのは平塚らいてう、奥むめお、市川房枝らである。

設立のきっかけになったのは、大阪朝日新聞が主催した「全関西婦人大会」だ。朝日新聞が地域の婦人会や宗教関係の女性団体、女学校の同窓会など、さまざまな女性団体に呼びかけ、約四千人の女性が大阪市の中之島公会堂（現・大阪市中央公会堂）に集まった。大会の目的は「生活の改善をはかり、組織的に行動して婦人の社会的地位の向上をはかる」ことと謳われていた。

大会の目玉は、平塚らいてうの講演だった。平塚は「多少の主義や目的の違いがあっても婦人全体の進歩という共同の目的のために今こそ団結しよう」と呼びかけ、参政権獲得のための協会設立の趣意書を発表した。

晶子は出席しなかったが、大会のために長い挨拶文を寄せた。当日会場で読み上げられる予定だったものの、当日の進行で時間がなくなり、後日、大阪朝日新聞に「私の要求する自由」（後に「婦人の要求する自由」と改題）として掲載された。

まず社会と家庭との習慣を打破し、あらゆる無用な制限や束縛を撤廃して、婦人を男子と同様の自由な境遇に置くということでなくてはなりません。この意味で私たちは何よりも自由を要求します。

晶子の挙げた「自由」は、「参政の自由」のほか、教育、読書、職業、結婚など幅広い。「ただ今の日本で許されている自由と称するものは専ら男子の自由です」という言葉は鋭く、熱がこもっている。

大会準備に中心となって携わった大阪朝日新聞の記者、恩田和子は読売新聞から引き抜かれた優秀な記者である。前年から母性保護論争で注目を集めていた平塚らいてうに講演依頼したあたりに、記者としての才覚が感じられる。晶子に挨拶文を依頼したのも、運営を一手に引き受けていた恩田だったと思われる。

大会後、「全関西婦人連合会」という名称になった団体は、結成から八年で会員三百万人を超え、女性参政権を求める大規模な署名運動を展開した。恩田は記者として働く一方で、この連合会の理事長となり、女性参政権を求める署名を集めて帝国議会に提出するなど熱心に活動した。

平塚の立ち上げた「新婦人協会」は、機関誌「女性同盟」を刊行し、女性の政治的社会的権利の拡張に向け、広く呼びかけた。女性が政治集会に参加したり、集会の発起人になったりすることを禁じる治安警察法の修正を求め、全国から署名を集めた請願運動は実を結び、一九二二年四月に法律は改正された。運動が一つの成果を得たことに加え、平塚の体調が思わしくなかったこともあり、新婦人協会は同年暮れに解散となった。

政治集会への参加などは認められたものの、相変わらず女性には選挙権も被選挙権もなく、政治結社に加入する結社権もなかった。新婦人協会の志を継ぎ、女性参政権の実現に向けて取り組んだのは、一九二四年に発足した「婦人参政権獲得期成同盟会（翌年「婦選獲得同盟」と改称）である。こうした女性たちの運動が活発化したのを受け、翌年から数回にわたり、帝国議会に「婦選三案」と呼ばれた女性の参政権、公民権（地方政治への参政権）、結社権（政治結社へ加入する権利）を求める法案が提出された。しかし、女性たちの熱意にもかかわらず、法案成立には至らなかった。

一九三〇年には全関西婦人連合会が婦選三案請願書提出のための署名運動を展開した。同年四月には第一回全日本婦選大会が東京・神宮外苑の日本青年館で開かれ、全国から約六百人の女性が参加した。このとき晶子は大会のために「婦選の歌」の作詞を依頼された。作曲は山田耕筰である。

同じく人なる我等女性
今こそ新たに試す力
いざいざ一つの生くる権利
政治の基礎にも強く立たん

四番までの歌詞は、女性の権利を謳うと同時に不正を改め平和を求めようとする内容だ。大会当日は、パリ留学から帰国したソプラノ歌手、荻野綾子が独唱し、花を添えた。

一九三〇年代初め、女性たちは果敢に活動したが、結局参政権を勝ち取るには至らず、日本は徐々に戦争への道を歩み始める。女性参政権が実現したのは太平洋戦争の敗戦後、一九四五（昭和二十）年十二月である。晶子は投票を経験することなく一九四二年に亡くなった。

民主主義の根幹

女性たちの参政権運動が活発化したころ、「デモクラシー」「民主主義」「民本主義」といった言葉は、当時のジャーナリズムをにぎわせ、多くの論文が書かれた。中でも有名なのは、一九一六年一月の「中央公論」に載った、政治学者、吉野作造の「憲政の本義を説いて其有終の美を済すの途を論ず」である。

吉野は〝democracy〟の訳語に「民本主義」を当てた。天皇を君主とする日本においては、主権在民を表す「民主主義」は相容れないと考え、政治は民意を尊重したものであるべきだという「民衆本位」の理念に限定した造語だった。民本主義は人々の心をとらえ、労働運動や農民運動へと広がり、言論界も活気づいた。「改造」「解放」「我等」など民主主義、社会主義思想を志向する雑誌が相次いで創刊された。

民本主義は広く支持されたが、国家主義や天皇制絶対主義者からは反発される一方で、急進的な社会主義、共産主義者からは主権在民を否定したことで批判された。晶子はそのあたりの事情をよく知っていたのだろう、一九一九年、「太陽」に寄稿した文章で、「民本主義」は「『民主』という字面を気兼ねして」作った訳語だと述べている。

晶子自身は、民主主義を何よりも「自由」と「平等」を実現するものと捉えていた。言論、思想の自由は、表現者にとって最も基本的な権利である。明治末期の赤旗事件や大逆事件を顧みれば、新しい時代の民主主義は市民一人ひとりの思想、表現の自由を尊重するシステムであるべきだった。また、自身が女であるために高等教育を受けられなかった経験もあり、あらゆる面での平等について敏感だった。

「民主主義」という言葉は大正時代、流行語やスローガンのように喧伝されたが、現実にはまだ普通選挙も実現していなかった。晶子はそもそも「民」の中に女性や低所得層の男性がカウントされていない状況は平等にほど遠いと批判した。平塚らいてうら婦選運動の活動家たちは女性の権利全般の拡張を目指し、その一つとして女性参政権をとらえていたが、晶子は参政権の問題を「女子のみの問題」とは考えなかった。

人間はいかなる自己以外の権力にも圧倒されないだけの「自由独立の権利」を持っています。例えば教育の自由、思想の自由、言論の自由、職業の自由の類がそれです。また、この創造能力を用いてあらゆる生活の体系に貢献するために、個人個人がこの能力を開展する機会を均等にする権利、すなわち「平等の権利」を持っています。

（「婦人参政権を要求す」）

晶子は、現代における「民主主義」という言葉はもともとの意味から進化を遂げ、「平等の権利を主張する思想」を意味すると主張した。そして、労働や教育、家庭など「あらゆる生活の体系」において民主主義を実現すべきであり、そのためには普通選挙の実現や労働組合の結成、華族廃止、軍備制限などの社会改革が必要だと説いた。とりわけ晶子が力説したのが、経済格差の解消であり、すべての人が等しく働く社会の実現だった。

生活者のまなざし

「一人百金の饗応をする階級」がある一方で、「残飯を買って餓えを凌がねばならぬ階級」が存在する状況に対し、晶子は疑問を感じていた。一九一七年ごろから米価が高騰し続け、人々の暮らしを圧迫していた。都市で働く人が増える一方で、農業人口が減り、米の供給量が追いつかなくなったのだ。それに加え、シベリア出兵を見込んだ米の買い占めが高騰に拍車をかけた。

一九一八年七月、富山県の漁村の女性たちが米屋や資産家のところに押しかけ、米を安く売るよう訴えた。「米騒動」と呼ばれる同様の騒動は明治期にも何度か起こっていたが、一九一八年は京都や神戸、名古屋をはじめ仙台や下関、熊本など全国各地へ次々に広がり、それまでにない規模となって社会を揺さぶった。場所によっては、米問屋を打ち壊すなど、暴力的な廉売交渉に発展したところもあった。

各地の米騒動を受け、政府は米価と供給量の安定を図るため穀物収用令を公布し、各地に米を安く売る廉売所を設けた。晶子も足を運んだ一人だったが、東京市の場合、廉売所は一つの区に二、三か所しかなかったため、買えるまで「一時間も二時間もかかる」という有様だったと書いている。

発端となった富山の米騒動について晶子は、食糧の欠乏は台所を預かる女性たちにとって切実なものであり「十二分の同情を寄せずにいられません」と理解を示した。大勢の子どもを抱え家計をきりもりしていた晶子にとっても、米価の高騰は切実な問題だった。

米騒動が起こる一年前から、晶子は物価対策として、米などの必需品を扱う小売商の利益率を法律で定めるべきだと主張していた。日本ではまだ米屋や酒屋が「一町ごとに一戸」という封建時代そのままの商業形態が残り、価格をつり上げることが容易だったからだ。

さらに晶子は、公正な価格で食料品が取り引きされる「公設市場」についても繰り返し提言した。そのヒントになったのは、ヨーロッパ旅行の際に見た市場の様子だった。複数の店の並ぶ公設市場が各地に設置されれば、日本の女性たちも「欧米の婦人が毎朝その付近の小売市場へ出かけるように」喜んで買い物に出かけるだろう、と思い描いた。ヨーロッパでの見聞をまとめた『巴里より』に市場の様子は書かれていないが、渡欧した際に見聞きした事柄はこんな形で生かされたのだ。その提言が的確だったことは一九一八年暮れ、内務省が発した次官通牒「小売市場設置奨励ノ件」によって、公設市場が全国に広がったことからも明らかだ。

晶子は「すべての人が最小限度の物質生活を平等に保障されること」が民主主義の原点と考え、日常生活の安定を願った。そこには、日々の暮らしを営む生活者のまなざしが常にあった。

文化主義への共鳴

晶子にとっての民主主義社会は、「平等の機会と、平等の教育と、平等の経済的保障とによって、すべて平等に最高の人格を完成すること」を目的とする社会だった。国家の経済的発展よりも、個々人が「精神的にも物質的にも最高最善の生活」をすることが優先される社会である。それを実現するには、政治的なシステムだけでなく、家庭や学校、企業など社会のすべてを民主主義化することが課題だと主張した。

こうした考えは、同時代の経済学者であり哲学者だった左右田喜一郎らの提唱した「文化主義」の影響を強く受けている。

左右田は銀行の頭取を務めつつ、学問の世界で活躍した珍しい人物だ。東京高等商業学校（現・一橋大学）を卒業後、英ケンブリッジ大学、独テュービンゲン大学などで十年ほど学んだ。彼の提唱した文化主義とは、人格発展の目標である文化価値の実現を最も重んじ、民主主義や自由主義、平和主義を支持するものだった。

晶子は「婦人改造の基礎的考察」（一九一九年）の中で、左右田の論文から数か所引用すると共に、自分もまた文化主義をもって人間生活の理想としたいと明言している。それは、「芸術のための芸術」や「良妻賢母のための良妻賢母」などではなく、自発的、創造的な努力を重ね、人格の文化価値を高めようとすることだと述べた。

『大正デモクラシー』などの著書で知られる歴史学者、今井清一は、こうした文化主義が、当時のデモクラシー運動の中で大きな流れをなしていたと指摘する。大正期に新たに登場した会社員、官公吏、教員、弁護士、学者といった中産インテリ層の多くが、特権階級本位の社会システムを非合理だと感じ、不満を抱いていた。すべての人が等しく働き、心豊かに暮らす社会を理想とし、階級思想や専制思想を強く批判した左右田らの主張に共感し支持していたのが、これらの層であったと今井は見る。そして、晶子もまたその一人であった。

晶子と左右田の出会いがいつだったかは不明だが、一九二七年に左右田が亡くなった際の追悼文に、交際が「この十三四年間」だったと記されているので、晶子がヨーロッパから帰って間もない時期と思われる。

また二人は、一九一八年に吉野作造を中心に結成された言論団体「黎明会」の会員でもあった。民本主義を掲げたこの会には、三宅雪嶺、新渡戸稲造、穂積重遠、阿部次郎など進歩的思想家が多数参加しており、月に一度の講演会を中心に啓蒙運動を展開した。晶子は自身の入会について、「以前も今も種々の理由からどの会にも属することを謝絶している私が、一生に唯だ一度この黎明会の希望に応じて会員となったのは博士（注・吉野作造）等の思想に同感するところが多かったためである」と書いている。

会は少数精鋭主義を採り、メンバーは最も多いときで四十三人だった。新規の入会に関しては、全会員による投票で諮られたという。晶子は「女性の会員として私一人が推薦せられたのは、後で大庭柯公《おおばかこう》氏から聞くと、博士（同）と、左右田喜一郎博士とが私を会員とすることを主唱せられ、それが全会一致で可決せられたのだそうである」と書いている。大庭柯公は本名・大庭景秋という言論人で、黎明会設立の呼びかけ人の一人とされる。第一級の法学や経済学、哲学の研究者らの集まる言論団体から求められて会員になったというのは、一九一八年の時点で晶子が言論人、進歩的知識人から一目置かれていたことの大きな証左だろう。

黎明会は二年ほど続いたが、晶子は例会に一度も出席せず、「黎明会講演集」に寄稿することもなかった。それが気後れによるものか、多忙によるものかはわからないが、晶子は吉野作造の追悼文の中で、自分が例会に出席しなかったことを述べた後、「ただ私は貧弱ながらも自分の文筆をもって間接に黎明会の啓蒙的文化運動に声援することを怠らなかったつもりである」と記している。黎明会の綱領は「頑迷思想の撲滅」であり、民主主義による新しい社会を待ち望んでいた晶子が全面的に賛同していたのは確かだろう。

黎明会が解散となった後、左右田は一九二一年に復刊された第二次「明星」に加わり、一九二三年一月号の「階級文化」をはじめ三回文章を寄稿している。「明星」発行の資金の足しにと、寄付したことも数回あった。

一九二七年の金融恐慌による経営難で心労が重なったことから左右田が四十六歳の若さで死去したとき、晶子は「左右田博士」と題する文章で、「泰西の学問と共に東洋の学問芸術について自ら教養を勉められていた」「わが国に哲学らしい哲学が初めて博士によって創造されたように私は考えている」とその死を悼んだ。「芸術の方面よりも実際生活に繋がった思想問題と具体的問題」に関心が向かっていた晶子にとって、左右田の唱えた文化主義は、民主主義の理想であり、後に展開する晶子独自の「汎労働主義」につながるものでもあった。

第八章　労働の本質

「母性保護」を巡って

一九一八（大正七）年、複数の雑誌で女性の働き方を巡る議論が熱く繰り広げられた。後に「母性保護論争」と呼ばれる論争の中心となった一人は与謝野晶子、もう一人は女性解放運動家として知られる平塚らいてうである。

ちょうど女性がさまざまな職業に就き始めたころだった。近代化が急速に進んだ明治から大正にかけ、農村から多くの若い女性が駆り出されて製糸工場や紡績工場で働くようになっていた。都市においては、電話交換手や百貨店の店員といった新しい職種が生まれ、女性たちは労働力として積極的に活用された。

母性保護論争は終始かみ合わなかった。その大きな理由は、平塚や他の論者が女工たちの苛酷な労働環境の早期改善、とりわけ子どもを育てながら働く女性の保護救済を課題と考えたのに対し、晶子は問題を「女性」や「母性」に限定せず、労働の本質について考察しようと試みたからである。

「自由と平等」を民主主義の基本として希求した晶子は、それを実現するカギは労働にあると考えていた。男女が等しく働き社会を支える仕組みができれば、長時間労働が解消され、個々人が豊かな時間を過ごすことができる――。母性を巡る議論が展開されたとき、ほかの論者が働く女性の苦しい現状ばかり見たのに対し、晶子は人々が生き生きと働く喜びこそ労働の本質と捉え、あるべき未来社会を思い描いていた。

そのため、具体的な「母性保護」対策としては平塚の主張に理があると見る人が多い。しかし、晶子は現実にとらわれず、理想社会を思い描いた。それは現代においても先見性に富み、新しい社会システムの可能性を示唆するものである。

母性礼賛への疑問

母性保護論争が本格的に繰り広げられる前の一九一六年二月、晶子とらいてうとの間には前哨戦のような論戦があった。

まず、晶子が月刊「太陽」誌上で、女性は母性中心に生きるべきだというスウェーデンの社会思想家、エレン・ケイやロシアの作家、レフ・トルストイの主張に疑問を投げかけた。後に評論集に収められる際、「母性偏重を排す」という題が付けられるが、この文章で晶子は「女が世の中に生きて行くのに、なぜ母となることばかりを中心要素とせねばならないか」と、必要以上に母性が重視されることを問題にした。そして、「子供の母となった後にも、私はある一人の男の妻であり、ある人々の友であり、世界人類の一人であり（中略）思索し、歌い、原稿を書き、衣と食とを工夫し、その他あらゆる心的労働と体的労働とに服する一人の人間である」と自身の実感を述べた。

晶子がここで「親とならないで一生を送る男女も少なくないのが人間の実状」と、不妊のカップルについて触れていることに目を引かれる。子どもを持たなくても精神的に豊かに暮らす男女はおり、母性中心主義がそうした実状を見ず、「産む性」としてのみ女性を捉えることを批判しているのだ。晶子は「食べることも、読むことも、働くこ

東京・麹町の家で1914年撮影された
晶子と子どもたち

とも、子を産むことも、すべてよりよく生きようとする人間性の実現にほかならない」と述べ、「子を産むこと」を特別視しなかった。

このとき晶子は、九人の子の母だった。同時期に書かれた「自重を知らない母」は、一般論として軽率な出産や多産を批判した内容だが、自らの悔恨も滲む。

日本の女はむしろ軽率に生殖を急いで、弱弱しい子供を多産することが大勢となっている。言い換えれば、妻となり母となる資格の乏しい女が生殖の享楽に偏し過ぎている。(中略)生殖の意義及び効果と、それが人生の中心ではなくて、厳粛な一つの支柱であるに過ぎないことを力説すべきときではないか。性の差別を人生の大局から切り離して特に重く見るきらいのある賢母良妻主義に私は反対である。私たちは現に不用意に多く子供を生んでしまった。

「私たち」という表現からは、晶子が自分の妊娠・出産についても省みたことがわかる。母になることを厭う気持ちはなかったが、「不用意に多く子供を生んでしまった」というのは本音だったに違いない。「リプロダクティブ・ヘルス／ライツ(妊娠・出産を含む女性の性と生殖に関する健康と権利)」の概念が周知されるようになったのは一九九〇年代以降だが、晶子は「産む・産まない」「いつ、何人の子を産むか」という自己決定について悩み、母性を礼賛しなかった。

母性は人格の一部に過ぎないとした晶子に対し、平塚はすぐさま「母性の主張に就いて与謝野晶子氏に与ふ」という文章を発表した。八歳上の晶子に対してやや非礼なタイトルで、晶子がエレン・ケイの思想を全く理解していないと激しく批判する内容だった。ケイはすべての女性に母となることを強いてなどおらず、女性本来の能力や性質を活かすところから男女平等を実現させようと母性の重要性を主張したのだ、と力説した。

エレン・ケイは明治から大正にかけて、日本の女性たちに大きな影響を与えた人物である。平塚は自分の主宰する「青鞜」誌上で『恋愛と結婚』などケイの著作をいくつも翻訳しており、彼女の思想を広める第一人者を自任していたのだろう。ケイの思想を解説し、未婚の母が育児をしながら働く難しさに触れ、経済的に苦しい彼女たちを保護するのは「国家として当然為すべき義務」と述べた。また、貧困に苦しむ既婚女性についても同様の保護が必要だと主張した。

原稿用紙にして二十枚を越える平塚の文章に対し、晶子は「太陽」誌上に四〇〇字程度の短い返答を寄稿した。エレン・ケイの思想についてこまごまと教示されたことへの感謝を述べ、「女史が私と同じく母性のみを偏重せず、女のあらゆる良い能力を尊重せられることを知って安心しました」と、少々そっけない内容である。晶子にしてみれば、ケイについての理解が間違っているという指摘のみならず、「あなたが智的婦人としては世にも稀な多産な婦人で」「あなたが彼女の著書の一部なりとも否々その一ページなりとも忠実にお読みくださることを（中略）お願いいたします」といった嫌みとも取れる表現の多い平塚の文章に対し、まともに取り合うつもりがなかったのだろう。

晶子は社会評論を書き始めた初期から、女学校で割烹や裁縫が課される実態や、女子教育における良妻賢母主義に異を唱えており、女性が「母性」に縛られることへの抵抗感がもともと強かった。この二年後に再燃する平塚との論争のキーワードが「母性」だったのは皮肉なことだった。

主婦に憧れる女性たち

近代化が進むにつれ、工場や百貨店など新しい職場で働く女性が増えていった。劣悪な条件で働く女工の現状を明らかにした石原修の講演記録『女工と結核』（一九一三年）は社会に大きな衝撃を与えた。しかし、すべての女性が働きに出たわけではない。晶子はむしろ、十分な教育を受け、働く能力がありながら労働市場に参入しようとしない女性たちの存在を問題視していた。

私は上中流の若い奥様がくだらない雑用に貴い時を送って居られることを歯がゆく思います。女学生時代の空想をも理想をもどこかへ捨ててしまって、全く別人のような、全く教育を受けない女のような生活に甘んじている奥様の多いのを悲しみます。自分は新時代の代表者の一人である、自分の生活を清く、高く、新しくすると共に社会の改造にも助力したいという欲望がなぜ奥様たちの心に燃えないのでしょうか。（中略）私は日本の上中流のお嬢さんたちが皆が皆あまりにお嫁に行きたがり過ぎると思うのです。

この文章はヨーロッパから帰って初めてまとめた評論集『雑記帳』に収められている。刊行された一九一五年当時は、高等女学校の数が急増し、二一三校に七万人近くの女学生が通っていた。しかし、教育を受けた彼女たちが卒業後、「新時代の代表者」となるべく働きに出たか、というと、そうではなかった。晶子が嘆いたように「お嫁に行きたが」る女性たちが少なくなかったのだ。

近代化は、給与をもらって働くサラリーマンという新中間層を生んだ。封建社会の共同体が解体され、資本主義へ移行する中で現れた新中間層の多くは、知的労働によって俸給を得る都市生活者だった。古い家父長制度に支配されてきた若い娘たちが、「家」とは違う核家族の「家庭」に憧れ、新中間層の働き手との結婚を望むのは、ごく自然な成り行きだった。夫と妻と子どもたち、というイメージの「家庭」は当時、新しい概念だったからである。

明治三十年代以降に創刊された女性向け雑誌のタイトルには、「家庭」という言葉が目立つ。「家庭教育」「日本廼家庭」「家庭」「家庭雑誌」「家庭之友」「家庭週報」……三十年代だけでも十誌を越えている。家長を中心とする「家」から切り離された新しい家庭生活は、女性たちを魅了した。「家庭」という言葉の響きこそ新時代の雑誌にふさわしかったのだ。

構成員の少ない核家族の家庭をきりもりするには、「男は仕事、女は家庭」と役割を固定させるのが効率がいい。そして、性別役割分業は個々の夫婦だけでなく、国家にとっても都合のよいシステムだった。夫の健康維持、つまり労働力の再生産をサポートし、子どもを立派な国民に育てる「良妻賢母」は、富国強兵を進める国にとって重要な人材であり、女子の学校教育が良妻賢母の育成を目指す内容になっていったのも当然の流れだった。

晶子の文章に「奥様」という言葉があるが、同じようにこの時期に広まった言葉が「主婦」である。女性たちは自ら進んで家庭に入り、「奥様」「主婦」になろうとした。晶子は性別役割分業に対する批判として、「家庭は男女の協力の中に出来上がるべきもので、従来のように主として女まかせにしておくべきものでないと考えています。従って『主婦』というような言葉をも好きません」と書いた。

「主婦」をターゲットにし、実用主義を徹底した雑誌「主婦之友」が創刊されたのは、一九一七年三月である。翌年一月から、晶子と平塚らいてう、評論家の山川菊栄を中心とする母性保護論争が始まる。「主婦之友」が「私の理想の夫」特集を組んだのは、その年の四月号だった。当時の若い女性にとって譲れない結婚の条件があからさまに述べられている。

「理想の夫」について、「高等女学校の卒業生」という東京在住の「登代子」は、「官吏か会社員を理想とします」「官吏なれば判任官以上、又会社員なら一般に認められて居る会社の本社員（雇員でなくて）で満足でございます」と細かく条件をつける。大阪在住の「みをつくし」も、「高等教育を終えて間もない如何にも男らしく快活な人を望みます」「職業は会社員、官吏、軍人、実業家いずれでもよろしいが、あまり華美ならざる職業の方が結構でございます」と具体的だ。

また、長野県在住で二十歳の「えす子」は、「私は高女卒業生でございます」と自分の学歴を示しつつ、「職業は会社か銀行へでも勤める人か、商業をする人を望みます」「できることなら、草深い田舎よりも都会に住みたいと思っております」と言う。

この特集記事を読むと、教育を受けた若い女性たちが、ホワイトカラーの男性との結婚に大きな期待と憧れを抱いていたことがよくわかる。核家族、サラリーマン家庭、都市生活……すべてが目新しく、希望に満ちて見えたのだろう。もちろん、自ら職業に就く生き方も新しい選択だったが、そのためには相応の努力と能力が求められる。

高等女学校を卒業した後に進むべき進路も限られていた。女性の高等教育を目的とした官立の学校は東京と奈良の女子高等師範（現・お茶の水女子大、奈良女子大）のみであり、他には日本女子大学校や女子英学塾など小規模な私塾しかなかった。卒業後の受け皿となるところは限られており、向学心よりも新たな結婚生活への好奇心が優ったとしても仕方ない面もあった。

大正から昭和初期にかけて評論家として活躍した三宅やす子は、自分が高等女学校で学んだ一九一〇年代後半について、「婦人が独立生活を送るのは不自然であるとか、天職を全うしないものとかいう思想が遺憾なく普及されて」いたと回想している。ちょうど晶子が「上中流のお嬢さんたちが皆が皆あまりにお嫁に行きたがり過ぎると思うのです」と書いた時期である。作家志望だった三宅は、在校中から「女子文壇」などへ熱心に投稿していたが、「旗色を鮮明にすれば平凡な家庭の主婦になれない」「手芸や遊芸の上手な無難な娘になって、お嫁にもらわれる日を待つことが、やはり仕方のない道だ」と考え、二十歳で結婚した。文筆活動を始めたのは、夫が亡くなった三十代以降である。

当時、三宅やす子のような若い女性は多かっただろう。身近にロールモデルがいなければ、職に就く人生を具体的に思い描くのは難しい。教育を受けたからといって就職口が準備されているわけではなかったのだから、なおさらだ。しかし、晶子はせっかく受けた教育を活かさない女性たちが歯がゆかった。『みだれ髪』で恋愛を高らかに歌い上げた歌人にとって、出会う前から配偶者の職業や年収を結婚の条件に挙げる計算高さは我慢ならなかった。

経済的自立を巡って

母性保護論争は一九一八年一月、晶子が「女学世界」に寄稿した文章に端を発する。

今は男子も女子も何らかの労働によって衣食の自給を計り、物質的生活の確立安全を得ることが第一の急務である。（中略）女子が自活し得るだけの職業的技能を持つということは、女子の人格の独立と自由とを自ら保証する第一の基礎である。自己の職業的自活を考えずにおいて、男女の同権を求め、学問芸術を修め、婦人問題を口にする女子があるなら、その女子は最も切迫した現代生活の真相を解しない空想家であると思う。

この文章は、後に「女子の職業的独立を原則とせよ」というタイトルで評論集に収められる。すべての女性が誇り高く精神的、経済的に自立することで、「女子の人格の独立と自由」が得られると晶子は考え、配偶者にも国家にも頼らない生き方をせよ、と女性たちを鼓舞した。もちろん、理想論である。

押さえておきたいのは、このとき晶子が職業的独立を呼びかけた対象は女性全般ではなく、親兄弟や夫の財力に頼り、自らは働こうとしない富裕層の未婚、既婚の女性だった点である。「主婦之友」の「私の理想の夫」特集からもわかるように、高等女学校を卒業した女性の多くは、結婚して主婦になることに憧れを抱いていた。晶子はそうした女性たちを叱咤するように職業的自立を説いたのだった。

実際に工場で働いている女性たちに向けては、「それらの健気な女子たちについては、私は衷心から感歎し同情すると共に（中略）待遇が一日も早く理想的に改善せられることを祈る」と補足しており、自らの文章が工場労働者に向けられたものでないことを明らかにしている。

当時の世界情勢を見据えていた点も見逃せない。「女子の職業的独立を原則とせよ」が書かれた一九一八年一月、第一次世界大戦はまだ終結しておらず、ヨーロッパ諸国の経済混乱の影響は日本にも及んでいた。晶子は大戦後の情勢を憂え、「困難になりつつある男子の経済的生活」を指摘した上で、女性たちの職業的自立を促した。大戦後のさらなる経済悪化を予測し、一国としても個人としても今から備えておかなければならない、という論旨だった。

こうして、女性が「人格の独立と自由」を得ようとするなら、親や配偶者、そして国家にも頼らない気概が必要だと主張した晶子は、次に寄稿した「婦人公論」でも、同様の主張を展開した。違っていたのは、妊娠・出産に言及した部分が加わったことである。

私は欧米の婦人運動によって唱えられる、妊娠分娩等の時期にある婦人が国家に向かって経済上の特殊な保護を要求しようという主張に賛成しかねます。(中略)婦人が男子に寄食することを奴隷道徳であるとする私たちは、同一の理由から国家に寄食することをも辞さなければなりません。

(「女子の徹底した独立」)

「寄食」という言葉は非常に厳しく響く。晶子は、この文章を書いた前年に翻訳出版されたオリーブ・シュライナー(当時はシュライネルと表記)の著書『婦人と寄生』(神近市子訳)を意識していたのではないだろうか。シュライナーは南アフリカの作家で、性別役割分業を批判した『婦人と寄生』は、日本でもよく読まれた。原題は"*Woman and Labour : Parasitism*"(「女性と労働:寄生」)だが、訳者の神近は意図的に「寄生」という強烈な言葉を前面に出したと思われる。

この「女子の徹底した独立」は、晶子にとって「女子の職業的独立を原則とせよ」の続きであった。どちらも、対等な男女関係を築くには配偶者などの経済力に頼るべきではないとする主張と、大戦後の混乱に備え経済的独立を図るべきだという呼びかけが柱となっている。「妊娠分娩等の時期」について触れたのは、女性の自覚を促すための強調だったと考えられる。

しかし、筆がすべったことは明らかだった。ふつうに「女子の徹底した独立」だけを読めば、女性はどんな苛酷な状況にあっても自助努力すべきであり、妊娠や出産、育児を抱えた時期であっても国家は彼女たちを保護する必要はない、としか解釈できない。「人格の独立と自由」を目指すべきだという晶子の理想については説明が足りず、強者の論理と映っても仕方がなかった。平塚らいてうがすぐさま反論したのも当然だった。

「母性保護の主張は依頼主義か」と題した平塚の反論は、二か月後の「婦人公論」に掲載された。彼女は最優先の課題として、劣悪な環境で働く単純労働者の救済を考えていた。不当に苦しめられている女性たちの地位を引き上げるためには、母性をかけがえのないものとして国家に認識させることが現実的な早道だった。「元来、母は生命の源泉であって、婦人は母たることによって個人的存在の域を脱して社会的な、国家的な存在者となるのでありますから、母を保護することは（中略）全社会の幸福のため、全人類の将来のために必要なことなのであります」と、社会における母性の重要性と、働く女性が公的保護を受ける正当性を強調した。

1923年ごろの平塚らいてう
東京・千駄ヶ谷の自宅で、
夫の奥村博史写す。
（奥村直史氏提供）

当時、女性には選挙権、被選挙権もなかった。まだ「国家的な存在者」、つまり一人前の国民とみなされていなかったと言ってよい。平塚は、そこを突き、母性を掲げることによって女性の地位向上を図ろうとした。

しかし、この時点で晶子が論じようとしたのは、まだ労働の場に加わっていない富裕層の女性たちの自立であり、第一次世界大戦後に予想される経済混乱への対処だった。論争がスタートした時点で、晶子と平塚の問題意識は大きく食い違っていたのである。

国家観の違い

母性保護を巡る晶子と平塚の問題意識の違いは、国家に対する考え方の違いでもあった。それは、子どもについての考え方を述べ合った際、最も顕著になる。

平塚は母性の重要性を訴えようと、育児は本来、国家の担うべき仕事を母親が行っているのだと述べた。

子供というものは、たとえ自分が生んだ自分の子供でも、自分の私有物ではなく、その社会の、その国家のものです。子供の数や質は国家社会の進歩発展に、その将来の運命に至大の関係あるものですから、子供を産みかつ育てるという母の仕事は、既に個人的な仕事ではなく、社会的な、国家的な仕事なのです。そして、この仕事は、婦人のみに課せられた社会的義務で、これはただ子供を産みかつ育てるばかりでなく、よき子供を産み、よく育てるという二重の義務となっております。

（「母性保護問題に就いて再び与謝野晶子氏に寄す」）

国家に対する信頼感が伝わってくる。平塚の父は藩士の家に生まれ、官吏として明治政府に仕えた人である。何不自由なく育った彼女に、国家への帰属意識や忠誠心が培われたのは自然なことだった。子どもは国家のもの、という認識は、近代国家におけるエリート層の考えでもあっただろう。平塚は、こうした認識のもとに、母性保護を要求したのだった。

晶子は教育を受けた女性たちが社会に出て働けば社会が変わると期待し、未来を見据えて女性の経済的自立を説いた。現実問題として、困窮している女性労働者の母性保護を否定するものではなかった。しかし、平塚のこの文章には激しく反論した。

平塚さんは、私が母性の保護に反対するのは「子供を自己の私有物視し、母の仕事を私的事業とのみ考える旧式な思想に囚われているからだ」と言われました。何たる恐ろしい断言でしょう。

私は子供を「物」だとも「道具」だとも思っていない。一個の自存独立する人格者だと思っています。子供は子供自身のものです。平塚さんのように「社会のもの、国家のもの」とは決

(「平塚・山川・山田三女史に答ふ」)

して考えません。

晶子の教育観、国家観がよく表れている。晶子は町人の娘であった。与謝野晶子研究で知られる入江春行は母性保護論争について、「晶子が国家による保護を無用とするのは、一つには彼女が国家権力から遠い大阪の出身でかつ商人の娘であることによる」と、自分の才覚で生きようとする商人気質をみている。それ以前の政治家を批判した歌などから考えても、晶子には「お上」の権威を嫌う心性があった。また、出版物の発禁処分や赤旗事件、大逆事件など、国家によって表現や思想の自由、人権が弾圧される現実を何度となく突きつけられてきた。国家権力に対する不信、警戒感を抱く晶子には、自分の産んだ子が「国家のもの」とは到底思えなかった。「子供は子供自身のもの」と、幼い子にも独立した人格を認める考えは、当時としては先進的だった。明治憲法下の民法においては、戸主の統率権限が大きく、婚姻や養子縁組はもちろん、日常的な場面においても家父長の支配は及んだ。「子は戸主のもの」と言ってもよい関係であり、そうした家制度の上に国家があった。母性保護を国に求めた平塚に、現存する国家のあり方を変革しようという考えは全くなかったが、晶子はそうではなかった。幼い子であっても、親の所有物ではなく、一人の人間として尊重すべき存在と考えた。

「子供は子供自身のもの」と書いた翌一九一九年、晶子は「私の要求する国家」と題する文章を横浜貿易新報に寄稿する。

私は国家をもって、私たちの生活を、精神的にも、物質的にも、円満に発展させるための機関の一種だと考え、国家が私たちを支配するのでなくて、私たちが国家を運用するのであると思っています。国家が私たちの政治の機関であるのは、道路が私たちの交通の機関であるのと同じです。国家も道路も公平でなければなりません。

個々人が国家に仕えるのでなく、自分たちでよりよい生活のために国家を運用しよう——わかりやすい喩えで民主主義の基本を新聞の読者に伝えようとしている。発禁処分や大逆事件など国家権力による弾圧に不信を抱きつつも、晶子はあるべき国家の姿を見ていた。それは決して実現不可能な絵空事ではなかった。

母性保護論争の中で「子供というものは（中略）その社会の、その国家のものです」と書いた平塚は、一九二六年に出版した『女性の言葉』にこの文章を収める際、「国家」という言葉を削り「その社会のものです」と改めた。晶子の反論を受け、「子供は国家のもの」というのはあまりにも国家主義的だったと省みたのだろうか。

「母性保護」を巡って

一九一九年当時、一八二万人いた工場労働者のうち、女性は五三・六％を占めていた。東京市の調査では、工場で働く女性の四割近くが既婚者で子どもを持っているという実態が明らかになっており、就労女性のための「嬰児哺育」は行政機関にとって急務と認識されていた。

こうした背景があり、母性を巡る論争への関心は高かった。晶子と平塚らいてうが意見を交わしているところへ、評論家の山川菊栄、社会活動家の山田わかが新たに加わり、論争はますます熱を帯びた。

若き論客として知られた山川は、「与謝野、平塚二氏の主張に対してはいずれも一面の真理を認めている」「婦人の経済的独立、母性の保護ともに結構」と客観的に批評した。しかし、晶子が論争の初めにおいて、富裕層の働かない女性たちに向けてメッセージを発信したことには触れていない。山川は「育児期にある婦人が職業に従事することの可能か不可能か」という、大ざっぱな括りで二人の論争を捉えたため、その後の論争はもちろん、論争内容の評価においても、晶子の出発点となる主張はほとんど理解されないことになってしまった。

山川は、育児期の婦人は職業に従事できないとする点では、らいてうの意見に同意すると述べている。育児を第三者に委ねたり自宅で働いたりできる人を除き、中流家庭以下の層の母親が生活費を稼ぐのは不可能であり、それを女性に求めるのは苛酷で不当だから、というのがその理由であった。その上で、晶子、平塚双方の主張が実現されたとしても婦人問題の根本的解決とはならず、真の解決には経済システム自体の改善が必要だと論じた。

一方、山田わかは、エレン・ケイの影響を強く受けており、国家による母性保護の実現を信条として掲げていた。晶子の主張を「例外の才能を持つ婦人は例外です」と退け、母となった女性が夫や国家から生活費を得ることは当然の権利だと主張した。

かみ合わないまま議論が発展していく中、晶子は働かない女性たちに自覚を促そうとした当初の持論を脇に置き、「母性」について考察を深めた。

論争の初期において、晶子は「勤勉な労働婦人は、その妊娠、分娩、育児に要するある時期だけ労働を休んでも」夫婦が協力し、それまでの貯えで生活を維持することができるだろうと述べている。母親としてのキャリアの長い晶子は、女性が妊娠・出産と哺育期に休業する必要性はよく承知していた。そうした期間について、晶子は現在の育児休業のような制度について提唱している。

母の境遇にある婦人といっても、子供の側に付ききって居ねばならないものでなく、殊に子供が幼稚園や小学へ行くようになれば、母の時間は余

1920年、29歳のころの山川菊栄
（山川菊栄記念会提供）

ります。子供の側を離れられない期間にある女は屋内の経済的労働に服せばよろしい。妊娠や分娩の期間には病気の場合と同じく、保険制度によって費用を補充するというような施設が、わが国にも遠からず起こるでしょう。否、大多数の婦人自身の要求でその施設の起こる機運を促さねばなりません。

この文章から、晶子の現実的な考えがわかる。平塚らは妊産婦の休業期間を具体的に示さなかったが、晶子はまず、どれくらいの期間の休業が必要かということが気になったのだろう。幼稚園に入る三歳ごろは育児における大きな節目である。就学も一つの目安だろう。しかし論争当時、平塚や山川の子どもは幼く、「母の時間は余ります」という状況を想像するのは難しかった。他の三人と自分の立つ位置、視点が違うことを晶子は認識していた。現実を見据えた平塚の反論に対し、晶子は自分の述べたことは理想論なのだと説明する。

平塚さんは「現にあること」と「将《まさ》にあるべきこと」とを混同しておられます。現在の多数の婦人が経済的に独立していないからといって、未来の婦人がいつまでも同様の生活過程をとるものとは決まっておりません。私たちは一つの理想に向かって未来の生活を照準し、転向しようとするのです。

（「平塚さんと私の論争」）

晶子が「女子の職業的独立を原則とせよ」「女子の徹底した独立」で訴えたかったのは、すべての男女が働き、自立する民主主義社会の実現だった。男女が同等に仕事と家庭に携わる社会がすぐに実現するとはもちろん考えていない。しかし、理想を目指すためには、まず各々が独立する気概を持つことが必要であり、「寄食」「寄生」はその対極にあるものだった。

経済的な理由で農漁村から工場労働に駆り出された女性たちの問題は、全く別といってよかった。彼女たちの多くは寄食するどころか、家族に仕送りするため苛酷な労働に勤しんだ。晶子はそんな女性たちに「経済的に自立せよ」と呼びかけたのではない。自分が寄稿する雑誌を読むくらいの経済的、時間的な余裕と教養のある女性たちに向けて、意識を高めてほしいと綴ったのである。

しかし、平塚の方は目の前の問題として「妊娠分娩等の時期にある婦人」全般に対する国家の保護、つまり母性保護の必要性しか見ていなかった。晶子が母性そのものを論じていたわけではなかったことを顧みず、母性保護についての自分の考えを次々に展開した。論争はどこまで行っても平行線をたどった。

働きすぎの男たちへ

母性保護論争における晶子の不運はいろいろあるが、彼女自身が「母性」にそれほど重きをおいていなかったことはその一つだろう。教育や労働などさまざまな場における男女平等を理想とした晶子にとって、母性のみについて論じるのは、そもそも気の進まないことだった。それを最もよく示す文章が、論争中に書かれた「寧《むし》ろ父性を保護せよ」である。「人生は男女の協同から成り立つ。」と始まるこの文章は、いま読んでも全く古びていない。

子女の養育にも教育にも、父母の双方が公平にその親たる愛と勤労とを尽くすのが正当です。父は主として屋外に働く者で、母は専ら家庭の労務に当たらねばならないということを主張する男子があるなら、その男子はあまりに父性の責任を粗略にしています。（中略）また、そういう習慣に甘んじて、子女に対する親の責任を一手に引き受けている女子もまた甚だしい僭越を敢えてしていることを覚《さと》らなければなりません。

晶子は外で働く父親が家庭で育児に関わらないのは「父性の責任」を果たしていないことだと批判する一方で、育児を「一手に引き受けている」母親をも批判する。母親の負担を軽減するために父親も育児を手伝うべきだと言うのではない。「甚だしい僭越」という言葉からは、育児という喜びに満ちた営みを母親が独り占めすることへの戒め、また、育児を両親が二人で責任をもって果たすべき仕事と見なしていることが伝わってくる。

母親一人に育児を任せきっている男性を、晶子は「父性の義務をなげうって、この偉大なる事業を裏切る怠け者」と断じ、「いったいに今の男子は家を明け過ぎます」と子育てに関わらないことを責める。赤ん坊を寝かせつけたり、おむつを換えたりするのを「男子の恥辱」と感じる父親が多く、母親の睡眠不足が続いても決して代わろうとしない、と批判は細かく具体的だ。

もし男子が父性の責任を解して、一日に必ず二時間でも子供と一緒にいたり、毎夜母の心づかいと勤労との半分を負担したりする熱心があるなら、どれだけ子女の養育と教育の上によい効果が挙がるか知れないでしょう。母親も過労のために気力を失うことなく、その父親の協力によって余された時を利用して、男子と同じだけの思索にも、労働にも、また享楽にも能力を分配して人間らしく生きることができるでしょう。

晶子は「あまりに子供に触れ過ぎて愛に溺れる母」と「あまりに子供に触れないで愛に欠ける父」とが対立している家庭は決して望ましい形ではないと言う。家庭における育児の担い手が一人しかいない「ワンオペ育児」が今も多くの女性を悩ませている現状を見るとき、晶子の主張の先見性を思わされる。

「寧ろ父性を保護せよ」から伝わってくるのは、晶子が「母性」はもちろん「父性」にもこだわっていないことだ。このタイトルは、「母性保護」を巡る論争に少々嫌気が差し、皮肉を込めて付けたものと思われるが、親であることは個々の男女にとって一つの属性でしかないと晶子は考えていた。育児を二人で分担するのは、互いの時間を「思索」や「労働」「享楽」などにバランスよく配分するためであり、家庭における民主主義の実現のためだった。

男性の育児参加を促した晶子は、男性の働き方についても目を向けていた。

多くの家族の生活費を戸主たる男子一人の労銀で支持している一般の家庭を見るたびに、私はそれらの男子の負担のあまりに過大なのを気の毒に思わずにいられません。

（「未来の婦人となれ」）

こうした視点は、平塚らいてうや山田わかにはないものだった。平塚は、女性が労働市場に参入すれば労働力が過剰になって男性の賃金の低下と生活難を招くと懸念し、山田は、男性一人が働いて一家を支え得るのが「満足な労働制度」と主張した。二人は女性が働くことに関して、ほとんど経済的な面からしか考察していなかったが、晶子は男女が経済的な自立を果たした後の社会を思い描いていた。

「男女共同参画」や「ワークシェアリング」といった言葉のない時代に、晶子は男女が同じように仕事、そして育児や家事に携わる社会を夢見た。そうなれば、男女双方が余暇を活用して学問や趣味を楽しみ、精神的な豊かさを享受できるようになると考えたのである。

民主主義社会における男女の理想的な働き方を考察していた晶子にとって、「母性保護」に特化した論争に巻き込まれたのは全く予期せぬことであり、論点がかみ合わなかったのも当然だった。

「保護」とは

この論争においてもう一つ押さえておきたいのは、晶子が「母性」だけでなく、「保護」という言葉も好まなかったことである。

母性保護論争の発端になった晶子の文章のタイトルが、「女子の職業的独立を原則とせよ」「女子の徹底した独立」だったことからもわかるように、晶子にとって「独立」は、重要なキーワードだった。

一九一六年に書いた「婦人の独立」は、女性の自立について簡潔に述べた文章だ。

婦人が職業を求めるということは、自分自身に必要な義務を行うことです。それは理屈よりも何よりも、まず婦人が親兄弟や良人の厄介とならずに、手の職なり、頭の職なりを働いて、あるいは日給を、あるいは月給を、あるいは賃銀を、あるいは報酬を取得するという事実を求めることのほかにないのです。そうして他人の厄介とならずに三度の食事を取り、一枚の着物でも買うことができる身分となれば、婦人が人としての自由と権利とは、自然にその中から満たされてくると思います。

晶子は十代から結婚するまで実家の店の手伝いに従事し、結婚後は夫と同じか、それ以上に家計を支えてきた。そのことに対する自信と誇りは大きかった。

「国家の母性保護」を当然とする平塚に対し、晶子は困窮している母親を国家が保護するのは国家の義務であり、「全く賛成する」と述べる。しかし、男性にせよ女性にせよ、経済的、精神的に自立、自活する能力を備えた個人が国家に保護され、受動的、隷属的な生き方をするのは、「個人の威厳と自由と能力」を放棄することだから、自分は反対なのだと説明する。

独立、自立を重んじた晶子に、「保護」という言葉は恩着せがましく響いたようだ。実際、論争の中で「保護」には弱者に対し上から与えられる「恩恵」的、官僚的な意味があると述べ、当時、政府が設置した救済事業調査会において婦人労働者が「保護事業」の対象となっていることに違和感を抱いたことも記した。

「保護」という言葉を好まなかったことには、晶子の価値観、思想がよく表れている。自由と権利を得ようとするなら、権力による保護を前提にすることは望ましくないという考えは、かつて政府による文芸院構想に対し、「文部省の保護や優待を受けて文学が栄えるもののように思うのは文学の性質を知らない人の考えです」と退けたことと通じる。

母性保護に関しても同様に危ぶむところがあり、必ずしも強者の論理ではなかったのだが、この考えはやはり論争においては不利に働いた。晶子に対し、山田わかは「いったい、人間が男でも女でもこの地球上に、殊にこの文明社会に実際に独立して生きて行けるものであろうか」と批判し、「家庭にいて子供の監督をしながら比較的たくさんな収入を得ている特種な才能を持った婦人」は例外的だと一蹴した。

この時期、政府は救済事業調査会を設置し、「嬰児保育」を重要課題の一つに掲げており、女性の労働環境の整備が社会問題だったことは明らかである。「母性保護」についての論争は注目を集め、思想家の堺利彦や社会活動家の島中雄三ら第三者が論争を評するなど、メディアも活気づいた。

約一年半にわたって繰り広げられた論争は、晶子が「平塚・山川・山田三女史に答ふ」と題する長い文章を寄稿したことで終結する。「三女史と私とは決して目的においては異なっていないのです」と呼びかけ、女性のよりよい生き方、働き方を望む点では、みな共通していることを述べ、論争を終わらせようとする内容だった。確かに国家の保護政策についての主張は異なったものの、女性の労働環境の改善、出産前後や哺乳期の休業について反対する意見などなかった。

晶子からすれば、すべての人が自立心を抱いて働く社会を理想として掲げた自分が、母性保護という、思ってもみないテーマの論争に巻き込まれた、というもやもやした思いが残っただろう。三人が文章を発表する度に、論点を整理し、自分の考えを述べるのは徒労感の募ることだった。論争は同一の雑誌で繰り広げられたのではなく、「太陽」「婦人公論」「新日本」「文化運動」など、それぞれの論者がいくつもの雑誌で持論を展開したので、なおさらだった。

いわゆる母性保護論争における晶子の旗色は悪かった。言葉足らずで論理が弱い部分がいくつもある。しかし、晶子が思い描いた理想社会を考えるとき、その先見性は同時代の誰にも引けを取らず、現代の私たちの指標になり得るものである。

家事の省力化

晶子は「労働」をさまざまな角度から考えた。そこには十代から働いてきた実体験が大きく関わっている。評論を書き始めてまもない一九一一年、「婦人乃鑑」一月号に寄稿した「日常生活の簡潔化」は、自らの経験に基づいた家事労働の軽減、変革を呼びかける内容だった。

日本の婦人は朝早くから夜の更けるまで台所に入り浸り、煮焚きと、膳椀の後始末と、拭き掃除とに大切な一日の時間の大部分を空費しています。そういう労働に堪え得るのを従来は賢母良妻の資格の主要《おも》な部分とし、女学校などでもそれを奨励して家政科を重んじ過ぎていますが、文明国の婦人はこういう無駄な労働を避けて、なるだけ手軽に済ます工夫を回し、それから得た時間を他の有益な労働、すなわち精神的の労働に利用せねばなりません。

晶子は女子の高等教育の必要性を説く中で、高等女学校のカリキュラムに割烹や裁縫が多く含まれることを批判した。「手料理のこしらえ方などを習うことが、数学や国語や、地理、歴史、作文、物理化学などに匹敵し、ないし幾倍するだけの価値のある学課でしょうか」と嘆いた第一の理由は、男女が同じカリキュラムではないという差別に対する抗議であり、第二は良妻賢母教育を押しつけることへの反発だ。

そして第三の理由が、割烹や裁縫はわざわざ学校で教わるほどのものではない、という考えである。晶子は家事の手間は省けるなら省いた方がよい、と省力化を勧めた。家事を軽んじるのではない。人はもっと大切な「精神的の労働」をすべきだというのである。そのための具体的な方法を、まるで家事評論家のように示している。

> 台所の労働を簡潔にする手はじめには（中略）飲食の器物を多く用いないこと。一人一人に膳を出すことをやめて大きな一つの卓子《ていぶる》とか飯台《ちゃぶだい》とかで家族一同が食事を同じ部屋で済ますこと。来客の場合にもたいていは別膳をこしらえずに家族の卓子でいっしょに飲食すること。

ここで注目したいのは「ちゃぶ台」の使用を勧めていることだ。

もともと日本には、一つの食卓を皆で囲むという文化があまりなかった。箱膳など銘々の膳で食べる形が主流だったが、明治三十年代後半ごろからちゃぶ台が少しずつ普及していった。生活史研究家の小泉和子らによると、ちゃぶ台はまず大都会で使われるようになり、大正末から昭和初めにかけて地方都市や農山漁村にまで広がったという。都市部では住居が狭かったこと、また大正期には家族そろって食卓を囲む一家団欒が理想とされ始めたことが、ちゃぶ台の広がりを後押ししたようだ。

一九一一年四月、晶子は「女学世界」に、「宅ではつとめて子供らと一緒に食事をいたします。ことごとしい膳ごしらえなどいたさず、ちゃぶ台を二つ並べて、その上で皆が同じ物をいただくのです」と書いている。一九一四年に書かれた詩「日曜の朝飯」からは、与謝野家の食卓の風景がありありと伝わってくる。

さあ、一所に、我家《うち》の日曜の朝の御飯。
（顔を洗うた親子八人、）
みんなが二つのちやぶ台を囲みませう、（中略）
珍しい青豌豆の御飯に、
参州味噌の蜆汁、
うづら豆、
それから新漬の蕪菁《かぶ》もある。
みんな好きな物を勝手におあがり、

ゆっくりとおあがり、
たくさんにおあがり。

「好きな物を勝手におあがり」という言葉は、それぞれが大皿から取って食べるスタイルを想像させる。家族の多い与謝野家では、一人分ずつ取り分けるだけでも手間がかかっただろう。『愛、理性及び勇気』（一九一七年）に収められた「冷たい夕飯」という詩にも、「子供達のみづみづしい顔を／二つのちやぶ台の四方に見ながら、／ああ、私達ふたおやは／冷たい夕飯を頂きました。」という一節がある。「日本の婦人は朝早くから夜の更けるまで台所に入り浸り……」と嘆いた晶子は、「膳椀の後始末」を少しでも軽減しようと、早期にちゃぶ台を採り入れていたのである。

晶子は女性が高等教育を受け、さまざまな社会活動に就くようになれば、限られた時間をうまく配分する必要があり、家事の効率化が必要になると述べた。

台所を簡潔にするというのは、台所の労働を軽蔑せよと申すのではない。人の行うことにどれが高いのどれが賎しいのということはなく、生きるために必要なことはみな自分に対して価値があるのですが、ただ簡潔にすべきことと複雑にすべきこととの区別があって、その区別を取り違えると、幸福であるべき一生がかえって不幸な結果になります。（中略）女も男子と対等に学問技芸を修め、社会の競争に参加し、男子が享《う》けるだけの文明の自由と幸福とを要求しようという新時代に入ったのですから、どうしても台所にばかり燻《くすぶ》っていられないのです。

（「日常生活の簡潔化」）

「台所にばかり燻っていられない」というのは、執筆などの仕事に追われていた晶子自身の本音だっただろう。その時代、男性パートナーに手伝ってもらうという発想や選択はほとんどなかった。既婚女性が「男子と対等に学問技芸を修め、社会の競争に参加」する、つまり男性と対等に学んだり働いたりするためには、家事の簡素化が不可欠だったのである。

働くことの尊さ

晶子は女性たちに家事を「手軽に済ます工夫」を提案し、「精神的の労働」に時間を割くよう呼びかけた。「精神的の労働」は一見すると頭脳労働のように思えるが、晶子はこの言葉を「精神を傾けて行う仕事」といった意味で使ったようだ。仕事の内容や質に上下があるとは考えなかった。

体的労働を卑しいものとし、心的労働を上品であるとするのは、今後の生活において不真面目なことである。生に役立つものはことごとく尊貴であることを、しみじみと覚《さと》る時期が迫っている。今後の社会において職業のない人間ほど——すなわち自分の実力で衣食しない人間ほど——淋しく悲惨な者はない。

（「女子の職業的独立を原則とせよ」）

「体的労働」は肉体労働、「心的労働」は頭脳労働を指すのだろう。晶子自身は社会評論の執筆や創作といった仕事に従事し、工場労働者や農漁村で働く人たちのような単純作業や力仕事に携わることはなかった。しかし、彼女は二種の労働を同等のものと見なし、「生に役立つものはことごとく尊貴である」と述べた。

その背景には、和菓子屋の娘として働き、さまざまな職業の人々を間近に見ていたことがあった。

私は労働階級の家に生まれて、初等教育を受けつつあった年頃から、家業を助けてあらゆる労働に服したために「人間は働くべきものだ」ということが、私においては早くから確定の真理になっていました。私は自分の家の雇い人の中に多くの勤勉な人間を見ました。また私の生まれた市街の場末には農民の村があって、私は幼年の時からそこに耕作と紡織とに勤勉なたくさんの男女を見ました。

（「婦人改造の基礎的考察」）

「すべての人間が一様に働く日が来なければならない」という考えは、書物を読んで得られたものではなかった。商人の町・堺で生まれ育ったことが晶子の思想に大きな影響を与えた。

晶子の父は、和菓子商駿河屋の二代目であった。大阪の商家の様子を紹介した『住吉堺名所并《ならび》ニ《に》豪商案内記』（川崎源太郎著・一八八三年）には、当時の駿河屋を描いたイラストが掲載されている。レンガ造りの高い煙突や屋根の上に据え付けられた大時計が特徴的な立派な店舗である。雇用されていた職人や女中はかなり多かったはずだ。

晶子は実家で働いていた、定七という菓子職人の仕事ぶりを詳しく記している。

　私はその定七を天才だと今も思っています。定七は学問の方の天才ではないのです。それは菓子をこしらえること、商売をすることの天才なんです。ほかの菓子屋で二十人くらいかかって二日で仕上げることを定七は小さ

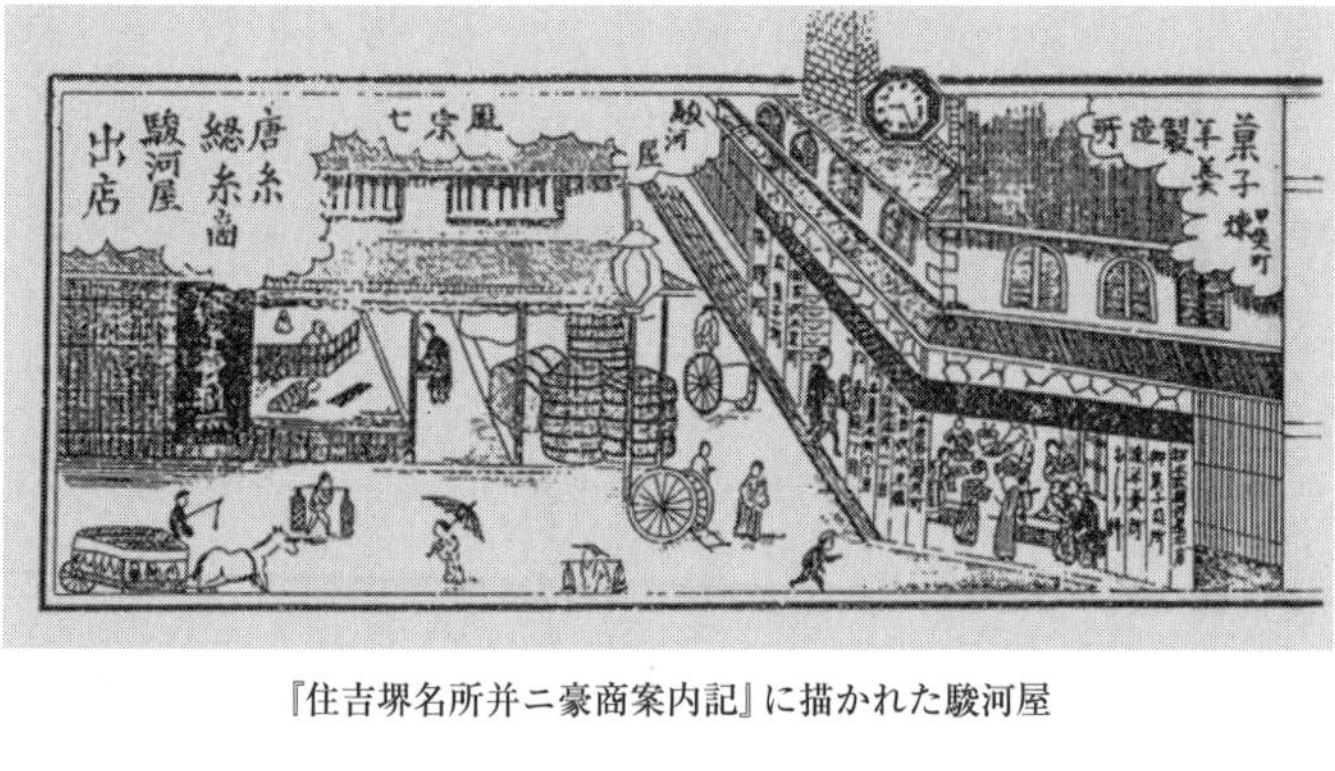

『住吉堺名所并ニ豪商案内記』に描かれた駿河屋

い小僧二人くらいを助手《すけ》にして半日でやりました。そして、その手際の美しいことはとてもほかの菓子屋の職工の真似のできることではありませんでした。終日私の家に来ている定七は、自分の家では煙草店を出していました。そのほかに段通の織屋をしていました。

天才的な歌人だった晶子が、定七を「天才」だと称えているのは愉快である。手際よく菓子を作ってゆく彼の手元を、感嘆しつつ眺める十代の晶子の姿が見えるようだ。

晶子は「私はその定七の感化を少なからず受けたように思っています。自分がする仕事と違ったことをしている人にもせよ、勝れた技倆の人の傍にいるということは、何よりもよい刺激になることとなんであろうと私は思っています」と記す。文学者以外で与謝野晶子を「感化」した人物というのも、そう多くはないだろう。

晶子が実家を出て十年ほど後に、定七は段通問屋の破産ですっかり財産をなくし、駿河屋もやめて振り売りの魚屋になった。晶子の妹が「どうやって刺し身をつくったりするのか」と訊ねると、「菓子をこしらえるのと一緒です。わけもなく出来ます」と笑ったそうだ。この話を妹から聞き出したことからも、晶子が定七を長く気にかけていたことがわかる。

「生に役立つものはことごとく尊貴である」と書いたとき、晶子の脳裡には定七の笑顔がよぎったのではないだろうか。

労働とは何か

晶子が女性の経済的自立や働く意義を説いた文章には、「労働」という言葉が頻出するが、当時この言葉はまだ新しかった。一九世紀の終わり、"labour"の訳語として「労働」が当てられることが多かったが、「勤労」や「労動」「力作」といった訳語も使われた。

労働とはすべての力作の総称です。心的が主となった労働と、体的が主となった労働とに大別されますが、心的のみの労働というものもなければ、体的のみの労働というものもありません。

（「労働と婦人」）

「力作」は、今日では力をこめて作った作品という意味で使われることがほとんどだが、もともとは「りょくさく」とも読み、「つとめはたらくこと」も指した。例えば、一八七三（明治六）年に出版されたJ・S・ミルの翻訳と覚しき林正明訳述『経済入門』には、"labour"の訳語として「力作」が当てられ、「はたらき」というルビがふってある。晶子は「労働」に加え「力作」という語を使っており、「労働」という言葉の定義は当時まだ定まっていなかったことがうかがえる。

英語の"labour"は、苦痛や困難を意味するラテン語を語源とし、与えられた苦役といったニュアンスが濃い。陣痛や分娩も"labour"である。自主的な仕事を指す言葉としてはゲルマン語系の"work"があり、この言葉は作品の意味を含むことからも、能動性を伴うことがわかる。翻訳語である「労働」の概念は、"labour"のみならず、明治以前の「はたらく」や「つとめる」の意味合いを包括したものであり、晶子はさらに多くの意味を込めようとした。

評論活動を本格的にスタートさせた一九一〇年代後半、晶子は労働問題について関心を抱き、独自の思想を深めていた。一九一九年、国際労働機関（ＩＬＯ）が設立されたことからもわかるように、この時期、産業構造が大きく変化し、人々の労働環境を整備することが世界的に課題となっていたのである。

ワシントンで開かれたＩＬＯの第一回会議では、女性と子どもの夜勤の禁止や、週四十八時間の労働時間とすることなどを盛り込んだ条約が採択された。晶子は国際会議の内容について仔細にチェックし、これらの条約を日本が批准しなかったことを残念がった。しかし、彼女の思い描いた社会は、八時間労働を遵守するといった労働条件の改善にとどまらないものだった。

晶子は労働について、生活費を得るためだけの活動ではなく、人間にとって欠かせない大切な営みだと考えていた。労働は、個々人が精神的に自立することだという視点は、現代の私たちから見ても魅力的な労働観である。

婦人が職業によって衣食することを、あさはかにただ衣食の生活のためだと考えては間違いです。心的もしくは体的の労働をもって人間が相互に扶助し合うことは、人間が個人として真に独立して生きていることであることを知らねばなりません。

（「婦人と経済的自覚」）

労働は、男女の別なく、社会の一員としての義務であると同時に権利でもあると晶子は考えた。労働によって生活の糧を得るだけでなく、人間的に成長することができるのだと、自らの経験も踏まえて繰り返し説いた。

母性保護論争において、こうした主張は「現実を無視した詩人の空想」などと批判されたが、晶子には十一、二歳のころから十年以上家業を手伝い、「あらゆる辛苦と焦慮」を経験したという自負があった。どんな労働も人間の生活そのものであり同じ文化価値を持っているという言葉には重みがある。

「労働は商品でない」

肉体労働、頭脳労働の別なく、いかなる労働も尊いと主張した晶子だが、労働の質には違いがあると述べている。「貨幣の利得を目的とする労働」、「貨幣に換算すべき性質のものでない労働」そして、その「両方にまたがる性質を持った労働」の三つに大別できるというのだ。労働の対価として賃金を得るのは有償労働であり、その反対語として育児や介護、家事といった無償労働（アンペイド・ワーク）がある。しかし、晶子はそういうふうに二分しなかった。

社会学者、イヴァン・イリイチが家庭内労働を見えない労働、「シャドウ・ワーク」と捉えた一九八〇年代以降、アンペイド・ワークはさまざまな角度から考察されてきた。家事や育児について、それに要する時間や仕事内容から時給や年収を算出する試みもその一つである。内閣府の経済社会総合研究所の調査「男女別の家事活動の貨幣評価」（二〇一八年）によると、一年間に女性が行う家事労働は「一九三万五、〇〇〇円」に相当するという。少ないとも多いとも言えない、何とも納得し難い額である。

晶子の「貨幣に換算すべき性質のものでない労働」という表現からは、こうした「貨幣評価」に対する抵抗感を抱いていたことが伝わってくる。同時期に書かれた「欲望の調節」の中で晶子は、労働の意義について熱く語る。

私たちは愛を売り、良心を売り、知識を売って物質の充用に換えております。（中略）発明家は売るために発明をし、労働者は賃銀のために労働をし、学生は俸給のために勉強し、芸術家は衣食の資として芸術を作ります。貨幣の収入のない職業には俊才が集まらないようになっています。そうして、これを怪しまず、恥じず、煩悶しないまでに大多数の人間は、その個性の尊厳を忘れております。

働く喜びを感じられず仕事に追われている労働者、将来的に高い給与を得るため受験勉強に追われる子どもたち、才能の切り売りを余儀なくされる芸術家……まるで二一世紀の状況を批判しているような文章だ。

母性保護論争の中で山川菊栄は、女性の家事や育児について「不払い労働でなくて何であろうか」と断じたが、晶子は家庭内労働に金銭が支払われることが解決策とは考えなかった。かつて連作「灰色の日」で、「この国の上卿《じやうけい》達がなげゝるは惨《みじめ》なるかな銭の無きこと」と詠んだ歌人にとって、政府が「銭の無きこと」ばかり嘆くのも、人々が「賃銀のために」だけ働くのも、心貧しいことだった。労働は根源的な人間の喜びであり、対価のために働く必要がなくなる社会がいつか実現すると晶子は思い描いた。それは、彼女独自の「汎労働主義」と言うべき思想であった。

労働はもはや単なる賃銀目的の奴隷労働でなくて（中略）従来から貨幣価値に換算されない一切の人間的活動、すなわち学問、芸術、道徳、宗教、国家、法律、技術、教育、生殖などの活動までを労働と称して抵触しないことになりました。（「一切の人間が働く社会」）

長時間労働のつらさや生活苦もよく知る晶子だったが、彼女にとって労働は決して苦役ではなかった。「私たちの心的体的の力作が物質の報酬を期待しないで行われたら、どんなにか自由で、またどんなにか楽しいことでしょう」と、労働そのものの喜びを語っている。この言葉は、最低限の生活を保障するベーシックインカムの支給される社会を想像させる。「物質の報酬を期待しない」ことで労働意欲が削がれるという見方もあるだろうが、晶子はすべての人が自由な精神を発揮し、喜びをもって労働する社会を思い描いた。

生活するうえで経済的な心配がなくなれば、平等も実現する。晶子は職業に貴賤はないことを繰り返し説き、精神的、創造的な労働が尊重される社会になれば、「経済行為が何でもない瑣末な一つの生活条件」となり、貧富の格差も是正されるだろうと考えた。

人間は器械ではない、労働は商品でない。自分たちは独立した人格者として、文化主義の生活を何らかの労働によって創造するのである。

（「生活改善の第一基礎」）

今あらゆるものの効率化、省力化が図られている。公共図書館や保育所の民営化が進み、基礎科学研究も短期で成果が求められる。一方で、ＡＩの発達によって人間の仕事が激減するのではないかという懸念も広がる。新型コロナウイルスのパンデミックによって、ケア労働の大切さが認識されるようになった今、「労働は商品でない」という晶子の言葉は、私たちがこれから目指す方向を示しているのではないだろうか。

第九章　学び続ける人生

「あぢきなきわが生立」

社会評論を本格的に書き始めた与謝野晶子が、最も熱をこめて書いたのが男女の平等であり、教育の平等だった。その後も一貫して、家庭や社会における男女平等を実現するには、まず教育の機会平等が必要であると説き続けた。背景には、晶子自身の生い立ちが大きく関わっている。

一八七八（明治十一）年、晶子は鳳宗七と津禰の三女として生まれた。晶子の前に長男と次男が生まれていたが、次男は晶子が生まれる半年ほど前、一歳未満で亡くなった。ちょうど晶子と入れ替わるようなタイミングだった。長男が病弱だったこともあり、宗七は跡継ぎにする元気な男の子の誕生を心待ちにしていたという。そのため、女の子だとわかったときの落胆は大きく、赤ん坊の顔も見ず家を出て一週間ほど帰らなかったという。生まれたばかりの晶子は結局、母方の叔母の家に預けられてしまった。

二年後に弟の籌三郎《ちゅうざぶろう》が生まれ、ようやく晶子は生家に戻ることができた。こうした経緯について、晶子は「死んだ二番目の兄というのがまことに父の愛児であったのだそうです」「女の私が生まれたということが不平で不平でならなかったようです」と淡々と書いているが、女であるという、それだけの理由で実の父から疎まれた事実に、深く傷ついたに違いない。

一九一九（大正八）年に詠まれた歌には、自らの生い立ちを寂しむ気持ちが滲んでいる。

あぢきなきわが生立に似る如く似ざるが如き雛罌粟の花

「あぢきなし」は、「道にはずれている」「努力してもつまらない」「思うようにならない」などの意味をもつ。生涯の中で最も温かい記憶であるべき幼年時代を「あぢきなき」と表現したのは、晶子が四十歳のときだった。その年齢に至るまで、生い立ちにまつわる辛い思いを歌として表現できなかったのである。

寂しい心境を詠んだ歌に「雛罌粟（ヒナゲシ）」を持ってきたのが意外だ。ヒナゲシと言えば、晶子が初めてヨーロッパの地を踏んだ感激を詠んだ「ああ皐月仏蘭西《さつきフランス》の野は火の色す君も雛罌粟《コクリコ》われも雛罌粟《コクリコ》」が浮かぶ。見渡す限り緋色の花が咲き乱れる鮮やかな光景である。ところが、その七年後に自分の生い立ちと重ねた「雛罌粟」は、何とも弱々しく所在なげであり、「われも雛罌粟」と高らかに歌い上げた花とは別のもののようだ。憧れのフランスに着き昂揚した気分で詠んだ「雛罌粟」を晶子自身が忘れるはずもなく、「あぢきなきわが生立」と現在の自分とを対比する気持ちもあったのではないか。「婦人画報」に寄稿されたこの歌は、歌集には収められなかった。

男女同じように

自らの幼年時代を苦々しく思う晶子にとって、子どもたちを男女の区別なく育てることは基本中の基本だった。最初の評論集『一隅より』に、こんな一節がある。

私はなるべく十四五までは男女両性をほとんど自覚させないで教育したいと思っています。私の家では女の子に兄を戒めるときと同じような「男らしく」というような言葉を用いて教えもいたすのです。男の子に優しい人にならなければならぬとも申します。

「十四五まで」という区切りは、第二次性徴が現れるころまで、ということだろう。晶子は別の文章で、客人が訪ねてきた際、「男の子をたまには台所で働かせるのも悪いことではない」と十二歳の長男と十歳の次男にコーヒーと菓子を出させたエピソードも書いている。

娘たちに「男らしくしなさい」と言っていたことには笑いを誘われるが、「はきはき話す」「泣かないできちんと考えを伝える」くらいの意味を持たせて使ったのだろう。「男らしく」を肯定的に使う一方で、晶子は「女らしく」という言葉を極端に嫌った。

「女らしく」という言葉が常に女に対する批評の標準に用いられている。女を誨《おし》える者は「女らしくせよ」と誨え、女を咎める者は「女らしくない」と咎める。（中略）女は内気であれ、謙遜であれ、遠慮がちであれ、貞淑であれ、慎ましやかであれ、優美であれ、弱弱しい者であれ、従う者、頼る者であれ、（中略）創める者でなく守る者であれ、憤るものでなく泣く者であれ、笑わずして微笑む者であれ、知る者でなく働く者であれ、というのである。女の個性の表現を静的な、消極的な、陰の世界の範囲にのみ留めておこうとする思想である。

（「現代人らしく」）

命令形で畳みかけてくる迫力に圧倒される。女の才能や行動を封じこめようとする世間への憤りが満ちている。現代においても、女性の昇進が男性より遅かったり補助的な仕事ばかりさせられたりする状況は、晶子の言う「遠慮がちであれ」という強要によるものである。ハイヒール着用の強制や容貌や服装による差別も、「優美であれ」という圧力にほかならない。「女らしく」は今なお女性たちを苦しめているのだ。

晶子は「今の女に望むことは『女らしく』でなくて、男にも女にも共通な『現代人らしく』ということである」と述べている。「現代人らしく」を目指した晶子は、「憤る者」として社会評論をものし、「知る者」になることに熱心であり、新しい思想を「創める者」であった。そして、男女が同じように「現代人らしく」生きるために必要なのは、教育の平等だと考えた。明治半ばを過ぎても教育制度はまだ整っておらず、男女格差は大きかった。

明治の教育制度

日本における近代教育制度は、一八七二年の学制発布に始まる。その前年に廃藩置県が行われ、文部省が設置された。

学制の内容は、全国の教育行政を文部省が統括することを明示し、学校は小学、中学、大学の三段階として組織し、全国民に対して一様に開放することを基本とした。この「一様に」という理念こそ、江戸時代における身分制度から脱し、国民すべてが教育を受けられることを保障する考えであり、近代の始まりを象徴するものだった。小学校は、すべての「幼童」が「男女の別なく」教育を受けられるものだと明記されている。

注目すべきは、小学校以上の教育に関して「才能に任す」とし、「小学校を卒業したものはすべて一様に上級の学校に進学する機会を持つ」としているところだ。どこにも「男子のみ」や「女子は除く」といった言葉はない。

実際、学制の発布された翌一八七三年、全国の中学校二十校で学び始めた女子生徒は二十人いた。日本における初めての女子中学生である。発足したばかりの中学校は男女に等しくひらかれた学校だった。女子生徒の占める割合は、初年は全体の一％だったが年々着実に増え、一八七九年には二、七四八人と、全体の約七％になった。

ところが、その年、学制に代わる新たな法規として教育令が公布され、女子中学生とその親を驚かせる。中等・高等教育を受けられるのは男子に限るという内容だったからだ。男女共学だった小学校も、男女別学が原則に変更された。

「学制」の下で中学校へ入学した女子生徒たちが卒業した後、一八八三年からの中学校は「教育令」に基づき男子生徒だけの学校となる。男子のための中学校に相当する、女子の中等教育のための学校は設置されなかった。最大で三千人近くいた女子中学生の中には、上級学校への進学を希望する生徒もいたはずだが、彼女たちの進路は問答無用で閉ざされたのだ。女子の中等教育を行う学校に関する勅令「高等女学校令」が公布されたのは一八九九年。教育令が出されてから二十年後のことだった。

女子教育の制度が整わない時代、晶子はどんな学校生活を送ったのだろう。

幼年期の回想を綴った「私の生い立ち」には、満三歳になった一八八二年、父親の希望で小学校に入学させられたことが書かれている。晶子が生まれたとき、男児でなかったことに落胆した父だったが、利発な娘だったため早期教育を試みたのだろうか。しかし、三歳の晶子は遊びたい気持ちが優って学校へ行きたがらず、結局、五歳になった二年後の春、小学校に入る。その後、満九歳で堺女学校に入学する。この女学校の前身は女紅場だった。

「女紅」は裁縫や手芸などの手仕事を指す。女紅場は学制に規定されていない学校で、関西を中心に作られ、学校制度が整備されるまで女子教育の一端を担った。教育内容、年限は学校によってばらばらで、中等教育機関に相当するカリキュラムをもつ学校もあったが、堺女学校の場合は晶子が満十二歳で卒業していることから、現在の小学校相当と考えてよいだろう。女学校時代を振り返って、晶子は「教師たちの数学や国文の説明が迂遠《まわりどお》く歯痒くて聞いていられなかった」と、レベルの低さへの不満を漏らしている。

一八九一年春、堺女学校を卒業した晶子は、店の帳簿つけなど家業の手伝いをまかせられる。暗算が得意で、十一歳のころから帳簿つけを手伝ったようだ。二か月ごとの集金にも赴いた。二人の姉は既に嫁いでおり、店の人手は不足していた。晶子は大事な働き手だった。

わたしは菓子屋の店で竹の皮で羊羹を包みながら育った。わたしは夜なべの終わるのを待って夜なかの十二時に消える電燈の下で両親《ふたおや》に隠れながら、わずかに一時間か三十分の明りを頼りに、清少納言や紫式部の筆の跡を盗み読みして育ったのである。両親のわたしを見るのは「ただの女」に育っていけばよいのであった。兄に授けた高等教育の片端をも授けようとする家族ではなかった。わたしは今もそれを悲しむ。

（「早稲田文学」一九一一年一月号）

「兄に授けた高等教育」を羨んだ晶子は、五歳下の妹、里の進学を後押しし、里は京都府高等女学校（後に京都府立第一高女）で学ぶことになった。そのころは「私の家が最も悲境に陥っていた時」で、弟の籌三郎の分も合わせた学資のやりくりに追われたという。

女子教育を斬る

晶子が評論活動を始めたのは、高等女学校令が出て十年たったころである。高等女学校は、位置づけとしては男子の学ぶ中学校と同じだった。しかし、カリキュラムを見ると、「裁縫」「家事」といった女学校にしかない科目が並び、その分、数学や外国語などの一般科目が男子より少なかった。

高等女学校では「作法」という課目が修身の一部にあって、一年級から五年級まで打ち通して毎週一時間をこれに費している。（中略）いったい行儀作法というものがぜひ高等女学校で五か年百五十時間以上も大切な娘盛りの時間を割いて教えねばならぬほどの学課であるなら、中学生その他の男子の学生に対しても同様の教育を学校で授くべきはずである。

（「女学世界」一九一一年十月号）

女子に行儀作法を教え込もうとする旧態依然とした価値観を思いきり皮肉った内容だ。「『高等』と冠した学校」とは思えないカリキュラムに、晶子はいたく失望した。

この文章を書いたとき、晶子は四人の子の母だった。一番上の光は八歳、双子の女の子、八峰と七瀬は四歳と幼く、中学校や高等女学校に上がるまでには、まだまだ年数があった。そうした時期に、高等女学校のカリキュラムを批判したのは、自身が通えなかった高等女学校への憧れと期待が大きかったからに違いない。晶子は「女にもおなさけで学問をさしてやるという態度で唱えた低級な女子教育」と切って捨てた。

同時代の教育者や評論家も女子教育の充実を説いてはいたが、高等女学校で理数系の科目が少ないことを批判したのは、晶子独自の視点だった。女子教育に理解があっても文学方面への進学のみを許す親が多いことや、若い女性たち自身にも文学にしか適さないという思い込みがあることを指摘し、文系、理系への適性は男女で違わないのだと再三述べている。当時としては、かなり革新的な意見である。

小学時代から高等女学校時代へかけて数学や物理化学の方面に稟性《ひんせい》の秀でた女子は、数において必ずしも男子に劣らないのであるが、在来はその稟性を圧抑して強いて他の低級な方面にその力を消磨させていたのである。

（「婦人理学士」）

「数学や物理化学の方面」に興味を抱いていたのは、晶子自身であった。幼いころから算術、数学を得意とし、女学校卒業後は帳簿つけをまかされた。回想では、「女学校時代に最も長じていたものは数学であったが、当時の親たちも学校も私の数学好きを助長せず、親たちのごときは却ってこれを喜ばなかったので、私は数学に深入りせずに、最も抵抗力の少ない方面へ力を用い、自分にとって不適当な史学や文学の方へ馳せてしまった」と綴っている。『みだれ髪』で一世を風靡した歌人が、自分は文学には「不適当」――不向きだったと振り返っていることには驚く。

晶子が桁数の多い暗算を難なくこなしたことについては、家族や文化学院の職員ら多くの証言が残されている。数学に対する親しみと憧れは終生変わらず、女学生を対象にした講演で「これからの女性は数学に強くならねばならない」と述べたこともあった。もし違う時代に生まれていたら、晶子は歌を詠まず、理数系の分野で活躍したかもしれない。

そんな晶子だったからこそ、女性たちに「自分は文学しかできない女性であると考えてはなりません。何事でもできる素質を男子と同じように所有しているという自負を持つことが必要です」と呼びかけたのだ。

女子学生への期待

一九一〇年代に女性が高等教育を受けようとした場合、進学先は教師を養成する女子高等師範か、日本女子大学校、女子英学塾などの専門学校しかなかった。だから、一九一三年に東北帝国大学が日本で初めて女子に門戸を開き、四人の受験を認めたのは、実に大きなニュースだった。

当時の帝国大学は、旧制高校を卒業した男子学生の進学先であり、女子学生の入学は想定していなかった。文部省が東北帝大に対し、前例のない重大事件なのでよくよく検討すべきだという書状を総長に送るほどのことだった。しかし、東北帝大は意に介さず、試験に合格した黒田チカ、牧田らく、丹下ウメの三人を入学させたのである。

晶子が『雑記帳』（一九一五年）に「女子に読書欲がさかんになりさえすれば、自然女子のために帝国大学を開放する機運を促進することにもなるであろう」と書いたのは、まさに東北大で女子学生たち三人が学んでいる時期である。晶子は、他の帝国大学も女性たちに門戸を開放する時期が遠くないことを期待していた。

丹下は病気で休学したが、黒田と牧田の二人は一九一六年に卒業した。晶子は「婦人理学士」という文章を「太陽」に寄稿し、二人の快挙を称えた。「優等の成績をもって卒業されたこと」を祝うだけでなく、数学や物理、化学に秀でた女子学生は男子学生と変わらず、家庭と教育者は女子学生の理系進学について真剣に反省してほしいと訴える内容である。

ところが、せっかく二人の女性理学士が誕生したにもかかわらず、そのころ東北帝大では女子学生の入学が中断していた。再び女子学生を受け入れたのは一九二三年である。続いて九州帝大も、一九二五年から女子学生を受け入れるようになった。しかし、東京大学をはじめとする残りの旧帝大が女子に門戸を開いたのは第二次世界大戦後のことだ。男女が同じように教育の機会を与えられるようになるまでに、何と長い年月がかかったことだろう。

東北帝大を卒業した黒田と牧田は、東京女子高等師範学校（現・お茶の水女子大学）で教鞭をとった。晶子の四女、宇智子が高等女学校卒業後の進路に迷っていたとき、晶子は「東京女高師の理科に入りなさい」「数学を専攻すればよい」とアドバイスした。自分に似て数学の好きな娘に夢を託したとも考えられるが、優秀な女性たちが教師として勤めていたのを知っていたのだろう。

女高師に入学した宇智子は、それまで実験など手作業のある理科に苦手意識があったという。しかし、黒田や米国留学を果たした保井コノが「親切に温顔をほころばせて指導してくださった」おかげで、在学中は自分でも不思議なくらい理科が面白くなったと回想記に書いている。

保井は一九二七年、日本産石炭の植物学的研究で日本初の女性理学博士になった。続いて黒田も一九二九年、紅花

化学の授業をする黒田チカ（正面を向いた右端。お茶の水女子大学所蔵）

の色素カーサミンの分子構造を決定した論文で博士号を得る。先駆的な女性たちは少しずつ着実に、険しい道を切り拓いていった。しかし、晶子は彼女たちの功績を評価しつつも、当時の状況に満足しなかった。あくまでも「男女共学」による平等な教育の普及を望んでいたからだ。

女子のみを収容する大学の増設を私は欲しません。それは全く時代遅れの教育制度です。文化生活に大切な男女協同の精神は学校時代から始めるのが当然であると思います。結婚年齢に及んで初めて男女の理解と協同生活とを期待することはあまりに粗慢な考えです。

（「デモクラシイに就て私の考察」）

学位を取得した
1927年ごろの保井コノ
（お茶の水女子大学所蔵）

同等の学力を育てるには男女が同じカリキュラムで学ぶことが大前提だが、それに加えて、小学校から大学まで男女共学が望ましいと晶子は主張し続けた。学校生活で育まれた「男女協同の精神」は、卒業後の人生で男女が同等に家庭生活と職業生活を築く助けになると考えたからだ。それこそが、晶子の希求したデモクラシーの実現の一つであった。

「恩師は紫式部」

教育に向ける晶子のまなざしは独特だった。紫式部や清少納言をはじめ、赤染衛門、和泉式部、小野小町、大弐三位、小式部内侍……と、きら星のごとく多くの女流文学者を生んだ時代について考察し、そこに一つの教育の形を見出していたのである。

わたしは女子に高等教育を授けるとか授けないとかいっている明治時代に生まれたが、清少納言は女子の高等教育全盛期ともいうべき平安朝に生まれた。いったいに貴族の女子に高等教育を授けるということは早く神代からの美風で、それが奈良朝に至って一層奨励せられ、平安朝に入ってますます盛んになったのである。（中略）当時の教育は今日のごとく学校万能教育でもなく、文部省令に支配せられる乾燥した画一教育でもなく、貴族の家庭及びその社会が自然に高等教育の機関であった。

（「清少納言の事ども」）

十代のころから古典文学に親しんだ晶子は、その風雅な作品世界を楽しむだけでなく、作家たちの生きた時代背景をも読みとった。そして、近代国家への道を歩み始めた明治よりも、千年以上前の時代の女性たちの方がよほど生き生きと学んでいたことに感嘆していた。

平安時代、中流貴族の娘たちは、家庭で高度な教育を授けられた。それは、教養を高めるだけでなく、よい仕事、地位を得るためでもあった。当時、娘を天皇に入内させるような上流貴族は、才知に富んだ女性を家庭教師役の女房として雇った。例えば、藤原道長は娘の彰子を入内させる際、数十人の女房をつけたという。彼女たちの多くは中流貴族の出身であり、紫式部や清少納言もまたそうであった。いずれも父親から熱意と愛情をもって史記や白氏文集を口授され、男性の教養とされた漢学の知識も身につけていた。そんな平安時代について晶子は「高等教育全盛期」と言ってみせた。と同時に、「それに引き換え、自分の父は……」という思いも抱いたはずだ。

それならば平安時代に生まれたかったのかと言えば、そうではない。晶子は「わたしはいかに現代に不満なことがあっても、やはり現代の生活の自由を喜ぶ者である。過去をもって現代を恨む材料にはしたくない」と書き、あくまでも「現代人らしく」生きたいと願った。

晶子は「紫式部は私の十一二歳の時からの恩師である。私は二十歳までの間に『源氏物語』を幾回通読したか知れぬ。それほどまでに紫式部の文学は私を引き付けた」と書く。十代前半で初めて通読したときの感激は、学ぶことの喜びとして晶子の心に深く刻まれ、自信にもつながった。「女子大学の国文科を卒業したからといって、源氏物語、栄華物語の一頁すら完全に理解している人のあるのではない」という言葉は、十代から古典文学に親しんだ自負である。

紫式部を「恩師」と呼ぶほど平安時代に親しんだ晶子は、そこから現在と未来を見はるかす「複眼」を携えた人でもあった。高等教育の必要性を説き続けたのは、単に同時代の若い女性が教養を豊かにすることを願うだけでなく、彼女たちが受けた教育を活かして社会で活躍する未来を思い描いたからだった。

女子が高等文官試験にも外交官試験、判検事、弁護士試験にも応ぜられ、大学教授、知事、大臣、枢密院顧問にも任ぜられるという制度が開け、また民間にも市長以下の公職より会社銀行その他の重役に至るまでの各段階に、実力次第で女子が就任し得る道が開けることになれば……（中略）今のように女子の活動が制限せられ、たとえ教育者となっても高等学校、専門学校、大学等の教授には絶対になれない有様である限り、女子の希望は行き詰まり、学者となる素質の女子も秀でずして途中で沮喪してしまいます。

（「女子の高等教育」）

古典を読むことによって得られた晶子独自の「複眼」は、時代に縛られない自由な発想につながった。まだほとんどの大学が女子学生を受け入れていなかった時代、晶子は女性たちが外交や法曹の世界で活躍する姿をありありと思い描き、いつの日か女性が「実力次第で」どんなポジションにでも就ける時代が訪れることを信じていた。

今、「すべての女性が輝く社会づくり」といったスローガンが掲げられているが、女性の非正規雇用は男性に比べ圧倒的に多く、管理職や首長に就く割合は諸外国よりも随分と低い。晶子なら「女子の希望は行き詰ま」っている、と見るだろう。

学校への具体的提言

晶子は高等教育を受けられず、女学校を終えるとすぐに家業を手伝わされた。しかし、進学できなかった無念さを抱きつつも、公教育をありがたがるのでなく、学ぶことの本質を考え続けた。中学校の運動場を覗いて、黒っぽい制服に身を包んだ男子学生の集団を目にしたときは違和感を抱き、「人間の塊《マッス》があるばかりで、人間の個性の象徴がありません」と嘆いた。個々人の自由な表現、生き方は、最も大切なものだと晶子は考えていた。

「よく服装が揃っていて美しい」というふうに感じるのは、要するに制服や歩度の規律的に型にはめられた軍隊の行進を壮美だと感ずる程度の、極めて外面的な、また極めて幼稚な観察です。（中略）人間の均一化ほど不愉快なものはありません。それは人間の器械化です。鉄の型に入れていくつも、いくつも同じ物を作るように、人間の最も大切な個性を失わしめて、外からの威圧に屈従する奴隷的位置に押し込めようとするものです。

（「学生の制服」）

「個性の重視」は現代の学校でも目標の一つとされるものの、実際には厳しい校則を強いられ、過度の協調性を求められることも少なくない。晶子は、そうした圧力や危険から子どもたちを守ろうとしていた。学校の衛生状態について度々書いているのも、子どもを感染症から守るための気遣いだった。

一九一五年には、都会の小中学校では子どもたちに掃除をさせる必要はない、と提案した。結核やペストに感染する心配があるので、「多人数の集まる教室の埃塵《ほこり》を浴びて病毒に感染する危険」があるというのである。山間にある少人数の清潔な小学校であれば掃除をさせてもよい、と言っていることから、感染症を防止するには「密集」を避けるべきだという知識をもっていたことがわかる。

与謝野家では歌会や短歌教室が頻繁に開かれ、訪問客も多かったから、常に「密」の状態だった。子どもの数も多く、誰かが病気になると次々にうつることが多かったため、晶子は衛生面に神経質にならざるを得なかった。

スペイン風邪が日本で広がる直前の一九一八年五月、晶子は学校現場の感染症予防策を提言している。


せめて各教室の入口に昇汞水《しょうこうすい》の金だらいを備え付けておいて、運動場から教室へ入るたびにすべての生徒に手を洗わせていただきたい。(中略)一般の小学や幼稚園が衛生的に考えて野蛮状態にあることは、その手洗い所や便所の不潔を見ても知ることができます。どこの学校に噴霧器に昇汞水を入れて一ケ月に一度でも教室の机から戸や壁を消毒して回るところがあるでしょうか。

(「学校衛生に就て」)

「昇汞水」は塩化第二水銀（昇汞）に食塩を加えた水溶液で、消毒液として使われていた。内務省衛生局が一般の人向けに「流行性感冒《はやりかぜ》予防心得」を発表したのは、八か月後の一九一九年一月のことだった。「室内の掃除は埃をたてないよう雑巾がけし、換気をこまめに行う」「寄席や活動写真など人の集まるところには行かない」など、新型コロナウイルスのパンデミックの際の注意事項とほとんど変わらない内容だ。「人の集まる場所や電車内ではマスクを着用するか、ハンカチで鼻と口を覆う」という項目もあるが、手洗いについては触れられておらず、晶子の衛生学的知識の確かさが明らかだ。

スペイン風邪の第二波が日本で広がった同年秋、晶子の心配どおり、与謝野家では小学校でスペイン風邪をうつされた子どもから家中に感染が広がった。当時、学齢前の二人を含めて七人の子どもがおり、隔離と看病には頭を悩ませたに違いない。

流行感冒に対するあらゆる予防と抵抗とを尽くさないで、むざむざと病毒に感染して死の手に攫取されるようなことは（中略）いいようのない遺憾なことだと思います。（中略）私は家族と共に幾回も予防注射を実行し、そのほか常にうがい薬を用い、また子供たちのある者には学校を休ませるなど、私たちの境遇でできるだけの方法を試みています。

（「死の恐怖」）

晶子は常に自ら的確な対策を講じつつ、学校現場に具体策を提言していた。

外国語と国語

夫・寛と訪れたヨーロッパで見聞きしたことを、晶子は長い年月かけて自分の中で熟成させていった。世界で通用する人材を育てるべきだという考えも、その中で生まれた。自分の子どもたちのうち、一人は外交官にしたいと願った晶子にとって、外国語の習得は重要だった。

外国語は小学一年から必ず教えるがよろしい。ことに隣国の支那語と露西亜《ロシア》語とに通じないのは日本人の非常な弱点である。英独の両語に偏していたのを、この後は仏蘭西《フランス》、西班牙《スペイン》の両語と、支那語及び露西亜語に力を分かつ必要があるでしょう。(中略) 私は、北京を名古屋ぐらいに思い、ペトログラアド(注・現在のサンクトペテルブルク)を京都ぐらいに思う時が早く来ねば、日本人の発展はおぼつかないように考えている。

(「教育制度の根本改革」)

二〇二〇年度から小学校で、三、四年生の英語が必修化され、五、六年生の英語が教科として扱われるようになったが、その百年前に、晶子は小学一年から外国語を教えるのが望ましいと述べていた。

注目すべき点は、外国語の選択である。「英独の両語に偏していた」という指摘は鋭い。文部省の官費留学制度は一八七五年から毎年実施されていたが、第一次世界大戦が起こるまで、留学先はドイツに偏っていた。晶子がこの文章を書いた一九一六年は第一次世界大戦の最中で、文部省はこの年「欧州戦乱」のため、留学生たちの派遣先をドイツから米国へ変更したばかりだった。日清、日露戦争を体験した晶子が、中国とロシアを重要な「隣国」ととらえていたことも興味深い。日々、新聞を何紙も読み、外国の通信社が伝える外電を特に入念に読んでいたから、外国語の習得は、コミュニケーションというより情報収集の上で重要だと考えていたはずだ。

外国語習得の必要性を説く一方で、晶子は国語教育についても論じた。明治から大正にかけては、漢字廃止論や日本語をアルファベットで表記するローマ字論など、日本語表記の簡略化で国民全体の教育程度を上げようとする動きが活発だった。晶子はそんな外国偏重を批判した。

> 横文字が読めなければ肩身が狭く感ぜられるという心持ちが全国に普及している（中略）日本人は外国妄従《ママ》の悪い病気に久しく罹っているのです。外国語を過度に尊重した結果、国語、国文学、及びそれに密接の関係の深い漢字、漢文学の修養を疎略にし、従って実用向きの粗末な文章しか書けない国民となり、漢字制限、新仮名遣いのごとき簡便主義が唱えられたりもします。
>
> （「日本人として」）

文学者・晶子の毅然とした物言いに、当時の読者は背筋の伸びる思いを味わっただろう。「外国妄従」「外国語を過度に尊重」という批判は、現代に向けられた批判としても通用する。

理想の学校をつくる

一九二〇年夏、晶子と寛は、長野県北佐久郡にあった建築家、西村伊作の別荘に滞在していた。今は中軽井沢と呼ばれる賑やかな地域だが、当時は川沿いに温泉旅館が一つあるだけだった。そこに西村と十一歳の長女アヤ、十歳の長男久二、小学校教諭だった河崎なつが加わり、総勢十人ほどが一週間、生活を共にした。

このとき西村は、かねてから学校をつくりたいと願ってきたことを話し、尊敬する友人である晶子と寛にもその計画に加わってほしいと依頼した。二人は計画に賛同し、具体的な教育内容などについて話し合いを重ねた。

芸術教育を目指し、自由と個性の尊重をモットーとする文化学院は、早くも翌一九二一年四月、東京・神田駿河台に創設された。

文化学院の教育目的について、晶子は開校直前、「画一的に他から強要されることなしに、個人個人の創造能力を、本人の長所と希望とに従って、個別的に、みづから自由に発揮せしめるところにあります」「言い換えれば、完全な個人を作ることが唯一の目的です」と書いた。「人間の均一化」を最も嫌った彼女にとって、生き生きとした個性を伸ばす教育に携わるのは胸が躍ることだったろう。

中学部と大学部それぞれ四年のコースに分かれ、男女共学を基本とした。校則はなく、服装も自由でよい。晶子の理想がそのまま実現された形だった。文部省の定めた教科書などにとらわれないよう、敢えて各種学校という形を選んだ。既成の学校教育の改善というのでなく、全く新しい教育を目指したのである。

理想に燃えて創立された新しい学院について、経営が成り立つかどうか危ぶむ声もあった。晶子は「短時日の間ながら、十分慎重に、考えられるだけのことは考えて決心したつもりです。軽率な思い立ちでないということだけは断言ができます」と決意を語っている。

普通科に相当する「修養部」と、芸術科目を中心とする「創作部」に分かれ、修養部では英語とフランス語が必修科目だった。創作部は文学、絵画、西洋音楽、西洋舞踊、図案など、幅広く芸術を学び、ピアノの授業もあった。生徒は自分の関心のある科目を選んで受講した。

教授陣には晶子と寛のほか、音楽家の山田耕筰、俳人の高浜虚子、作家の有島武郎らが加わった。晶子は画家の石井柏亭と共に学監を務めつつ、源氏物語や平家物語、和歌の作り方の授業を担当し、寛は万葉集、古今和歌集、唐詩選やフランス象徴派詩人の作品など詩の授業を受け持った。外部講師の授業もあり、芥川龍之介や菊池寛らが現代国語の特別講師として招かれ、自作を講義したという。

特筆すべきは、多忙を極めた晶子が自ら現代国語の副読本として『日本文学読本』（一九二一年）を編纂したことだ。中等教育に使われていた国語の教科書を読んだ晶子は、時代の進歩に追いついておらず、古典的精神も学べない代物であることにいたく失望した。現代国語は河崎なつの担当だったが、学院独自の読本が必要だと痛感し、自ら編纂に携わったのである。

晶子の手になる読本には、「蜘蛛の糸」（芥川龍之介）、「まどつく先生」（菊池寛）、「文鳥」（夏目漱石）、「生れ出づる悩み」（有島武郎）、「清兵衛と瓢箪」（志賀直哉）、そして晶子自身のエッセイ「室内の花」の六編が収められた。「室内の花」は評論集『若き友』の中の一編で、「私は活けようとする花の上に私自身の心持ちを自由に跳ねたり踊ったりさせておく」と、自由な精神の大切さをやわらかく伝える内容だ。

国語教育に対する晶子の熱意は、『日本文学読本』に続き全四巻の『女子作文新講』（一九二九～一九三〇年）を編纂したことからもわかる。自然描写や人物批評などを文学者や生徒の文章を参考に学ぶ内容で、学年に応じた内容を揃えている。卒業後の専攻科、補修科などで学ぶ人のために、「参考」

文化学院職員室での与謝野夫妻
（1926年。公益財団法人軽井沢美術文化学院提供）

「上級用」の二冊も刊行された。これらの教科書が刊行される前後、晶子自身の歌集や評論集の出版は、それまでの時期に比べて少ない。編纂にかなり労力を割いたことが想像される。

晶子と寛は担当する授業がない日も、麹町区富士見町（現・千代田区富士見）の自宅から二人で歩いて登校した。卒業生たちは、晶子が「学院のおかあさん」のような存在だったことを回想記に記している。

学院のテラスの薔薇の花咲けば鵠の羽かげにあるここちする　『流星の道』

ただ子等の楽しき家とつづけかしわが学院の敷石の道　『心の遠景』

寛は一九三〇年春、雑誌「冬柏」を創刊したのを機に教職を辞したが、晶子はそれ以降も教鞭を執り、最晩年まで二十年余りにわたって学院に通った。

芸術教育を重んじた文化学院は、作家や俳優、芸術家などさまざまな分野で活躍するユニークな表現者を多く輩出した。経営不振のため二〇一八年、創立百周年を目前にしながら閉校に追い込まれたが、晶子や西村伊作が目指した自由な個人を育てるという教育理念は今も古びていない。

読書による学び

文化学院の運営に関わり、理想の高等教育を模索しつつ、晶子はかつての自分のように、さまざまな理由で進学できない人のことも心にとめていた。

学校は自修の補助に過ぎないのです。学校に入れない人もありましょう。また入学したとしても学校はいつまでもいるところでなく、結婚もし、自活もして社会に活動しながら、読書と実世間の折衝とから常に自ら教育する覚悟と勇気とを要します。（「新婦人の自覚」）

文化学院大学部卒業式を終えて
（1928年、前列右から２人目が晶子。
公益財団法人軽井沢美術文化学院提供）

教育ということは学校教育に限られたのでないから、たとえ女学校に入学しない女でも、日本では読むことによって自由に女自ら教育することができるようになっている。

（「幸福な現在の女」）

晶子は、真の教育は学校によって与えられるものではなく、「読書と実世間の折衝」、つまり読書と実生活によって自ら学びとるものだと考えていた。学校生活を終えて働き始めると、なかなか読書の時間がとれなくなる。晶子は社会的な活動をしつつ読書によって「自ら教育する覚悟と勇気」が必要だと説いた。

「女子の読書」と題した文章で晶子は、特に時間の余裕のない「家庭の婦人たち」に、時間を作る工夫と専門書を読む努力をすべきだと呼びかけている。

都会の女子は図書館と貸本屋とを利用しなければいけません。私が先年観てきた大英博物館やパリの国立図書館では閲覧者の大半が女子でした。

（「女子の読書」）

ヨーロッパ旅行の途上で、外国の女性と直に話す機会はほとんどなかったが、書物から知識を得ようとする姿を晶子は見逃さなかった。読書によって学び続けてきた自分と重ねて見たのだろう。

新聞雑誌もその優れたものを選択して読めば、学問的にも社会的にも高等教育の資料となりますが、女子はそれらのものを読むにしても努めて硬質な記事——論文を初め、思想、経済、政治、外交、労働問題、婦人問題等に関する記事——を読まねばなりません。（中略）しかし雑誌学問は奨励すべきことではありません。私は男も女もできるだけ専門的に書かれた高級なむづかしい書籍に親しむことが大切だと思います。（「女子の智力を高めよ」）

「雑誌学問」とは、興味本位の耳学問のようなニュアンスだろうか。その時々の社会情勢に合わせて編集される雑誌の記事は、全く役に立たないわけではないが、「専門的に書かれた」書籍ほど信頼性が高くない。新聞や雑誌を数多く読んでいた晶子は、記事の信憑性、識者の発言内容や学説の変化に気付いていたのだろう。

高尚な書物は種種の暗示を与えて自分の心の眼を開いてくれる。ちょうど望遠鏡や顕微鏡が世人の気付かずにいる世界を見せてくれるように、哲人とか天才とかの著作は我我の心の眼に必要なそれらの眼鏡である。低級な書物を読んでいては素通しの眼鏡を掛けるのと同じく、肉眼で見るのと大差がないので、何の新しくかつ微妙な発見もないが、我我は自分の現在の力量に余る高遠な書物を読んで、初めて自己をより高く、より深く、より新しく、より楽しい生活に置くことができるのである。

（「女子と読書」）

書物を望遠鏡や顕微鏡のような眼鏡に喩えたところが魅力的だ。自らを向上させるには「現在の力量に余る」ものを読む必要があるという表現からは、晶子自身が努力して学問的な書物に向き合ったことが伝わってくる。「女子を持つ親達に」という文章では、一分野に偏らず、できるだけ広範囲の読書を心がける必要性を説いた。

一九二四年の「女性改造」五月号に掲載された「嫁入前の現代女性に是非読んでもらいたい書籍」のアンケートには、次のような回答を寄せた。

トルストイの小説と論文、ドストイエフスキーの小説、リップスの倫理学の基礎、イプセンの戯曲、ルウソオの懺悔録、河田嗣郎、長谷川如是閑、山川菊栄三氏の婦人問題に関する論文。桑木厳翼、左右田喜一郎、河上肇氏の論著。島崎藤村、有島武郎、木下杢太郎、菊池寛、芥川龍之介、志賀直哉、佐藤春夫諸氏の文芸諸作。

文学者に加え、経済学者の河田嗣郎、河上肇、左右田喜一郎、哲学者の桑木厳翼、ジャーナリストの長谷川如是閑らの名前が挙げられており、当時の晶子の読書傾向、範囲の広さがわかる。

歌をどう詠めばよいか、若い既婚女性から訊ねられた際に、晶子はこうアドバイスした。

あなたの書斎を豊富になさい。三年間三越へお払いになる金をあらゆる専門の良い書物にお払いなさい。そうして、万葉集とか和泉式部歌集とかを読む熱心をもって、同じく倫理、哲学、経済、婦人問題などの書物をお読みなさい。

（「女子の智力を高めよ」）

「今日は帝劇、明日は三越」というキャッチコピーが一世を風靡したころの文章である。その「三越」が出てくるあたり、晶子が若い女性に対し親身になってアドバイスしようとしたことが伝わってくる。よい歌を詠むためには「万葉集」「和泉式部歌集」といった歌の本のみならず、さまざまな分野の本を読むことを勧めていることも晶子らしい。真に優れた文学作品は、社会に広く目を向け思索を深めるなかで生まれると考えていたのだろう。

一九一六年に書かれた「一つの安心」は、晶子が生物学について学ぼうとした体験を書いた文章だが、散文詩のような美しさを放っている。

生物学の知識を持っていないことの不安が私を一寸おびやかした。それで私は生物学に関する新著や諸雑誌に出た論文を駆け足しながら読んだ。私はそこに渺茫《びょうぼう》として先の見えない、有望な新しい学問の世界の横たわっているのを見た。それと同時に生物学の開拓したところはまだ何ほどの面積もないことを知った。

晶子は手に入るだけの資料を読み、「一つの安心」を得たのだが、その先にある「渺茫として先の見えない、有望な新しい学問の世界」を感じ取った。科学研究をどんなに究めても、一つの到達点の先には必ず未知なる世界が広がっている。晶子は専門的な教育を受けなかったが、自然科学の本質を深くつかみ取っていた。

生涯を通して学ぶ

こうした自発的な学習を重ねることで、晶子は新しい教育の形を思い描くようになる。一生の間、学び続ける「生涯教育」だ。

教育という意味は学校教育のみを指すのでなく、むしろ一生を通じて間断なき自修独学の心がけをもって我とわが教育をする意味なのである。日本には未だ高等教育を授ける女学校もなく、男女の同学を許す大学もほとんどない。こういう不便な時代には特に自修独学の心がけが必要である。

（「理智に聴く女」）

日本の教育という意味が青年教育ばかりに偏しているので、青年の思想はどしどし前へ進んでいくのに、老人は一度若い時に教育されたきりであるからその思想は過去のままに乾干びている。（中略）青年と共に現代の思想に浸ることを怠りさえしなければ、すべての老人が青年の思想を大部分理解することができて、同じ基調の上に呼応し協力して人生の音楽が合奏されるにいたるであろう。

（「姑と嫁に就て」）

「間断なき自修独学」は、今でいう「生涯学習」そのものだ。一九九〇年に「生涯学習振興法」が制定され、ようやく大学の社会人入学など学び続けるシステムが整えられてきたが、晶子の二つの文章は一九一五年ごろに書かれている。

長い間、教育は教師や親が子どもに知識や情報を教え込む形が主だった。文化学院は生徒自身の関心によって自発的に学ぶ姿勢や創造性を重んじたが、晶子は西村伊作と新しい学校の構想を練る以前に、生涯にわたる「自修独学」という新しい概念を思い描いていたのである。高齢者が「現代の思想」を学び、若い世代と理解し合うことを提唱した晶子の、「人生の音楽」という比喩は何とも美しい。

高等教育を受けられなかったことを長く悔やんだ晶子だったが、必要に迫られ学んでゆく過程で、誰もが学び続ける社会を思い描くことになった。そして、そのためには時間的、経済的な余裕が必要であることも承知していた。

母性保護論争の中で彼女は、女性が社会に出て働けば、男女ともに時間的余裕が得られ、学問など精神的満足を得ることができるだろうと述べている。晶子にとって、学ぶことと働くことは別々ではなかった。日々の暮らしの中で学び続ける「生涯学習」こそ豊かな人生に必要なものであり、自らがその実践者だったのである。

最も仕事に忙殺されていた時期、晶子はこんな文章を書いた。

折々に私はこんなことを空想することがあります。私に満三年ほど休養して読書することのできる余裕を与えてくれる未知の友人はないかと。もし万一にもそういう篤志な知己が得られるなら、私は今の毎月の労働を三分の一に減じ、月の二十日間を、特に教授たちに乞うて帝国大学の文科の聴講と図書館における独修とにふけるでしょう。なおその余暇に、私は東京と地方にある種々の工場などを見学して廻るでしょう。私はかなりに欲が深い。

(「一九一七年の暮に」)

工場見学したいと希望していたのは興味深い。活字になった情報だけでなく、実際に自分の目で工場のシステムや労働者の働き方を確かめようとするのは、記者としての基本的な心得である。実際、晶子は一九一五年には衆議院議会を傍聴したり、一九二〇年、関西方面へ旅した際、キリスト教社会運動家、賀川豊彦の案内で神戸の貧民街を訪れたりと、いくつかの現場を視察している。神戸では子どもたちが嬉しそうに「先生」「先生」と賀川を取り囲む様子に深い感銘を受けると共に、初めて知った深刻な貧困状況について「それに関した書物や写真だけでは決してわかりません」と自らの目で確かめた衝撃を記した。

時間と状況が許せば、第一線の学者の話を聴き、工場など現場にも足を運びたい――。しかし、現実問題として、晶子はこの時期、十人の子の母として仕事に追われていた。国会傍聴や貧民街の視察はごく例外的な機会であった。さまざまな現場に足を運ぶことはかなわず、自らを向上させるためには新聞や雑誌、そして書籍を読むことしかなかった。すべての人が生涯にわたって豊かな学びを続ける社会を、誰よりも待ち望んだのが晶子だったのである。

第十章　カルピスと百選会

新発売の乳酸菌飲料

明治から大正にかけ新聞や雑誌が影響力を増すのと並行して、広告という新しいメディアも大きく発展した。人々は広告によって購買意欲をかき立てられ、消費する快楽を知り始めていた。与謝野晶子はちょうどそのころ、広告の仕事に関わった。

一九二〇（大正九）年春、人々は「カルピス」という新しい飲み物に興味津々だった。何しろ、スペイン風邪の第二波が猛威をふるう中、「流感患者へ最適の贈り物」「人体の改造は甚だ容易なり」と謳う広告が、日をおかず新聞に掲載されるのだ。

今も人気の乳酸菌飲料「カルピス」が最初に発売されたのは、一九一九年七月である。類似商品のない全く新しい飲料ということで、初めは販路の開拓に苦労したという。創業者の三島海雲の回想によると、売り上げのめどが立ったのは、食品卸業の国分商店との取り引きが成立した同年十二月だった。その時点から在京各紙にカルピスの広告が頻繁に掲載され始める。

翌一九二〇年、東京朝日新聞だけを見ても、カルピスの広告が掲載されたのは、大小合わせて年間五十八回に上る。平均して六・三日に一回は掲載された計算だ。中元・歳暮商戦の時期には、さらに頻度が増した。

この年の八月十三日、カルピスの効能を謳う晶子の歌が二首、読売新聞に掲載された。まだどんな飲み物かわからない新商品の信頼性を、晶子の圧倒的な知名度によって高めようという意図だったのだろう。

カルピスは奇《く》しき力を人に置く
　新らしき世の健康のため
カルピスを友は作りぬ蓬萊《ほうらい》の
　薬といふもこれに如《し》かじな

婦人欄の最下段に置かれた広告には、「我人類を強ふせよ！　我日本を固ふせよ！」「婦人の力！カルピスの力！」といったキャッチコピーも躍る。歌にある「蓬萊」

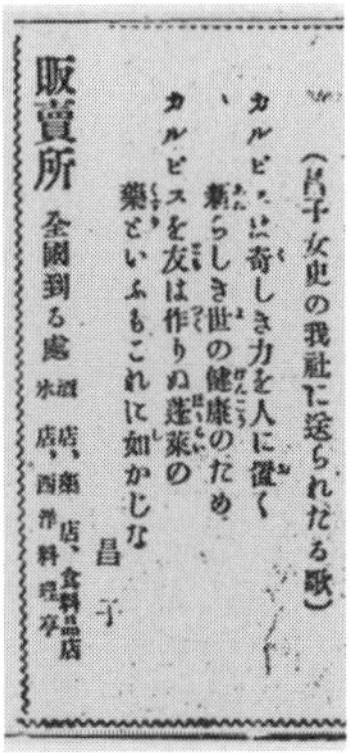
（晶子女史の我社に送られたる歌）
カルピスは奇しき力を人に置く
新らしき世の健康のため
カルピスを友は作りぬ蓬萊の
薬といふもこれに如かじな
晶子
販賣所　全國到る處　酒店、薬店、食料品店　氷店、西洋料理亭

カルピス広告に載った
晶子の歌二首

1920年8月13日付の
読売新聞婦人欄

は、不老不死の地とされる霊山のことだ。新しい飲料にしてはいささか古めかしいが、「新らしき世の健康」という言葉に注目したい。

「健康」という概念は、明治以降に広まった。それ以前に使われていた「養生」よりも積極的な心身の改良をイメージさせる「健康」は、大正時代において一つのブームとなっていた。富国強兵が進められる中、兵力につながる国民の健康増進は国としての課題であった。明治三十年代以降、滋養強壮を謳う「健脳丸」「滋強丸」といった民間薬が爆発的に売れる一方で、高峰譲吉の開発した消化剤「タカヂアスターゼ」（一八九九年）や、ビタミンAやビタミンDを豊富に含むカワイの「肝油ドロップ」（一九一一年）などが発売され、人々の健康志向は高まっていた。

「明星」同人だった木下杢太郎が一九一三年に書いた掌編「北から南へ」には、明治末期から健康法として流行していた「二木式」「藤田式」といった呼吸法が、登場人物たちの会話に出てくる。東大医学部を卒業してまもない杢太郎が、民間の呼吸法に興味を抱くほど、各地で熱心に健康談議が繰り広げられていたのだろう。カルピス広告の「新らしき世の健康」はそうした時代の雰囲気、人々の気分をすくいとった表現だった。

広告には、歌の説明として「昌子《ママ》女史の我社に送られたる歌」、歌の作者は「昌子《ママ》」と書かれているだけだったので、本当に与謝野晶子その人が広告のために歌を詠んだのかと疑う人もいたかもしれない。晶子はどういう経緯でカルピスの歌を詠むことになったのだろう。

カルピス創業者、三島海雲は現在の大阪・箕面市に生まれ、僧侶としての教育を受けた後、実業家になったユニークな人物である。モンゴルを旅して遊牧民の作る乳製品と出会ったのがきっかけで、乳酸菌飲料の開発を思い立った。三島自身の言葉によると、まだ広告が「チンドン屋的な感覚でうけとられ、広告商品はむしろ、香具師的商品と考えられていた」時代に、広告を大きな発信力と捉えていた。

三島は自らの仕事の流儀として、独自の「日本一主義」を唱えていた。どんな分野についても必ずその道の第一人者、一流の学者に相談すればうまく行くという信条だ。カルピスの発売に際し、晶子と寛を訪ねて試飲を依頼したのも、この日本一主義に則った行動だった。寛の実弟が、三島がかつて学んだ西本願寺文学寮の舎監を務めていた縁もあり、夫妻は快く迎えたという。「カルピスを友は作りぬ〜」の歌の「友」は、そのあたりの事情を反映した言葉選びだった。

三島は夫妻を訪問した時のことを回想記に「晶子は、即座にさらさらと二首の歌を作ってくれた」と記している。晶子が即詠に応じる姿がありありと目に浮かぶ文章だが、実際には晶子がカルピスの歌を詠むのには少なからぬ時間をかけた可能性がある。二〇〇〇年代に入ってから、与謝野家が所蔵していた資料の中から晶

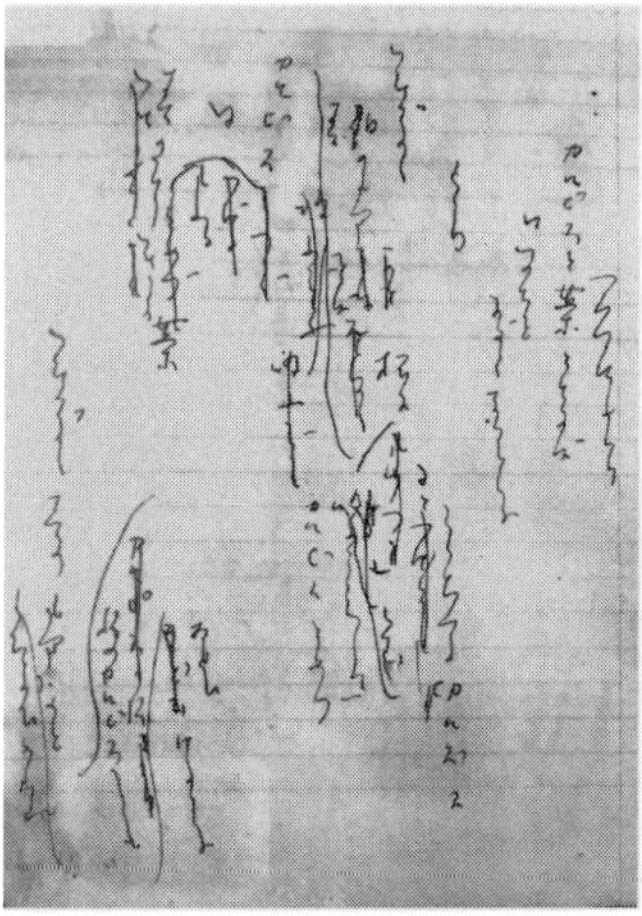

晶子の歌稿ノート。
「カルピス」の文字がいくつか見える

子の歌稿ノートが見つかり、そこに「カルピス」という単語を含む歌がいくつか記されているのだ。いったん書いた文字を消したり、語順を替えたり、といった跡からは、晶子が求めに応じ、よい歌を作ろうと取り組んだことがうかがえる。

「昌子女史」の歌の載った読売新聞のカルピス広告は、八月二十一、二十九日にもそのまま掲載された。「晶子」と正しく記されたものが載ったのは九月に入ってからだ。のんびりした時代だった。

この二首が掲載された広告は、同年十月の東京朝日新聞にも掲載され、断続的に使われた。別のバージョンを含め、一九二二年四月までの間に、読売と東京朝日だけでも晶子の「コピー歌」は十七回掲載された。最後に使われたのは、同年四月三十日付読売新聞である。その一年後に、「初恋の味カルピス」というキャッチコピーの広告が初めて登場する。晶子の詠んだ「奇しき力」よりも新鮮で魅力的なフレーズは人々の心をとらえ今に至っているが、短歌がコピーとして使われた最初のケースとして、晶子の歌は広告史に残るはずだ。

白粉の広告をめぐって

新聞広告は、はじめは目立たない存在だった。広告欄はあったものの、記事と同じ書体で文字の大小もなく、記事本文と区別がつきにくかった。それが印刷技術の発展と共に、多様な活字を用いて人目を引く存在になってゆく。広告内容に何の規制もない時代であったから、大げさに効能を謳った売薬や化粧品の広告も多かった。カルピスの製造販売に取り組み始めたころについて、三島海雲が「広告商品は香具師的商品と見られて軽蔑されていた」と述懐しているのは、そうした名残を示す。

三島に依頼されて広告用の歌を詠んだ晶子にしても、その少し前までは広告によい印象をもっていなかった。一九一六年五月、「太陽」のコラムで、「私は下田歌子さんのような先進婦人までが化粧品屋の広告に利用されたりして平気なのをも不快に思っている」と記している。

下田歌子は女子教育の向上に尽力した教育家で、一八五四年生まれだから晶子より二回り年上である。皇族に和歌を教えるなど歌人としても活躍したので、晶子も一目置いていたはずだが、この時点では広告というものへの不信から、「不快」と強く批判している。「化粧品屋」には、やや見下すようなニュアンスが感じられる。

下田は当時六十二歳、実践女学校の校長だった。晶子に批判される五年前の一九一一年五月、読売新聞に「下田歌子女史のお化粧観!!」という見出しの「レート白粉」の記事広告、さらに八月には「下田歌子女史訪問記　婦人と化粧」と題した「クラブ白粉」の記事広告が載っている。一九一六年十月の東京朝日新聞に掲載された桃谷順天館の「美顔白粉」の全面広告には、「身嗜みとしての白粉」と題した下田の談話と顔写真が載るなど、彼女は白粉の広告に引っ張りだこであった。

当時の新聞や雑誌には、ほかにもホーカー白粉、御園白粉など各社の白粉の広告が目立つ。美白ブームの真っ最中であり、少女向け雑誌もターゲットの一つだった。下田歌子は一九一五年の「少女の友」十一月号で「女の身だしなみ」と題した文で、女学生たちに「白粉をつけるならば無鉛のものを選び、皮膚はよくよく洗ってつけるのです。小鼻や眉毛や生え際に固まったり、あちこちに斑《むら》があったりするのは見苦しいものです」とアドバイスしている。この時代、十代の女学生たちは熱心に化粧しており、女学校の校長である下田の談話は、化粧品業者にとってまたとない広告素材だったはずだ。複数の新聞を購読していた晶子は、こうした広告を何度も目にし、快く思っていなかったのだろう。

けれども、新聞広告は急速に変化していた。一九一四年に売薬法が施行され、「万病に効く〇〇」のような薬効を謳うことが禁じられた。市販薬の広告に科学的な裏づけに基づいた節度ある表現が求められるようになり、「広告はうさんくさいもの」という人々の認識も徐々に変わっていった。もう一つの要因としては、懸賞広告や、広告主と新聞社がタイアップしたイベントが増え、広告も役立つ情報であり、一つの表現だという見方が広がったことが挙げられる。

一九一六年春の時点で教育者が「化粧品屋の広告」に関わることに嫌悪感を示していたにもかかわらず、晶子が一九二〇年夏にカルピス広告に掲載する歌を詠んだのは、そんな時代の変化を感じとっていたからだろう。時代の雰囲気、気分といったものを読むことに晶子は優れていた。

一方、この時期、与謝野家の上の子どもたちは高等学校や女学校に進学する年齢だった。家計を支えるには理想ばかり言っていられないという実情も多少は関係していたかもしれない。同年夏から晶子は西村伊作らと文化学院を創設する計画に関わっていた。広告の仕事で得られる謝金は、ありがたいものだったはずだ。

魅惑の懸賞広告

三島海雲は広告戦略に長けていた。魅力的な懸賞をいくつも考案したのは、その表れの一つだった。まず、発売から三周年の一九二一年、カルピスの箱に抽選券を付けて販売し、商品券などが当たるという懸賞を企画した。一等賞は二十円、今だと約五万円に相当する。一九二二年には伝書鳩のレースを催し、一〇〇羽の伝書鳩を富士山頂から東京・日比谷公園まで飛ばした。その所要時間を当てるという懸賞は、人々をわくわくさせたに違いない。後年、朝日新聞は自社の飛行機「神風」を東京からロンドンまで飛行させた際に「飛行時間を当てよう!」というキャンペーンを催すが、三島の企画はその十五年も前だった。

一九二三年二月には、カルピスの広告ポスターを一般の投票で決めるという広告が新聞に大きく掲載された。ドイツ、フランス、イタリアの芸術家からカルピスの広告用ポスターと図案を募り、寄せられた作品約一、三〇〇点から選んだ八点を紙上に掲載して投票を募るという内容である。

このポスター懸賞は、第一次世界大戦後のドイツで芸術家が経済的に困窮していることを知った三島が、彼らを支援するために考案した企画だった。

八枚のポスターを両脇に配した大きな広告には、懸賞の目的として「ひろく知識を世界に求めるため」「国際親善の気分を増すため」など六項目が掲げられ、カルピスの「普及宣伝のため」は最後に置かれている。入選作品に高額の賞金が贈られるだけでなく、落選した作品も含め東京、大阪など四都市で一般公開し、競売で売れた代金は応募者に全額を渡すという一大イベントだった。企業による芸術、文化の支援活動・メセナが盛んになったのは一九九〇年代だが、三島はその半世紀以上も前に、一企業としてできる社会貢献を考えていた。

ポスターの審査をしたメンバーには、『みだれ髪』の表紙を手がけた藤島武二、日本初の商業デザイナーとして知られる斎藤佳三らが名を連ね、審査委員長は東京美術学校（現・東京芸術大学）の校長だった正木直彦が務めた。このときの入選作品のうち、三等となったオットー・デュンケルスビューラーの作品が、後にカルピスのロゴマークとして使われるようになった。よく知られた、山高帽をかぶった黒人の図案である。何色も使った一、二等の作品よりもすっきりしたデザインで、新聞や雑誌の白黒の紙面でも目立つことで選ばれたようだ。

国際的な美術コンペに続き、三島は「日本童謡の国際運動」と銘打って、小学生から童謡作品を募集する。入選作品には曲をつけるという企画だ。審査委員には北原白秋、葛原𦱳《しげる》、野口雨情、西條八十という、当時人気絶頂だった詩人たちが顔を揃え、入選作品に曲をつけるメンバーには、弘田龍太郎、山田耕作、本居長世らが加わった。顧問として巌谷小波、鈴木三重吉、坪内逍遙も名を連ねた。この中に与謝野晶子の名がないのは少々残念だ。カルピスの発売まもない時期に広告の歌を依頼したのだから、童謡の審査に関わってもよさそうに思うが、一九二三年当時の晶子は評論を盛んに書いており、一九年に出した童話『行つて参ります』以来、子ども向けの本を出版していなかった。

一方、鈴木三重吉が一八年に創刊した童謡雑誌「赤い鳥」の人気は絶大で、二〇年には三万部を超えるほどだった。小学生の作品だけに限る、という懸賞の応募規定は、子どもの自由な表現活動を伸ばそうと、詩や綴り方を募った「赤い鳥」の方針にも合うものだった。その中心作家だった白秋、西條八十はいずれも三十代であり、四十代半ばの晶子の出る幕はなかったのかもしれない。

この童謡募集もポスターのコンペと同様、メセナ的な色合いが濃かった。趣意として「児童はすべて純真なる詩人なり」「童謡はその純真にして徹底せる個性の表現なり」と童謡を奨励する理由が書かれ、一等から五等の作品を『全日本童謡選集』として実業之日本社から刊行することも記されている。入選者には、この『童謡選集』や時計、カルピス大瓶などの記念品、そして一等の子どもには特別記念品として、その子の通う小学校にドイツ製のアップライトピアノ一台が贈られることになっていた。

全国から寄せられた作品は約二万四千編に上り、そのうち約四百編が『日本童謡選集』として出版された。一等となった四作品に曲をつけた楽譜も付されている。

作品募集の文面には「カルピスを謳うものは遠慮して採りません」とあり、三島にとって懸賞広告は社会貢献の意味合いが強かったことがわかる。童謡作品の募集は、入賞作品に曲を付けたり本を刊行したり、と複合的な企画であり、メディアミックスのはしりと言えるかもしれない。

三島がこうした多彩な広告戦略を展開したのはカルピス発売後だが、晶子に作歌を依頼した際も恐らく、新聞広告を通して健康増進や文化の発展といったメッセージを人々に伝えたいと熱く語ったに違いない。そして、晶子もまた、三島と出会う数年前から、広告というメディアの可能性に目を啓かれ、新たな一歩を踏み出していた。

「百選会」に参画

発売まもないカルピスの広告に関わった晶子は、その二年前から広告の仕事を始めていた。髙島屋百貨店の顧問として一九一八年から同店の企画する「百選会」に参画し、シーズンごとの流行色の選定とネーミングに加え、ポスターや案内状に歌を寄せていたのである。

一九一六年春、下田歌子が化粧品の広告に関わっていることを批判した晶子が、どの段階で広告についての考えを改めたのかはわからない。しかし、着物が大好きで、幼いころから豊かな色彩感覚をもっていた晶子にとって、この仕事がどれほど魅力的だったかは想像に難くない。

百貨店のコピーと言えば、一九一四年から使われた「今日は帝劇、明日は三越」があまりにも有名だ。髙島屋は三越とほぼ同時期に、伝統的な呉服店から百貨店という新しい業態への移行を進めたのだが、三越は一九〇四年十二月、大々的に「デパートメントストア宣言」を発表するなど、イメージ戦略において抜きん出ていた。デパートメントストア宣言の半年後、三越は巌谷小波ら文化人をメンバーとする「流行会」を発足させる。「流行は百貨店がつくる」という意気込みを感じさせる名称だ。

流行会は森鷗外や黒田清輝、新渡戸稲造など多彩なメンバーから成り、毎月一回テーマを設けてファッションの流行や社会風俗の傾向などについて話し合った。その内容は三越社内に商戦のアドバイスとして伝えられると同時に、PR誌の「みつこしタイムス」や「三越」に掲載された。流行会メンバーによる寄稿も充実しており、誌面は文芸誌の趣があった。晶子も一九一一年、「婦人雑誌や三越タイムスの写真版のところばかりを観るのを楽しみにしている」と「産褥の記」に書いている。

髙島屋の百選会は、三越の流行会に対抗して発足した企画にほかならない。三越がイメージ戦略で来るなら髙島屋はイベント戦略で、と考えたようだ、日本画家の神坂雪佳、美術工芸家の丹羽圭介を顧問に迎え、一九一三年から春と秋の年二回、染織業者から「新機軸品」を募集して発表する大がかりな催しをスタートさせた。今で言えば、いくつものブランドが新作を披露するコレクションのようなものだ。

百選会は一九一八年に晶子が顧問として加わってから、いっそう華やかさを増した。翌年からは新機軸品に加え、「流行色」が発表されるようになったのである。一九一九年春から一九四〇年秋まで、晶子が命名した流行色は二八六色に上る。最初に選ばれた深いグリーンを、晶子は「平和色」と名づけた。

「平和色」にこめた思い

「平和色」という名前が発表される前年十一月、第一次世界大戦が終結し、翌年一月には国際連盟が発足した。年頭に刊行した評論集『心頭雑草』の冒頭に、晶子は平和を希求する強い思いを記している。

世界における五年越しの狂暴な大戦争が終わりました。久しぶりに天日を望む気がします。（中略）戦争の終熄を私は何よりも嬉しく思います。これによって、人類は大仕掛けな殺人行為と、併せて大仕掛けな精神経済両者の浪費とから改悛する機会を得ました。そうして、従来の物質本位主義から人格本位主義へ、専制主義から民衆主義へ、軍国主義から平和主義へ、利己主義から人道主義へ、人類各自の思想及び実行を照準し転換せねばならない世界の激変時機に入りました。

（「心頭雑草の初めに」）

「軍国主義から平和主義へ」という願いを自著の冒頭に掲げた晶子にとって、一九一九年のキーワードは「平和」だった。初めて命名する流行色に最もふさわしい名称は、「平和色」以外にはなかっただろう。

そのやや暗みを帯びたグリーンは、『日本の伝統色』などを参照すると、「うぐいす色」や「松葉色」といった色に近いが、晶子はオリーブ色を連想したのかもしれない。

聖書だく子人の御親《みおや》の墓に伏して弥勒《みろく》の名をば夕に喚びぬ
淵の水になげし聖書を又もひろひ空《そら》仰ぎ泣くわれまどひの子
『みだれ髪』

晶子は若いころから聖書に親しみ、『みだれ髪』にもキリスト教的なイメージを多く盛り込んだ。平和を願ったとき、ノアの方舟にオリーブの枝を持ち帰った鳩の逸話を思い出し、「オリーブ色」＝「平和色」と考えた可能性はある。

流行色は二十二年間、休むことなく毎回発表された。やまと言葉のやわらかさを活かした「大空色」「たんぽぽ」「木の間緑」といったネーミングもあれば、「春潮色《しゅんちょうしょく》」「流泉色《りゅうせん》」「金箭色《きんせん》」と漢語の凜とした響きの美しいものもある。また、「マロン紅《べに》」「ペルシャ青」「ノアール」などは、当時の女性たちにとって今以上に異国情緒を感じさせる名前だっただろう。

全体的に花や果物、空や水など具象名詞を織り込んだネーミングが多く、「月の出色」「瑞気色」

など抽象的な言葉を使ったものは少ない。「平和」のような抽象度の高い言葉は、ひときわ目立っている。

百選会を詠む

百選会では、シーズンごとに趣意と流行色、標準図案が発表された。趣意というのは、例えば「新気分の『花』『鳥』模様」「更紗の妙味を巧みに応用せる小紋及び絣」「婦人防寒用コート地の新研究」など、織りや染めについての多様な課題である。全国の染織業者がそれに沿った作品を作って応募してくると、点数は毎回七、〇〇〇点にも上った。その中から顧問など関係者が約三〇〇点の入選品を選び、さらに一〇〇点の優選品を決定する。晶子の仕事は優選品を選ぶだけでなく、応募作品を見て詩歌をつくることであった。

顧問を引き受けた翌一九一九年三月には六女、藤子を出産、その翌年から文化学院創設の準備を始めるなど多忙をきわめていたにもかかわらず、晶子は百選会の出品審査会には必ず出席した。高島屋宣伝部長として百選会に関わっていた川勝堅一は、審査会当日の晶子の様子を詳しく記している。

晶子先生は、その頃、クラシックなパリ調の洋装で、巾のひろい帽子をかぶった姿も見うけたが、元来キモノがお好きで、特に、むらさき色を好んで着ておられた。そうしたキモノ好きから、芸術的な流行キモノを創作する企画の「百選会」の趣旨に賛同され、毎年・春秋、ある時は夏にも開いたこともある、この百選会の出品審査会には必ず出席をされて、「消費者側の女性を代表したつもりで選びましょう」と、熱心に一つ一つ、染・織・刺繍・絞りとりどりのキモノの地色や、模様を、いつも楽しそうに鑑賞しつつ、その、それぞれの品に因んだ、お歌をつくって頂いたものだった。
（川勝堅一『日本橋の奇蹟』）

髙島屋の顧問を務めた間に、百選会のために詠んだ歌は四六三首である。これらの歌の多くは歌集に収録されておらず、存在自体が長く知られていなかったが二〇一三年、髙島屋関係者により同社史料館の所蔵資料から発見された。

あてやかに咲ける銀糸の白蘭の花をおさへし錦繍の鳥　（一九二一年春）
秋の帯ありし更紗《さらさ》に加へたりマロンの熱と橄欖の青　（一九二四年秋）
目にも見よ声ききつけよひんがしの着物の国の幻想の曲　（一九二六年春）
秋の日のゴブラン様《やう》の野の草のむつまじきかな花乱れ咲く　（一九三一年秋）

四百首を越える百選会の歌は、贅を尽くした見事な着物を言葉で織りなしたような美しさである。「桜月夜」など独自の造語でも知られる晶子は、次々にイメージ豊かな色の名を生み出していった。「朝水色」「オリーブ緑」「露あさぎ」「麦穂色」……。晶子は古今の文学世界を思い描きながら、シーズンごとに命名の喜びを味わっていたに違いない。

百選会が五十回を迎えた一九三四（昭和九）年秋の記念冊子に、晶子は祝詞を寄せ、「私は毎回の百選会に感激してその喜びの一端を歌に詠んだ」と振り返っている。この言葉に誇張はなかった。晶子は美しい着物を偏愛していたからである。そこには自らの生い立ちが深く関わっていた。

きれいな格好がしたかった

幼いころの晶子は常に地味な装いをさせられていた。父の前妻の娘が二人いたため、後添えの母は気兼ねして晶子にお下がりばかり着せていたらしい。新しい着物であっても派手な格好はさせなかったのだろう。

物干へ帆を見に出でし七八歳《なゝやつ》の男姿のわれをおもひぬ　『夏より秋へ』

十二まで男姿をしてありしわれとは君に知らせずもがな　『春泥集』

「男姿」は女の子らしい明るい色合いの着物でなかったことを指すようだ。そうした自分の幼年期の服装について歌にしたのは三十代になってからだった。随筆集『私の生い立ち』には、小学校時代に着せられていた茶色の袢纏《はんてん》のことが克明に記されている。

学校へ行く私が、黒繻子《じゅす》の襟の懸った、茶色地に白の筋違《すじか》い雨と紅《べに》の蔦の模様のある絹縮《きぬちぢみ》の袢纏を着初めましたのは、八歳《やっつ》ぐらいのことのように思っています。私はどんなにこの袢纏が嫌いでしたろう。芝居で与一平《よいちべい》などというお爺さん役の着ていますあの茶色といっしょの茶なんですものね。

「与一平」は、仮名手本忠臣蔵に登場する腰元、お軽の父親「与市兵衛」だろう。「八歳くらい」の晶子が歌舞伎のことを詳しく知るはずもないが、子ども心に年寄りが着るような地味な色と感じていたのだろう。幼い晶子は、自分が男の子たちにからかわれるのも「茶色のこうした目立った厭な色の袢纏を着ているから」と思い、朝ごとに憂うつになったと回想する。大嫌いな茶色の袢纏は姉からのお下がりだった。それは二重に晶子の心を傷つけた。

そんな思いを味わったからか、もともと生まれ持った素質だったのか、晶子は幼いころから色彩に対して鋭い感覚を持っていた。『私の生い立ち』は、晶子のこまやかな観察力、視覚的記憶のよさをありありと伝えているが、色についての描写が詳しいことは大きな特徴だ。

自分をいじめた男の子が「千筋縞の双子織の着物」に「黒い毛繻子のくけ帯」「紺木綿の前掛」

をしていたことや、踊りを習っていたとき、「銀地の扇」に母が「紫のメリンス」で縁を付けたこと、別の「赤地の扇」には金銀の箔で絵が描かれ、裏には白抜きで蝶が二つあしらわれていたことまで記憶している。

恐らく幼い晶子の目には、まず色や形が飛び込んできたのだろう。それは努力して得られたものではなかった。『みだれ髪』は、極彩色の絵筆を存分にふるったような歌集だが、晶子自身は意識して色彩を詠んだのではなく、詩歌の世界に遊ぶとき眼前に広がる景をただ忠実に描き出した結果だったのではないか。

百合にやる天《あめ》の小蝶のみづいろの翅《はね》にしつけの糸をとる神
紅梅に金糸のぬひの菊づくし五枚かさねし襟なつかしき
紫にもみうらにほふみだれ篋《ばこ》をかくしわづらふ宵の春の神

「臙脂紫」という章から始まる『みだれ髪』に収録された三九九首のうち、色の名、色彩を連想させる語を詠み込んだ歌は、全体の約三分の一を占める。絢爛豪華な絵巻物を見るような印象は、色に関する表現の多さから来ている。とりわけ、複数の色を組み合わせた表現は晶子の得意としたところで、読む者を楽しませる。

美しい着物への憧れ

晶子は色彩のみならず、着物に対する関心も幼いころから強かった。

『私の生い立ち』には、親しかった「南みち子さん」の服装が細かく描写されている。みち子さんは裕福な家の生まれで、多くの子どもが木綿の織物を着ていた時代、「銘仙やめりんす」など絹や毛の織物の着物を着ていたという。晶子は「藍がちな紫地に小さい紅色の花模様があったものや、紺地に葡萄茶《えびちゃ》のあらい縞のあるものやを南さんの着ていた姿は今も目にはっきりと残っています」と振り返る。

茸狩りに行った思い出を書いた「たけ狩」という随筆には、「牡丹模様の紫地の友染に初めて手を通した時」と、茸狩り自体の楽しさよりも普段と違うよそ行きの着物を着せてもらった喜びが表されている。「帯は緋繻子の半巾帯」だったという。

着物に関してこれほど詳細な記憶をとどめていた晶子に、着物を詠んだ歌が多いのはごく当然のことだった。初期の作品には、色彩語のみならず服飾に関する言葉がいくつも見られる。「うすもの」「絹袷衣《きぬあはせ》」「羽織」「都染《みやこぞめ》」……美しい衣服が女性の心を浮き立たせるのは、いつの時代も変わらない。百選会の顧問を務める前から、晶子は着物を歌で表現することに大きな喜びを抱いていた。

白がさね上は水色をしどりの金糸のぬひの美しき哉
（一九〇〇年、歌集未収録）

朝を細き雨に小鼓《こつづみ》おほひゆくだんだら染の袖ながき君
『みだれ髪』

一首目の「白がさね」は、衣の表と裏の色合い、襲《かさね》の色目の一つである。平安時代の絹地はたいへん薄かったので重ねると下の地色が透けて見え、貴族たちはその組み合わせの妙を楽しんだ。「白がさね」はふつう表裏とも白の色目を指すが、晶子は「上は水色」としている。刺繍されたオシドリが泳いでいるような風情が目に浮かぶ。二首目の「だんだら染」は、地色と染めた部分の幅が同じ横縞、今でいうボーダー柄である。江戸時代から何度となく流行を繰り返してきた定番の柄だが、歌集が刊行された明治後期も、大胆で若々しい文様として流行していた。

欲しがりしだんだら染もうづまきの模様も旧《ふ》りぬ忍びて笑ふ
『夏より秋へ』

娘時代に憧れた「だんだら染」や「うづまきの模様」の流行も去り、三十代半ばとなった晶子は若かりし頃の自分を回想して苦笑を漏らす。もはや流行にとらわれない、自分だけのスタイルを確立した自信も感じられる歌である。

カラフルな童話世界

晶子は歌だけでなく、童話の中にもたくさんの着物を登場させた。一九〇八（明治四十一）年、「少女の友」に寄稿した「衣裳もちの鈴子さん」には、主人公の鈴子が学校に何を着て行こうか悩む場面がある。「矢がすりの銘仙」「赤い糸のはいった米琉のかすり」など、子どもの読者にはよくわからないのではないかと思われるほど詳しい。「米琉」は、米沢琉球紬の略である。

この童話はごく初期の作品だ。当時、晶子の子どもは最年長の光が六歳になる直前で、双子の女の子はまだ一歳半と幼かった。地味な格好ばかりさせられた幼い日々の願望をかなえるように、きれいな着物を選ぶ喜びを書いたことが感じられる。

着物に関する描写が最も多いのは、一九一四年に刊行された童話集『八つの夜』である。主人公の綾子のもとには毎晩、不思議な風呂敷包みが現れる。包みに入っている着物に着替えると、全く違う人物に変身し別世界へ連れてゆかれるというファンタジーだ。

例えば「婦人英学校」の生徒になる夜は、「手織木綿の細い大名縞の袷と、白木綿に白キャラコの襟の付いた襦袢と黒ずんだ葡萄茶《えびちゃ》の袴」と地味な装いだが、公爵家の娘になる夜は「胸の辺りから肩へかけては紫の藤や白藤がからみ合っている刺繍《ぬい》」の入った「目の醒めるような緋綸子の中振袖」が入っている。「袖には薄紅の牡丹と樺色の紅葉」「裾は水に菖蒲《あやめ》と白菊」が刺繍されている豪奢な着物である。

ふだんと違う装いをすると、別世界の別人に変わるという着想が面白い。晶子自身が着るものによって違う気分を味わっていたから得られたアイディアではないか。茶色の袢纏が大嫌いだった女の子は、美しい色を身に着ける喜びを誰よりも知る作家になっていた。

与謝野家の末子、藤子の回想記には、晶子が即興で語ったお話の内容が紹介されている。「晶子は「今日は牧ばに行きましょう、きれいなバケツをもって行くのよ」とお話の世界に誘い込むように話し始め、登場人物の持つバケツの色について「太郎さんは金いろ、文ちゃんは褪紅色《たいこう》……」などと色彩について細かく描写したという。

お話を語る晶子の眼前には、『みだれ髪』の歌を詠んだころと同じように、さまざまな色彩に満ちた世界が広がっていたに違いない。その豊かな色彩感こそ晶子の特性の一つであり、童話的な空想世界を描いた歌には特に多く発揮されている。

金色《こんじき》のちひさき鳥のかたちして銀杏ちるなり夕日の岡に　『恋衣』

最もよく知られた晶子の歌の一つである。黄葉して次々に地面に落ちてくるイチョウの葉を小さな鳥に見立てた想像力は楽しく、「金色」と「夕日」を取り合わせた色彩の鮮やかさが見事な一首だ。二十六歳のときの作品だが、晶子はこうした童話的な世界を長く詠み続けた。

かきつばた白き国には王います少女《をとめ》の国はむらさきにして　『常夏』

うすぐらき鉄格子より熊の子が桃いろの足いだす雪の日　『春泥集』

自らは半人半馬《はんじんはんば》降るものは珊瑚の雨と碧瑠璃《へきるり》の雨　『火の鳥』

いろいろの小《ちひさ》き鳥に孵化《かへ》りなばうれしからましこの銀杏の実　『朱葉集』

白と紫のカキツバタを眺め、「白き国」の王と「むらさき」の国の少女を想像した一首目は一編の童話のようだ。雪の日に仔熊が足を差し出したときの肉球の「桃いろ」の配色の面白さ、自身を重ねた「半人半馬」に降り注ぐ、幻想的なコーラルピンクと青みがかったグリーンの雨の美しさなど、晶子が絵を描くように楽しんで歌を詠んだことが伝わってくる。銀杏の実を鳥の卵に見立てた四首目は、そこから一編のファンタジーが始まりそうな雰囲気である。

こうした童話的発想のカラフルな歌の多くは、晶子が子どものための読みものを書いていた時期に詠まれた。自分の子どもたちが成長するにつれ童話を執筆する機会は減ってゆくが、年齢を重ねても晶子は童話のような歌を詠み続けた。

木蓮の花びらを立て船ひとつあらはれしかな水平線に
かぐや姫二尺の桜ちらん日は竹の中より現れて来よ　『心の遠景』

色名は詠まれていないが、木蓮の白い花弁を思わせる帆を立てた小舟を青い水平線上に認めた一首目、緑の竹林に淡いピンクの桜の花びらが舞い散る二首目、いずれも色の取り合わせが実に美しい。『心の遠景』は、五十歳を目前にした晶子が自身でまとめた最後の歌集である。これらの歌からは、晶子が終生、幼いころの自分を慰めるような思いで色彩豊かな世界を詠んだことが感じられる。

「秋も琥珀茶」

着物や色彩に魅了されてきた晶子にとって、百選会の仕事は苦労よりも楽しみの方が大きかっただろう。

一九二五（大正十四）年秋の百選会で発表した「光る秋」は、晶子の心躍りがそのままあふれ出たような詩編である。

飛鳥の御代の濃紫《こむらさき》、
唐橘《からたちばな》の貴《あて》なるに、
添へし土耳古《トルコ》の朱の香り、
波斯《ペルシヤ》の青も艶めくよ。

このとき選ばれた流行色は、「飛鳥紫」「唐橘」「トルコ朱」「ペルシャ青」の四色だった。色彩のみならず、洋の東西の趣向を組み合わせる試みが楽しく表現された詩である。批評会での晶子の発言をみると、「この陳列の中で一番よいと思うのは、秋の色草の上に鶉を染めた丸帯です、これは紋付の上でなく普通服の上に締めたらよいでしょう」「絞りシャルムーズは革のような感じがするのもよいと思いますが、若い人たちが着たならば、大島などより落ちついて、華やかなところもあってよいと思います」などと、具体的なコーディネートや対象年齢まで想定して語っており、意匠を凝らした新作着物の集められた会場を楽しげに廻る様子を彷彿させる。

優選品・入選品が展示、販売される各地の会場では、毎回美しいパンフレット「百選会グラフ」が顧客に配布された。晶子の歌は、このパンフレットやポスターに使われた。

例えば、一九二八（昭和三）年春のパンフレットには、「羽ごろも抄」というタイトルで晶子の歌が二十首、濃いピンクの活字でちらし書きのように置かれている。着

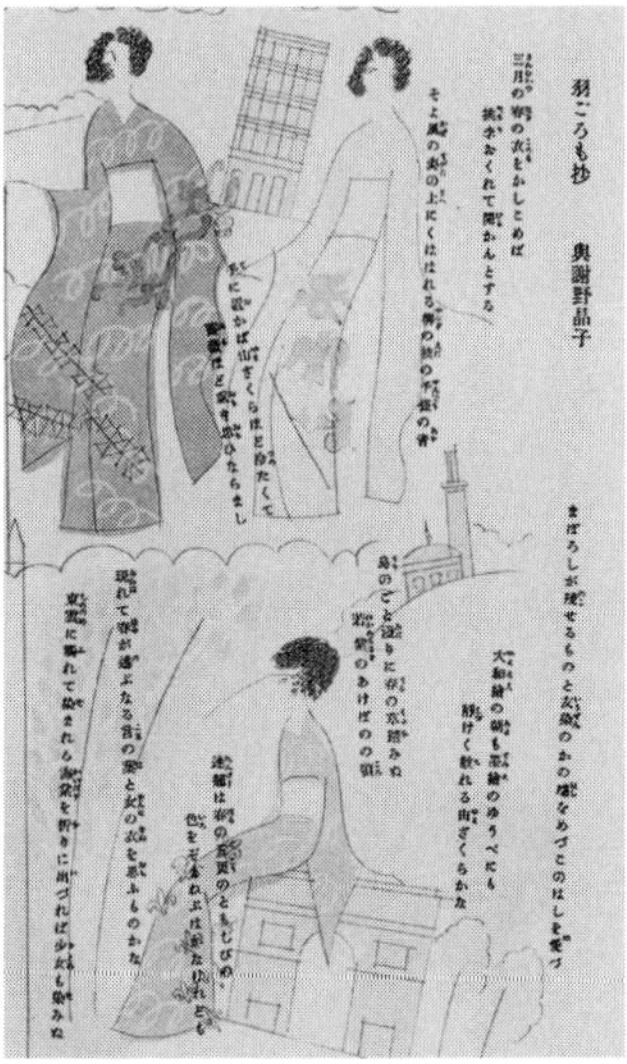

1928年春の「百選会グラフ」の一部

物姿の女性やパリの凱旋門などのイラストも淡彩で描かれており、歌そのものがキャッチコピーのように見える。文学とは全く別の世界で自らの歌が注目されること、しかも華やかな着物を宣伝するために歌が添えられることを、晶子は楽しんでいたに違いない。

一九三四年秋の百選会の折には、こんな歌も寄せている。

なつかしき敷石の道正午なり秋も琥珀茶《こはくちゃ》帯も琥珀茶

言わずと知れた「ああ皐月仏蘭西《さつきフランス》の野は火の色す君も雛罌粟《コクリコ》われも雛罌粟《コクリコ》」を下敷きにした一首である。「琥珀茶」はこの回の流行色の一つであり、語頭の「こ」の音から「コクリコ」を詠んだ自作の歌をもじったのだろう。「敷石の道」がヨーロッパの街並みを思わせ、明るい秋の陽光が琥珀の透明感と重なり合う。子どものころ、あれほど茶色を嫌った晶子が、楽しげに茶色を詠んでいるのも興味深い。

百選会の仕事を引き受ける二年前の一九一六年五月、晶子は「女学世界」に「流行の色彩」と題し、当時流行していた茶色について考察している。

茶のような色が若い女に似合おうと想わなかったのに、流行というものは妙である。去年から今年にかけて意外にもいろいろの茶の色が流行してみると、これまでに考え及ばなかった新しい味がこの色から発見せられる。（中略）その流行のどこかに、あるいはこれまでになかったものか、あるいは無意識に不満を感じている今の心持ちを満たすものか、何か一つの新しい美点を伴っていないことはない。

さまざまな茶色が人気を集めていることに興を感じたという軽いエッセイだが、かつては嫌いだった色を素直に再評価するところに、晶子の色彩に対する敏感さと柔軟さが感じられる。百選会の仕事をまかされたのは、当代一の有名女性歌人、というだけではなく、流行への関心をこんな形で表していたこともあったかもしれない。

百選会の仕掛け人

晶子に百選会の顧問を依頼したのは、一九一七年に髙島屋の宣伝部長になったばかりの川勝堅一である。高等小学校を卒業後、十五歳で髙島屋京都本店に入った。夜学で勉強するなど努力を重ね、二十七歳で東京本店の宣伝部長に就任した苦労人である。

川勝は創設まもない百選会をさらに発展させようと考えた。建築家、岡田信一郎の紹介状を携えて与謝野家を訪ね、「店の文化活動面のことで、親しく意見をきかせて頂いた」という。この時の紹介状には「百選会のことなどで、お願いしたいとのこと」と書かれており、初めから晶子に顧問就任を依頼するつもりで訪れたようだ。

晶子が百選会に関わった二十数年は、川勝と付き合った歳月でもあった。こまやかな心遣いを見せる彼の期待に応えようと、晶子は髙島屋賛歌とも言うべき歌を数多く詠んでいる。

髙島屋光る都の面積を加へたるかな楼を重ねて
新しき大衆のため層を積み家の御空《みそら》に及びたるかな
触れたまへ世界の春に先立ちて吹く微風《そよかぜ》は十層に満つ

いずれも東京・日本橋に髙島屋東京店がオープンした一九三三年に詠まれた歌だ。一首目は開店記念の絵葉書にも掲載されており、販売促進グッズとして使われたと見られる。

1933年に髙島屋東京店がオープンしたときの記念絵葉書

絵葉書に書かれた「皆様の髙島屋」というコピーは、川勝が考えたものだった。地下二階、地上八階建ての建物は二〇〇九年に重要文化財に指定されたが、新築当時の人たちには見上げるばかりの威容と映ったに違いない。晶子もその点を強調し、「楼を重ねて」「十層」と表現した。

この年、川勝は四十一歳で髙島屋総支配人に、そして三年後には取締役に就任する。部下たちから就任祝いに贈られた革装の立派な記念帳には、晶子から寄せられた祝福の言葉と歌十五首が掲載されていた。「この君のため開かれて尽くるなき光りの道の見えわたるかな」など、前途を祝す挨拶歌である。同年暮れには、都内で寛と晶子をはじめとする文化人や実業家によるお祝いの会が催され、その席で堀口大学が晶子の歌を読み上げた。

川勝が最初に晶子を訪ねた際の紹介状には「先生について短歌も勉強したいとの希望です」と書き添えてあり、彼が二十代後半から歌に関心があったことがうかがえる。総支配人に就任した年に経済誌に載った紹介記事には、趣味として「与謝野晶子流の和歌」を作ることも記されている。川勝の回想録『日本橋の奇蹟』(一九五七年)には自作の歌が多く収められ、「デパート交響楽」と題した章には七十首、「空腹のよろこびを語る」の章には八十首が掲載されている。経済人の回想記としてはいささかバランスを欠く多さに、短歌への傾注ぶりがわかる。

これほど短歌を愛好した川勝がいたからこそ、晶子は髙島屋の顧問というポジションに就くことになったといえるだろう。川勝は文学と美術の造詣を深め、後に陶芸家、河井寛次郎の作品を中心とする「川勝コレクション」で知られる美術収集家になる。広告というメディアを用い、国民の健康増進を図ろうとしたカルピス創業者の三島海雲と同様、川勝堅一もまた一流志向であり、「与謝野晶子」というブランド力を知っていた。

ファッションへのまなざし

百選会に関わったことで、晶子は街のファッションにも目を留めるようになった。一九二九年十月には、「白いレエスの筒袖」を「厭な近年の流行」と断じている。肌襦袢にレースの筒袖を付けると、着物の袖口からそれがちらと見える。簡便で涼しげなので、着物のおしゃれの一つとして現在も愛用されているが、晶子は「その端の鋸形のぎざぎざが袖口から見える」ことについて、「上にどんな美しい上品な衣服や帯を着けても、その白いレエスの袖口で全体を打ち壊している」と嘆く。

その年の夏は記録的な猛暑だったため、「簡単服」とか「アッパッパ」と呼ばれた、ゆったりしたワンピースが流行した。もともと第一次世界大戦後、日本初の婦人既製服として販売されていたが、普段着は和装という女性がまだ多かった。しかし全国的な酷暑に、誰もが着物よりはるかに涼しい洋服を手に取るようになったのである。ヨーロッパから帰国して以来、晶子は洋装も採り入れていたが、このワンピースには感心しなかったらしい。関西旅行の際にその普及ぶりを見て、「医師の白いブルウズ（注・ブラウス?）のような筒袖の物を一枚肌へじかに着て（中略）旅中の私をして度々顔を背かしめるのであった」と書いている。

ヨーロッパで実際に洋服を着た女性たちの姿を見てきたためだろう、晶子は日本女性の洋装についてかなり厳しい。一九二五年には「女子の洋装」と題し、洋服の着こなしについて詳しく述べている。小学校から中学、女学校に至るまで女子の児童生徒が洋装をするようになったことを喜びつつ、大人も子どもも丸々と着膨れていて、見苦しいと苦言を呈した内容だ。

すらりとした美しい姿を保とうとするには、昔の女子がしたように薄着をして包んだ肉体のたおやかに優しい線が外へ現われるようでなければなりません。(中略)何分、私たちは洋装についての伝統的教養を持たないのですから、よほどよく用心しないと間違った見苦しい着方をするものだということを念頭に置かなければなりません。言い過ぎるかもしれませんが、現に見うける日本婦人の服装は、外交官の夫人令嬢などの例外を除けば、大抵は不調和極まるものです。

晶子自身が初めて洋服を身につけたのは、一九一二年にヨーロッパを訪れたときである。着物姿でパリの街を歩くとそれだけで注目が集まるので、誰かを訪問したり劇場へ行ったりするとき以外はなるべく洋服を着るようにしたという。慣れないコルセットの装着は苦痛だったが、洋服を着ること自体は心躍る経験だったようだ。とりわけ、大きな帽子をかぶるのは「自分が久しい間の望みが達したように嬉しい気がする」と書いており、渡欧前から洋装への憧れを抱いていたことがわかる。何より、フランスの女性たちの着こなしを眺めるのはまたとない楽しみだった。

自分がフランスの婦人の姿に感服する一つは、流行を追いながらしかも流行の中から自分の趣味を標準にして、自分の容色に調和した色彩や形を選んで用い、一概に盲従していないことである。自分は三四着の洋服を作らす参考にと思って目に触れる女の服装に注意して見たが、色の配合からボタンの付け方まで全く同じだというものを一度も見たことがない。仕立屋へ行けば流行の形の見本をいくつも見せる。あつらえる女は決してその見本に盲従することなく、それを参考としてさらに自分の創意に成るある物を加えて自分に適した服を作らせるのである。

（『巴里より』）

こうした観察をしてきた晶子だったから、まだ根付かない日本人の洋装について、多少アドバイスしたくなったのだろう。渡欧経験は晶子にさまざまな面で自信をもたせたが、ファッションについても一家言もつようになっていた。百選会の顧問になったことはその大きな支えだったはずだ。

晶子は一九四〇年秋まで二十一年にわたって百選会に関わった。この年の秋の流行色は「秋陽色」「孔雀青」「金風色」「八重雲色」の四色である。翌一九四一年、百選会は太平洋戦争のために中断され、一九四二年五月に晶子は亡くなった。美しい色彩や着物をこよなく愛した晶子が最晩年まで続けたのが、広告という形のメディアの仕事だったのである。

第十一章　メディアの世界に生きて

寄稿家になる

「最上の職業は新聞記者」——ヨーロッパ旅行の際、仏ル・タン紙にインタビューされた晶子は、そう答えた。

記者経験はもちろんなかったが、新聞や雑誌、本を読み、思索を重ねることで、晶子は自らをジャーナリストとして育てていった。しかし、彼女を寄稿家として起用し、発言の場を与えるメディアがなければ、「ジャーナリスト与謝野晶子」が生まれなかったのも確かである。大正期の活字メディアの隆盛と共に生きた晶子の歩みは、どう始まったのだろうか。

晶子を最初に起用したのは読売新聞である。一九一四（大正三）年四月に創設された「よみうり婦人附録」の執筆者に選ばれたのだ。

この年の三月二十二日、読売新聞一面に大きな社告が掲載された。四月から紙面を六ページから八ページに増やすと共に、複数の新企画をスタートさせるという告知だが、その中で最も目立つのが「婦人附録」という大きな文字である。「本社が時勢の趨向を察していささか天下の弱性者のために気魄を吐かんとするもの」「新聞界婦人に対する唯一の味方」と、随分と大仰な文章が並ぶ。女性をターゲットにした企画は、当時それほど画期的だった。『読売新聞百年史』によると、仏フィガロ紙の婦人欄を参考にしたという。

同時期の朝日、毎日の朝刊は八〜一〇ページだった。読売はそれに追いつこうと増ページを図ったわけだが、婦人附録は八ページのうちまるまる一ページを占め、全体のバランスからすると、かなり思い切った紙面改革だった。

婦人附録についての告知は、晶子と作家、田村俊子を寄稿家として「入社」させることを謳っている。晶子は三十五歳、田村は二十九歳の若さだった。田村はその三年前、大阪朝日新聞の懸賞小説で一等になり、一躍、文壇デビューを果たした。しかし、この起用はあくまでも「閨秀文壇の双璧」に筆を振るってもらおう、というものであり、晶子に社会評論を書かせる意図ではなかった。

評論家としての晶子は、総合雑誌「太陽」の「婦人界評論」欄に寄稿し始めた一九一五年一月あたりから存在感を増してゆく。そして一九一六年秋、横浜貿易新報（現・神奈川新聞）の寄稿家となったことで、本格的に評論活動がスタートした。

同年九月五日、横浜貿易新報には「与謝野晶子女史の寄稿」という見出しで、毎週水曜の「婦人と家庭」欄に「当代女子思想界の権威たる与謝野晶子女史」が寄稿するという社告が顔写真と一緒に載った。「女子思想界の博識として同女史の温健なる思想と絢爛たる才筆」は紹介するまでもない、と褒め称えた内容である。

横浜貿易新報は当時十万部の発行部数を誇った日刊紙だ。一八九〇年二月に「横浜貿易新聞」という貿易商組合の機関紙として創刊されたが後に一般紙へ転換し、全国的に周知される有力地方紙となっていた。晶子を迎え入れたのは社長の三宅磐である。三宅は大阪朝日新聞、東京日日新聞の記者を経て一九一一年、横浜貿易新報の社長に就任した。廃娼運動にも尽力するなど、リベラルな思想の持ち主だったことで知られる。

週一回の連載で晶子は、時に作歌の手引きなども交えつつ、折々のトピックスを取り上げた。この連載をベースとして定期的に時事問題について書いたことは、晶子にジャーナリストとして二つの大きな実りをもたらした。

その一つは、多くの評論集を刊行できたことである。同時期に「太陽」や「婦人公論」「改造」といった総合誌への寄稿が増えたこともあり、晶子は一九一六年に三冊目の評論集『人及び女として』を出版してから一九二一年までの六年間に、八冊もの評論感想集を上梓した。歌を多作したことで知られる晶子だが、同じ時期に刊行された歌集は五冊にとどまっている。このことからも、当時の晶子の仕事が評論を中心としていたことは明らかだ。

もう一つの収穫は、客観的視点や批判力といったジャーナリストに不可欠な資質を身につけたことである。長期にわたって教育や労働、女性の権利などを幅広く論じる中で、晶子は社会全般だけでなく、メディアそのものへも鋭い視線を向けるようになってゆく。「メディアリテラシー」という言葉はなく、そうした概念もまだなかったが、晶子はごく自然にメディアのあるべき姿と現実を捉えていた。

多読のすすめ

私は一つの事実もしくは一つの問題に対する各々の新聞の態度と努力と見解とを比較して読むことに興味を持っている。これがために折々重複を厭わないで同一の記事を各々の新聞から読もうとする。

「私の新聞観」というタイトルのこの文章は、一九一七年八月十二日付の横浜貿易新報に載った。晶子が新聞や雑誌の記事を鵜呑みにせず、得られる限りの情報を総合して事実関係の確かさ、ニュース価値を判断しようとしていたことがわかる。「一つの事実もしくは一つの問題」について複数の情報源を読み比べたうえで判断する、というのは、リテラシーの基本である。

晶子はこの時期、さまざまな新聞や雑誌に寄稿しており、寄贈された多くの新聞や雑誌を読むことができた。

私は毎日七八種の新聞を読んでいる。もし、これだけの新聞を精細に読んだら半日仕事となるであろう。同時に私の精力を割いてそれだけ私の身心を疲労させるであろう。それで私はできるだけ簡略に読む習慣をつけている。時間で言えばたいてい二十分以内で読んでしまう。(中略)新聞によって各々その長所を異にしているのであるから、私はその長所を主として読もうとする。慣れてみればそれらの長所を読むことは嚢《ふくろ》の物を探るがごとく容易なことである。

(「私の新聞観」)

七、八紙を「二十分以内で読んでしまう」というのは、恐らく見出しや記事の扱いなどを確かめつつ、ざっと全体に目を通すという読み方だろう。これだけで各紙の傾向、主張はかなり把握できる。晶子は選歌の仕事も多くこなしたから、活字を読むのは速かったに違いない。

一九一九年十二月に書いた文章では、新聞の数はさらに増え「私の毎日目を通している新聞は東京日日、東京朝日、時事、萬朝報、読売、横浜貿易、大阪毎日、大阪朝日、九州日日の九種です。東京朝日と時事とを購読する外はすべて本社から寄贈を受けています」とある。

複数の新聞を購読する家庭もあっただろうが、これほど多くの新聞を読み比べていた人はほとんどいなかっただろう。

少し敏捷に読む習慣さえ作れば、この新聞は保守的であるか、進歩的であるか、民衆の味方であるか、一部階級の機関であるか、またこの記事はどこまで曲筆されているか、どこまで真実が書かれているかを直覚することが、ある程度まではできます。（「女子の読書」）

目を通していた雑誌の数も桁違いに多かった。一九一九年の時点で、与謝野家には「毎月およそ四十種内外の雑誌の寄贈」があった。それに加え、定期購読している雑誌が七種、「雑誌を廻読する会へ加入して読んでいる雑誌も十種」あったといい、「手元へ集まる雑誌は決して六十種を下りません」と書いている。「六十種というと多数ですが、しかし目次と筆者の名とを見て取捨しますから（中略）毎晩三十分だけ遅く眠ればその中の必要な記事や論文を読むことができます」と事もなげな書きぶりである。

「雑誌を廻読する会」というのは、雑誌の出版が盛んだった大正時代に各地で作られた読書機関だ。会費を払うと希望した新刊雑誌が八～十冊、自宅に配られる仕組みだった。当時の新聞には「読書家の福音」「時代の要求に依つて生れたる経済的な新しい試み」といった広告が掲載されている。

出版文化・大衆文化研究家、永嶺重敏の調べによると、当時、東京には「雑誌回読会」なるものが二十以上あり、代表的な回読会は二千人以上の会員を擁した。東京市内の会員を合わせると三～四万人にも上ったという。一九二〇年の第一回国勢調査によると、東京市の世帯数は約四十五万世帯だったから、雑誌回読会を利用していた人はかなり多かったことがわかる。雑誌を定価で買う経済的余裕のない人がそれほどいたということでもあるが、活字情報を得ようとする熱が高まった時代だったことを思わせる。

それにしても、晶子は「四十種内外の雑誌の寄贈」を受けていたのだから、それだけでも量的には読み切れないほどの雑誌があったはずだ。回読会を利用していたのは、少しでも多くの雑誌に目を通し、的確な社会評論を書こうとしたからに違いない。晶子の評論活動については、「依頼されれば何でも書いた」と節操なく書いたかのような見方もあるが、さまざまなテーマで原稿依頼された彼女が、できる限り多くの情報を得て書こうと努めていたのは明らかだ。そして、多くの新聞や雑誌に目を通すことで、ニュース感覚は磨かれていった。

娘を持つ親に向けた文章の中で、晶子は「社会の実際問題に興味を持たせて、その真実と虚偽と、正義と不合理とを識別する批判力を養わせることが必要」とアドバイスしている。社会事象に関する「真実と虚偽」を識別する批判力とは、メディアリテラシーにほかならない。評論活動の中で晶子自身は自然に情報を取捨選択する力を身につけていったが、新しい時代の女性たちにも、情報や知識をインプットするだけでなく「真実」を吟味する力を持つよう促していたのである。

取材される側の痛み

言論活動をする上で、晶子にはもう一つ、特殊な利点があった。それは、自分が取材される立場だったことである。「私の新聞観」で晶子は、当時の早稲田大学の学長人事を巡る内紛報道を例にとり、各紙が自社の支持する学長候補に都合のよい記事を載せるので全体像がわからないと批判する。そして、「私は今の新聞がどれだけ日々の歴史たる役目を果しているかを思う度に不安と疑惑とを禁じ難い」と述べた後、そういう「不安と疑惑」は、一度でも自分が取材されて記事に書かれた経験のある人には痛切に感じられるだろうと問題を転じる。

私自身のことでも、私の親しい友人たちのことでも、それが歪められ、誇大され、間違われないで新聞雑誌に報道されたことはきわめて稀である。中には全く虚構された記事さえも少なくない。ことに訪問記者によって書かれた私自身の談話は、たいてい間違いだらけである。これをもって推定すれば今日の新聞記事に史実的正確を期することは危険である。ただ輪郭的概括的の程度の真実を得て満足せねばならないであろう。

自分について書かれた記事の正確さは、本人が一番よく分かる。できあがったインタビュー記事を読み、晶子は何度となく失望させられた。だから、記事全般の正確性について懐疑的にならざるを得なかった。取材される経験は、報道のあり方を考える何よりの好機となった。
『みだれ髪』でデビューして以来、晶子はメディアから常に注目される存在だった。興味本位で取り上げられ、憶測を交えて面白おかしく書かれることも少なくなかった。そんな報道に対する抗議を、一九二五年十月の第二次「明星」に載せている。

新聞におりおり間違った記事の現れるのは、多くの記事の中ですからやむを得ないことですが、それによって迷惑を被る人のあるのを思うと、新聞の間違いは罪の深いものだと思います。しかし現代の人たちはそういう迷惑を被ってもたいてい辛抱してしまいます。
近ごろ大阪や東京の新聞に、私が毎朝生の卵を四つとか飲むという記事が出ていたそうですが、これなども全く跡かたもない誤伝です。（中略）私の子供がその新聞を外で読んできて、間違いのあまり甚だしいのに驚いています。

（「新聞雑誌の誤伝」）

この時たまたま雑誌を編集する際にスペースが余ったため、晶子は「埋め草」に日ごろの鬱憤を晴らす文章を書いたようだ。一般の雑誌や新聞で説明するのは憚られたのだろうが、「明星」ならば自分の庭のような心やすさがあったのだろう。
晶子のメディア不信は、記事の正確性に関するものだけではない。掲載される写真のよしあしについても、苦言を呈している。

私は正月早々十分間ほどずつ両度にいやな思いをした。それは「大阪毎日」と「横浜貿易」との両紙の初刷に、一枚は十二三年前、一枚は七年前の自分の写真が載せられたためである。

その写真は二枚とも私自身が思い立って写真屋へ行って写したのではなく、その頃どこかの新聞社か雑誌社かの写真師が突然訪ねてきて、光線のよくない屋外でほとんど強制的に撮っていったものである。

（「紅梅の前にて」）

写真のせいで正月気分が台なしになったのは、一九一八年のことだ。この文章は、一月十三日付の横浜貿易新報に掲載されており、問題の記事として名指しされた当の新聞だということが可笑しい。正月紙面に掲載された二枚の写真は、それまでにも「い

大正七年一月一日

四十の春《はる》を迎《むか》へて（一）

三十九年間の回想＝私は窮乏と無知とに悩んだ＝婦人の天性とは何か＝子を産むにも思慮ある産み方をしたい＝佛國婦人の自覺＝私達はお産を辭する者でない＝實際生活を改造したい

與謝野晶子

私は過ぐる十二月七日に卅九回の誕生日を送りました。私は自分の生涯が謂ゆる「不惑」の年に達したことを意識して新しい一九一八年を迎へるのですが、過ぎ去つた卅九年は夢のやうに由つては非常に永い歳月です。世は明治から大正へ移つて、我國の文物の變遷は未曾有の

晶子の寄稿した大阪毎日新聞（1918年1月1日付）

大正七年一月一日（火曜日）

横濱貿易新報 其四

婦人と戰後の理想

與謝野晶子

同じく横浜貿易新報（1918年1月1日付）

ろいろの新聞雑誌に載って私を苦しめたもの」だったという。
新聞社では自社のカメラマンが撮影した顔写真を保管し、それを撮影時以外の記事に、当人の了解を得ることなく掲載することが慣習として行われてきた。だいたい晶子は撮られ下手だったようで、あまりよい写真が残っていない。写りの悪い写真がいつまでも使われるのは、たまったものではなかっただろう。
しかし、晶子はそうした個人的な感情に拘泥せず、新聞や雑誌という権力に対する批判へと論を展開する。

新聞雑誌社は今の社会における偉大な権力者であって、たいていの人はその強制を忍ばなければならぬ関係に置かれている。屋外の望ましくない光線の下で、容姿を気にする婦人の心理に思いやりもなく、ほとんど強制的に撮影され、そうして私自身に似もつかないほど獰猛醜怪な姿に出来上がった写真を公表されて、それが明らかに私の作物を読む一般の人々に愉快な印象を与えないという理由からだけでも、自分の受ける一種の多大な損害であり毀傷であるにかかわらず、黙って忍従せねばならないということは文明の矛盾でないであろうか。

マスメディアが「第四の権力」と呼ばれるようになったのはテレビが登場してからだが、晶子は一九一八年の時点で、新聞や雑誌を「社会における偉大な権力者」と呼び、その暴力性を批判している。この感覚は、取材される立場と発信する立場の両方を経験していたからこそ持ち得たものだろう。また、自らのイメージは大事なものであり、写りの悪い写真によってそれが「多大な損害」を被ると捉えているのも非常に現代的である。

著作権の問題

有名であればあるほどメディアに登場する回数が多くなり、その分、報道被害に遭う可能性が高くなる。晶子は作品が流用されることも少なくなかったようだ。

一九一九年一月に、加藤紅葉著『恋に生きたる須磨子の一生』（盛進堂）という小説が出版された際、その新聞広告に晶子が「太陽」に寄稿した文章の一部が無断で引用されていた。晶子はただちに横浜貿易新報の紙上で抗議した。

それはまだ我慢するとしても、その文章の前に大きな活字で誰の作か知らない歌が一首載せられています。巧拙は別として、私の詩的感情からは大分にかけ離れたものです。しかし、私の文章の一節の下に署名がある以上、読者はその歌をも私の作であると思うに決まっています。広告主は、わざと世間にそう思わせるために巧んだことではないでしょうが、功利のために不作法を顧みないのはジャアナリズムの弊であると思います。

また、その私の文中にある「須磨子氏」という語が、「須磨子嬢」と添削されているのです。私の趣味としてたいていの場合に「何何嬢」というような言葉遣いを用いないのですが、これを読んで私は歯の浮くような嫌悪と不快とを感じました。

（「敏感の欠乏」）

晶子が問題にしているのは著作権である。現行の著作権法では、著作権者の許可を得ない引用は基本的には違法だ。俳句や短歌といった短詩型の引用など、必ずしも許可を必要としない例外的なケースもあるが、そのためには出典の明記や改変していないことなどが最低条件となる。当時の出版法における著作権は「版権」と総称され、どちらかというと、作者の権利というよりは出版者を守る意味合いが強く、引用についてのきちんとした取り決めやマナーはほとんど確立していなかった。

文中の「須磨子氏」が勝手に「須磨子嬢」に変えられていたことにはあきれるが、引用に関して当時は大らかというか、甚だいい加減だった。同じ文章のなかで、晶子は教科書に採用された文章の改変をも批判している。

教科書に他人の文章を自由に採択することを許されているのはよいことですが、教科書の編者が他人の文章を勝手に添削して採択することはよろしくないと私は考えています。文法や仮名遣いの間違いを訂すのはもちろん望むところですが、辞句や思想までを添削されては、原作者の特色が失われてしまいます。殊に詩歌を添削されては非常な迷惑を感じます。

短歌の世界では、同じ言葉を漢字表記にするか、かな書きにするかという問題は小さくない。また、助詞が一つ変わっただけでも歌の意味、イメージは大きく変わる。晶子が一字たりともゆるがせにできない短歌を詠む文学者だったのも、著作権という概念が確立していなかった時代に著作権者として主張することにつながったのだろう。

報道は歴史の一部

晶子の文章を勝手に広告に使った『恋に生きたる須磨子の一生』は、一九一九年一月二十五日に発行された。女優、松井須磨子は、同月五日に自殺を遂げていた。イプセンの「人形の家」が日本で初演されたときにノラを演じるなど活躍した女優である。恋人だった劇作家の島村抱月が前年十一月にスペイン風邪が原因で死んだのを追う形だった。自殺後三週間足らずで出版された興味本位の本に対し、晶子は出版自体に対しても腹立たしく思っていたのではないだろうか。

晶子は「太陽」への寄稿で、舞台女優としての松井須磨子を客観的に批評したうえで、その死を悼んだ。何度か実際に舞台を観た印象として、演技の未熟なところを指摘しつつも「純粋な感情を多分にもっていた婦人」と同情した。その抑制の利いた文章からは、センセーショナルに須磨子の死を取り上げるメディアから距離を置こうとする、毅然とした態度が伝わってくる。

また晶子は、ある新聞が「今年は女の当たり年と見えて、正月早々松井須磨子の自殺を振り出しとし、(中略)日向きん子氏の再婚云云」と、須磨子の自殺と、舞踏家として有名だった日向(後に林)きむ子の再婚を並列したことを批判した。「女の当たり年」というのは「有名な女性を巡るスキャンダルが続く」くらいの意味だったようだが、晶子は「『女の当たり年』とは何事でしょう。これはまたあまりに倫理上の敏感を欠いています」と憤っている。

ふだんから複数の新聞や雑誌を読み比べていた晶子は、須磨子の死についてもいろいろな寄稿を読んだ。追悼文の中で一目置いたのは、大阪毎日新聞の薄田泣菫、「早稲田文学」の桑木厳翼、「我等」の有島武郎らの書いたものだったという。しかし、そうした見識ある追悼記事は少数であり、たいていの人は「新聞の三面記事を信用して、訛伝の多い材料の上に一般的な評価を作ってしまうでしょう」「史実というものはかなりあやふやなもので、史学がどこまで真相を摑み得るかは疑問です」と慨嘆した。

須磨子の話から「史実」「史学」へと展開していることに、やや違和感を覚えるが、この時期、晶子は個人の評伝を好んで読んでいた。もともと「幼い時から歴史に関した書物が第一の嗜好」だったというが、渡欧後はさらに「少数者の歴史でなくて、在来の歴史から除外されていた大多数者のなかの一人の生活史」に心をひかれるようになったためと記す。これはどういうことだろう。

評論集『砂に書く』で、晶子は自らの歴史観を詳しく述べている。

従来の歴史は少数者の歴史です。ある政治を行った、ある戦争に勝った、ある芸術を作った、ある学問を起こしたということき、表立った少数者の生活の表面描写です。その少数者の事業に蔭になって参加した多数の人間、その少数者を支持し、もしくはその少数者のために虐げられ、亡ぼされた大多数の人間、またその少数者と無交渉の地にあった多数の人間の生活は描写されていないのです。これが完全な人間の歴史と云われるでしょうか。（中略）

もはや少数者の歴史は大して私たちに用をなさず、立派な常人の記録が私たちの模範的資料になると思います。辻に荷を下ろして子供に飴を売る老人、裏長屋に手内職をする妻、郵便脚夫、工場労働者、そういう階級の生活史が完全に聞かれたら、それがどんなに私たちの新しい生活の参考となることでしょう。（「史談」）

権力に都合よく書かれた「正史」や、華々しく注目を浴びた人の成功史は「少数者の歴史」でしかなく、ごく普通の市民の生活史こそが歴史だと晶子は考えた。従来の歴史研究から抜け落ちていたマイノリティや女性の歩みを検証する「オーラル・ヒストリー（口述歴史）」や「ライフ・ヒストリー（生活史）」という手法が注目されるようになるのは、それから半世紀以上たった一九八〇年代以降のことだ。まだ、そうした概念さえない時代に、晶子が「常人の記録」に着目し、「そういう階級の生活史」が新しい生活の参考になり得る、と見ていることに驚く。晶子が伝えたかったことを、当時の読者の何割が理解したことだろう。

この「常人」に対するまなざしは、平塚らいてうらとの母性保護論争のときにも重要なポイントだった。どんな階級に属する人であっても労働は基本的な権利であり義務だという思想に基づき、晶子が女性の経済的自立を主張したのに対し、論争相手の平塚らは、あくまでも子どもを育てながら働く女性の労働環境の改善に論を限定し、両者の議論はかみ合わないまま終わった。らいてうは当時急激に増えた工場労働者の悲惨な状況には目を向けていただろうが、「辻に荷を下ろして子供に飴を売る老人、裏長屋に手内職をする妻」といった、人々の営みの尊さについて考えることはなかった。働く人々についてのこまやかな描写は、晶子が常に労働の現場に目を向けていたことはもちろん、自分の目で見た事実を深く考察する手法を持っていたことを伝えている。

メディアの報道姿勢に戻れば、興味本位の報道に対する晶子の嫌悪感は、単に自分が被害に遭ったからということでなく、報道の一つひとつが歴史の一部を形成する、という自ら培った認識から来るものだった。そこに、歴史を記録するジャーナリストであろうとした自負がうかがえる。

外国電報への信頼

メディアの報道が必ずしも正確ではないことを知る晶子は、複数の新聞を読み比べるという作業の中、海外からのニュースを重視した。

私の新聞の読み方は第一に外国電報を読むことにしている。（中略）外国電報の訳し方にしばしば腑に落ちないことがあるのを知って以来、重大な問題の電報は朝日、日日、時事の三新聞の訳を比べることに決めている。

（「私の新聞観」一九一七年）

私は新聞を何から先に読むかといえば、外国電報です。従って外国電報の豊富な新聞を第一に手にとります。

（「女子の読書」一九二〇年）

「外国電報」というのは、海外の通信社が配信するニュースのことだ。現在の新聞社でも、米国のAP通信や中国の新華社通信などから送られてくる記事を「外電」と言い習わしている。「訳し方」に解せないことがあるので各紙を読み比べる、という姿勢には感服する。もし晶子が高等教育を受け、英語やフランス語を学んでいたなら、外国の新聞を取り寄せて読んだに違いない。

晶子が外国からのニュースを重要視した背景には、当時の言論弾圧があった。特に大きなきっかけとなったのは「白虹事件」である。

第一次世界大戦が終盤にさしかかった一九一八年夏、日本はソビエト政権の転覆を謀ってシベリア出兵を決めた。軍用米の需要を見込んだ買い占めによって米価が高騰し、社会不安が広がる中、各紙は出兵を強行した政府を批判した。そして、富山県の漁村の主婦らが米問屋などへ押しかけたのをきっかけに全国に米騒動が広がると、政府はその原因が新聞報道にあると見なし、米騒動に関する記事掲載や号外発行を一切禁じた。

新聞各社は、言論を守ろうと内閣退陣を要求し、大阪朝日新聞は八月二十六日付の紙面において、「白虹日を貫けり」という言葉を使って政府を批判した。「白虹貫日」は戦乱の前兆を指す中国の成語だ。政府はこの言葉に反応し、人々を不安に陥れたということで大阪朝日を即日発禁処分としたばかりか、筆者らを起訴した。「白虹事件」と称されるこの事件以降、新聞の中には弾圧を恐れて、政府批判を控えるようになった社も少なくなかった。

政府は米価高騰の対策として各地に廉売所を設置して対応したが、数が少なかったので混雑し、何時間も並ぶ事態が各地で発生した。七月時点で晶子は、自分の最大の関心

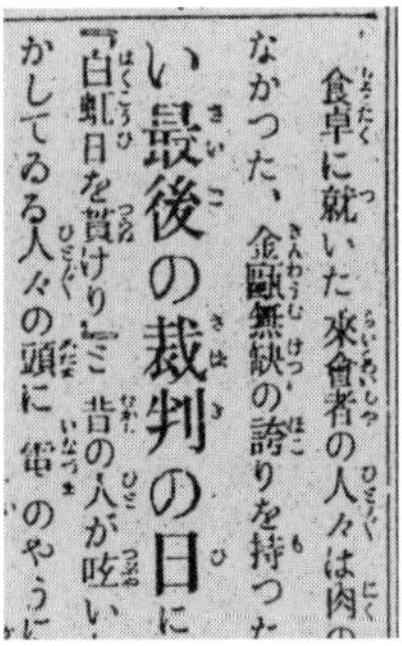

「大阪朝日新聞」1918年8月26日付紙面。
「白虹日を貫けり」の言葉で発禁処分となった

事は物価の暴騰とシベリア出兵だと書いている。
ようやく米騒動が収まった同年十一月、晶子は第一次世界大戦がどう決着するか案じていた。

ほんとうに世界は転動激変の中にあります。明日の局面はどうなるか、学者にも新聞記者たちにも全く予測のつかないのがただ今の実状です。（中略）私は特に注意して今後の外国電報を読もうと思います。講和がどういうふうにして実現されるか。中欧と近東とにいくつの民主国が建設されるか。民族自決主義という問題がどこまで事実化されるか。（「感冒の床から」）

かつて寛と巡ったヨーロッパが主戦場となり、晶子は居ても立ってもいられない思いだった。白虹事件以降の新聞が伝える内容には不満が募り、「特に注意して」外国電報を読む必要を感じていたのだ。

一九二〇年の年頭にも晶子は、政府や新聞を批判する文章を書いている。「日本政府の秘密主義は依然として改まらず、国民は外交や軍事のような重大事件を自国の政府から聴かないで、いつも外国電報で知るばかりです」

正確で客観的な事実を知りたいという切実な願いが、晶子を外国電報へ向かわせた。渡欧前に起こった赤旗事件や大逆事件のことも思い出していたはずだ。新聞も雑誌も政府からの圧力を受ければ、本当のことが書けない。複数のメディアから情報をかき集め、確度の高いものを総合して事実に近づくしかないのだ。

新聞は「社会大学」

晶子は新聞を厳しく批判したが、それは新聞に対する信頼と期待が大きかったからである。

新聞は日々の歴史であり、日々の社会批評であり、また未来に対してされる日々の予言であり、暗示である。今の人は新聞から得た知識に信頼するところが多い。この意味において新聞は社会大学である。人は学校教育と直接経験とのほかに新聞によって最も博く教えられている。新聞はまた街上に音頭をとる声である。群集心理はおおむね新聞によって導かれる。

これらの聖職を実現するか否かによって新聞の価値は定まるのである。新聞の尊敬すべき理由も怖るべき理由もここにあるのである。

（「私の新聞観」）

「社会大学」というのは、晶子の造語ではないだろうか。「社会」も「大学」も普通の言葉なので目立たないが、この言葉には晶子特有の考え方が表れている。「学校教育」は、本人の生まれ育った環境によって左右される。個々人の「直接経験」も限られている。晶子は自らを教育する場として、新聞を捉えていたのだ。ここには、かつて高等教育への憧れを抱きつつ、かなえられなかった無念も潜むだろう。

渡欧前に出版した評論集『一隅より』に、晶子は「私が作をしないでいる時の心持は、いつも『素養が乏しい。他人ほどに物事の感じが鋭くない』という恐怖に襲われている」と不安を吐露した。十代のころから源氏物語をはじめとする王朝文学に親しんだ晶子は古典の「素養」を豊かに備えていたが、高等教育を受けられなかったことへの負い目を抱え続けていた。

かつて寛の主宰する「明星」でライバルだった山川登美子と増田雅子は、晶子と一、二歳しか違わない。彼女たちが創設まもない日本女子大学校へ進学した一九〇四年、晶子と登美子、雅子の三人の合同詩歌集『恋衣』が出版された。その年ちょうど、晶子より六つ上の長兄、秀太郎は文部省から命じられてドイツ、米国、英国の三か国へ留学していた。一九一一年に晶子が最初の評論集『一隅にて』に、「親が兄の教育に尽くしたほど自分にも尽くしてくれたならばと今なお残念でなりません」と書いたとき、その胸をよぎったのは、東京帝国大学を卒業し、学問の世界をひた進んでいた兄、そして、当時の女性として最高レベルの教育を受けた登美子や雅子の姿だったに違いない。

高等教育を受けられなかった晶子が、自らを教育するために選んだのが、新聞という「社会大学」だった。そのことへの自負と信頼があったからこそ、晶子は新聞の不正確さや興味本位な書きぶりに対して厳しく批判したのである。

読者とともに

編集者が原稿依頼するとき、筆者の知名度はある程度重視されるが、一番大事なのは原稿の質だ。書いたものの質が悪ければ掲載しないこともあり、次からは依頼しなくなる。二十年以上にわたって晶子がメディアで活躍したのは、彼女が与えられたテーマで的確な文章を書き、編集者の意図、期待を裏切らなかったからにほかならない。

そのことを示す一つとして、一月一日付の新聞や月刊誌の一月号に寄稿したものの多さが挙げられる。どんなに時代が変わっても、新年の始まりを飾るには華やかで目を引く企画が必要だ。晶子は、関係の深かった横浜貿易新報の正月紙面はもちろん、東京朝日新聞、大阪毎日新聞、福岡日日新聞などへ複数回にわたって寄稿する一方で、「女子文壇」や「新日本」「女学世界」「六合雑誌」など数多くの新年号に文章を寄せた。評論集になった形で読むと、こうした当時の事情は埋もれてしまうが、晶子は間違いなく信頼できる書き手の一人と認識されていた。

識者としての信頼が厚かったことは、数々の寄稿だけでなく、雑誌や新聞のさまざまなアンケート調査に回答していることからも明らかだ。女子教育や生活改善、産児制限、関東大震災など、そのテーマを見るだけで時代の流れを追うことができる。回答者のほとんどが男性という時代だった。女性の回答者は晶子一人というアンケートも多く、存在感の大きさを思わせる。

明治後半から女子教育が拡大する中、女性読者を取り込もうとして、新聞は婦人欄を創設し、出版社は婦人雑誌を相次いで創刊した。それらの新聞や雑誌の多くが晶子に執筆を依頼した。晶子はそうした背景、自分が求められているポジションをよく把握していたはずだ。しかし、そこに飽き足らない感情も抱いていた。

婦人雑誌とか、新聞の婦人欄とか、会場の婦人席とかいうものが特別に存在するのを見て、婦人が子供に類似した低級な取り扱いを男から受けているのだと思います。婦人がもし一人前の実力があるなら、男と同じ出版物を読んで差し支えのないはずです。特に婦人にのみ必要な記事であっても、男といっしょに読む雑誌の中に併せて掲げられてよいはずです。子どもの読み物が別にあるように、婦人の読み物が別に出版される間は婦人の実力が男に比べて劣っている証拠だと思います。

（「男子と同じく思想したい」）

晶子が「太陽」や横浜貿易新報に寄稿し始めたころ、まだ女性の執筆者は少なかった。女性読者が育っていないように、女性の執筆者も育っていなかった。晶子はそれを十分自覚し、男性と同等の内容をものしようと、懸命に新聞や雑誌を読んだ。

私は常にこう考えております。現在の婦人の間に高い知識や、訓練された感情を求めることはできない、それで私たちはできるだけ優秀な男子と交わり、できるだけ男子の読んでいる書物を読んで、男子の所有する知識と感情によって自分を磨かねばならないと。

（「男子と同じく思想したい」）

「現在の婦人」に対する不満は、「自分を磨かねばならない」という晶子自身の思いであり、女性全般を下に見ていたわけではない。「私たち」という主語がそのことを示している。

女性たちとの連携を意識していた晶子は、読者との双方向のコミュニケーションも試みた。評論集の冒頭に晶子は必ず、刊行にあたっての心境を綴った文章を置いたが、六冊目の『若き友へ』で初めて読者に「皆さん」と呼びかけ、共に「熱心に研究したい」と伝えた。そして、八冊目の『激動の中を行く』では、自著を読んだ感想を「東京市麹町区富士見町五丁目九番地与謝野晶子」宛に寄せてほしいと記している。異例の序文だが、「社会の反響」を知りたいという熱意、覚悟の表れである。

続く『女人創造』の序文には、『激動の中を行く』の刊行後「たくさんの批評」を送ってもらったことへの謝意が述べられている。当時の新聞や雑誌に投稿欄はあったものの、筆者との直接のやりとりはほとんどなかった。しかし、晶子は「私たち」「皆さん」と読者に語りかけ、読者と共に歩もうとした。

小さな楽器

晶子は明治末期から一九三五年まで評論を書いた。最も活発に執筆したのは、一九一四（大正三）年から一九三一（昭和六）年ごろにかけてである。これは、横浜貿易新報に寄稿した二十年間とだいたい重なる。

一九一五年からほぼ一年に一冊のペースで評論集を出版し、全盛期とも言うべき一九一九年には、一月に『心頭雑草』、八月に『激動の中を行く』の二冊を上梓した。一九一八年初めから翌年にかけて平塚らいてう、山川菊栄らとの母性保護論争が繰り広げられたことも関係するが、第一次世界大戦が終結し、世界の激動期と言うべき時期に、さまざまなメディアが晶子に寄稿を依頼したからだろう。

一九二〇年代後半から寄稿は少しずつ減ってゆく。晶子はまだ四十代半ばであり、筆が衰えたというよりは別の仕事にエネルギーを注いだという理由が大きい。一九二三年の関東大震災で、約十年の歳月を費した源氏物語の現代語訳の草稿が焼けてしまい、再び最初から取り組み始めたのは、その一つである。また、一九二五年からは『日本古典全集』の編纂・校訂が始まった。この二つは、晶子にとって重要なライフワークであった。

最後の評論集『優勝者となれ』は一九三四年に出版された。翌年三月、夫・寛が亡くなり、横浜貿易新報への晶子の寄稿は途絶える。その後、メディアに登場する文章は徐々に身辺雑記的なものが多くなってゆく。

晶子の評論集は全部で十五冊に上り、収録されなかった文章も多い。それほどたくさんの評論を書いたのは、依頼されたというだけでなく、晶子自身、書くのが好きだったことも大きい。文化学院で教鞭を執った時期に編纂した『女子作文新講』の序文には、そのことが記されている。

わたしは少女時代から、古今の名家の著述を読む事と、書きたいと思うことがあるたびに、いろいろの文体で書いてみる事と、この二つが何よりも好きでした。それが習慣になって、今日も読書と筆を執る事とを最上の楽しみにしています。

少女時代に晶子が書いたものは残念ながら残っていない。十代の終わりごろに作られた歌がわずかに残るのみである。しかし、少女時代から読むことだけでなく、書くことが「何よりも好き」だった事実は、長年にわたり数々の新聞や雑誌で書き続けた背景として興味深い。

この序文で晶子はさらに、「書くべき事を内に持っていること」「是非に書き表そうとする熱心と努力」が大切だとアドバイスしている。彼女自身がそうした心構えで評論を書いてきたに違いない。『街頭に送る』の序文で晶子は、収めた文章はどれも「書きたいから書いた」ものだと述べている。

新聞雑誌から望まれて書いたものにせよ、書きたくないものは書かなかった。他から出された課題に応じて書いたものは一篇もない。この意味で私は自分が歌や詩を作る場合と同じく、自己の創作衝動を満足させるために自発的に書いた。従って、良心的に省みて自己を曲げたり偽ったりしたところは少しもない。

評論活動の根本には、常に「書くべき事」「是非に書き表そうとする熱心と努力」があった。詩歌を作る場合と同じように、心を傾けて評論を書いた姿勢は、文筆家としての良心であり、矜恃であるだろう。発禁処分など政府の言論抑圧に屈することなく自らの思いを表現してきた晶子にとって、権力に忖度して筆を曲げるなどということは考えられなかった。また、評論活動において晶子は終始、謙虚だった。

私は高いところから物を言わないつもりである。(中略)楽堂の片隅に身を狭めながら自分相応の小さな楽器を執って、有名無名の多数の楽手が人生を奏でる大管絃楽の複音律《シンフォニイ》にかすかな一音を添えようとするのが私の志である。

(「鏡心燈語」)

新聞や雑誌は大所高所から物を言うことも多いが、晶子は「高いところ」からでなく「楽堂の片隅」から自分の小さな楽器を奏でようと心がけた。そのことは、最初の評論集のタイトルが『一隅より』であることからもわかる。地に足を着け、片隅、一隅からしっかり世界を見つめようとする思いが、評論活動の初期から定まっていたことを示すタイトルであろう。文学者であり、評論家であった晶子は自らの理想とする民主主義社会を実に美しく、一つのオーケストラに喩えている。

人間が実現しようと希望している理想世界は、億兆の個人が誰の支配も指揮も受けず、各自が特殊の楽律によって自己の生を自由に弾奏しながら、しかも他の何人の楽律とも矛盾せず、おのずから微妙不可思議の諧和交響を為すものであることが期待されます。（「一つの覚書」）

『みだれ髪』の絢爛たる作品世界で人々を魅了し、新聞や雑誌で華々しくペンを振るった晶子は、オーケストラにおける花形ソリストのような存在だった。けれども彼女は、「有名無名の多数の楽手」の一人ひとりがかけがえのない存在であり、自分もその一人に過ぎないと捉えていた。そこに、「多数の楽手」と共に歩もうとする志を見ることができる。

激動の時代、晶子は貪るように新聞や雑誌、書籍を読み、独自の歴史観や思想を培った。そして、人々が生涯にわたって学び、誇りをもって働き、支え合う社会を思い描いた。現実を鋭く見据えつつ決して絶望せず、時代を超えた理想を追い続けた与謝野晶子は、誠に優れたジャーナリストであった。

おわりに

三十代のころから与謝野晶子の評論を読んできた。その明るく力強い言葉の数々は、どんなときも私を昂揚させ、勇気づけるものだった。

が、その一方でよくわからない部分も少なからずあり、長い間気になっていた。中でも不思議に思ったのは、晶子がパリで取材された際、「最上の職業は新聞記者」と答えたことを回想した文章である。二十年余り新聞社に身を置いた者としてはとても嬉しく、仰ぎ見る存在の歌人を身近に感じさせるエピソードだが、このインタビューは一体どんな記事だったのだろう。取材を受けたのは事実でも、ボツになった可能性もある。それに、なぜ晶子は新聞記者が最上の職業だなどと考えたのだろう——。

駆け出しの記者だったころ、まずたたき込まれたのが「疑問を持て」ということだった。軽微な交通事故の原因から、不正のまかり通る社会状況、不平等な制度まで、記者の仕事はすべてに疑問を持つことから始まる。そこから取材、調査を重ね、事実を明らかにするのである。晶子の文章について抱いた疑問を一つひとつ明らかにするのは、大事な仕事に思えた。もしかすると記者経験のある自分しか抱かない疑問もあるかもしれない。そう考え、まずはル・タン紙に晶子の記事が掲載されているかどうかを調べることにした。

国立国会図書館にも所蔵されていない一九一二年のル・タンが東京大学大学院情報学環・学際情報学府にあることが分かったときは安堵する思いだった。横長で読みにくい新聞のマイクロフィルムは、文字ばかりで顔写真も見当たらない。インタビュー記事を探すのには難儀したが、ようやく見つけたときは晶子が応援してくれているような気がした。

幸先よくスタートしたものの、いろいろ調べるうちに晶子を知るには彼女の生きた時代を知らなければいけないという、ごく当然の課題を実感するようになった。「労働」や「健康」といった単語一つとっても、当時と今では言葉としての鮮度やイメージが違う。当時の新聞や雑誌を読み込み、人々が民主主義に心ひかれた時代が少しずつ実感されるにつれ、晶子の主張がこれまで以上に輝きを放つように感じられた。

晶子は活字ジャーナリズムが最も隆盛を誇った時代に社会評論を書いた。自身が取材される立場、書かれる側でもあったことは、同時代の記者にはない特質だった。才筆を振るった記者は多かったが、晶子ほど読者を意識し、記者の取材ぶりを見ていた人もなかっただろう。また、自分が女性の書き手という、メディアにおけるマイノリティーであることも認識していた。

彼女の社会評論については、これまでも多くの研究者によって論じられてきた。その内容についてはいろいろな評価があるだろうが、それらが言論統制の厳しい時代に書かれたものだったことはもっと考察されてよいだろう。同様に、連作「灰色の日」をはじめとする政府批判の短歌も、晶子の重要な一面を示す作品として再評価されるべきだと思う。

本書では主として社会評論をものした晶子を追ったが、言うまでもなく彼女は第一級の文学者であり、詩歌の創作のほか、古典の現代語訳など膨大な仕事を残した。また、私生活では十三人の子を産み、十一人を育てた母でもあった。優れた文学者であると同時に、優れたジャーナリストであり続けるためには、信じ難いほどの才能と努力が必要だったはずだ。まだまだ晶子の全体像に迫れていないことを痛感する。

一九二一年二月、横浜貿易新報に寄稿された文章は、ジャーナリズムについての晶子の考えをよく示している。

近頃は新聞紙に対する官憲の記事差止命令が頻々として行われると言います。どの新聞にも吃るような、謎のような、不可解な記事や評論が現れるので、世人は何となく不安を感じ、暗黙の間に自分たちの生活を脅かす不吉な事件が幾つも発生しているのでないかという危険を意識せずにいられません。（中略）新聞が新聞の用を為さないということは、闇夜に燈火を消したようなもので、臆病な人間は奇怪な幻影を描いて自ら怖れる結果になります。私はこういう悪政のながく続かないことを祈ります。

晶子にとって最も大切なものは、民主主義の基本である自由と平等だった。言論統制の強い時代だったにもかかわらず、時の政府に対しておもねったり忖度したりすることなく書き続けた彼女には、自らの仕事を闇夜に灯す「燈火」と思う自負があったに違いない。

スウェーデンの調査機関V-dem研究所の二〇一九年の報告によると、世界における民主主義国家・地域の数は十八年ぶりに非民主主義国を下回った。激変する世界の中でジャーナリズムも大きく揺さぶられる今、晶子の希求した社会を問い直しつつ、この厳しい時代に立ち向かわなければ、と思う。晶子のさまざまな提言は、きっとその一助になると信じている。

＊　＊　＊

本書は、短歌総合誌「短歌研究」に二〇一九年九月から二〇二一年四月まで、十七回にわたって連載した原稿に加筆してまとめたものである。連載中から書籍として刊行するまで、同誌の國兼秀二編集長、編集部の水野佐八香さんには常に的確な指摘や助言をいただき、感謝し尽くせない思いである。お二人の支えと励ましがなければこの本は刊行できなかった。

拙稿をまとめるうえで、さまざまな機関や専門家に助けていただいた。中でも国立国会図書館東京本館、同関西館、東京大学大学院情報学環・学際情報学府、毎日新聞情報調査部、東京ウィメンズプラザ、石川武美記念図書館、平塚らいてうの会、山川菊栄記念会、日本キリスト教婦人矯風会、そして「さかい利晶の杜」学芸員、森下明穂さん、平塚らいてうの長男のご子息、奥村直史さん、軽井沢美術文化学院の立花万起子さん、片岡松枝のご長女、京田三恵さん、鉄道の歴史に詳しく「鉄道ピクトリアル」などに寄稿している高見彰彦さんに厚くお礼を申し上げる。翻訳家の平野暁人さんにはお忙しい中、ル・タン紙に掲載された晶子のインタビュー記事を訳出していただいた。この訳文は、今後の晶子研究に大いに役立つに違いない。

最後に、草稿の段階から丁寧に読み込み、厳しくアドバイスしてくれたパートナー、平野秋一郎に特別な感謝を捧げたい。

二〇二二年夏

著者

参考文献

◉書籍・単行本

『定本　與謝野晶子全集』(全二十巻・講談社、一九七九～一九八一年)
『與謝野晶子評論著作集』(全二十二巻・龍渓書舎、二〇〇一～二〇〇三年)
『鉄幹晶子全集』(全四十三巻・勉誠出版、二〇〇一～二〇二一年)
『与謝野寛晶子書簡集成』(全四巻・八木書店、二〇〇一～二〇〇三年)
植田安也子／逸見久美編『天民文庫蔵　與謝野寛晶子書簡集』
(八木書店、一九八三年)
岩野喜久代編『與謝野晶子書簡集』(大東出版社、一九九六年)
『晶子短歌全集』(新潮社、一九二九年)
青井史『与謝野鉄幹　鬼に喰われた男』(深夜叢書社、二〇〇五年)
赤塚行雄『女をかし　与謝野晶子　横浜貿易新報の時代』
(神奈川新聞社、一九九六年)
赤塚行雄『与謝野晶子研究　明治の青春』(学藝書林、一九九〇年)
秋山清『ニヒルとテロル』(泰流社、一九七七年)
荒畑寒村『寒村自伝　新版』上・下(筑摩書房、一九六五年)
荒畑寒村『日本社会主義運動史』(毎日新聞社、一九四八年)
荒俣宏『広告図像の伝説』(平凡社、一九九九年)
安西愈『郷愁の人　評伝加藤武雄』(昭和書院、一九七九年)
石井柏亭『柏亭自伝』(中央公論美術出版、一九七一年)
石川啄木『時代閉塞の現状　食うべき詩』(岩波文庫、一九七八年)
石塚純一『金尾文淵堂をめぐる人びと』(新宿書房、二〇〇五年)
碓田のぼる『石川啄木と「大逆事件」』(新日本出版、一九九〇年)
磯村英一『実録はね駒――〝女〟を先駆けた磯村春子の生涯』
(開隆堂出版、一九八六年)
磯村春子『今の女』(雄山閣、一九八四年)
市川房枝『市川房枝自伝　戦前編』(新宿書房、一九九五年)
逸見久美『新版評伝与謝野寛晶子　明治篇』(八木書店、二〇〇七年)
逸見久美『新版評伝与謝野寛晶子　大正篇』(八木書店、二〇〇九年)
逸見久美『回想与謝野寛晶子研究』(勉誠出版、二〇〇六年)
伊藤整『大逆事件前後　日本文壇史　16』(講談社、一九七九年)
糸屋壽雄『幸徳秋水伝』(三一書房、一九五〇年)
今井清一『日本の歴史　23大正デモクラシー』(中公文庫、一九七四年)
入江春行『与謝野晶子とその時代　女性解放と歌人の人生』
(新日本出版社、二〇〇三年)
入江春行『與謝野晶子の文学』(桜楓社、一九八三年)
上田博・富村俊造編『与謝野晶子を学ぶ人のために』
(世界思想社、一九九五年)
上野千鶴子『近代家族の成立と終焉』(岩波書店、一九九四年)
鵜月洋『宣伝文』(朝日新聞社、一九六一年)
馬屋原成男『日本文藝発禁史』(創元社、一九五二年)
江刺昭子『女のくせに　草分けの女性新聞記者たち』
(インパクト出版会、一九九七年)
大江志乃夫『明治馬券始末』(紀伊国屋書店、二〇〇五年)
大久保春乃『時代の風に吹かれて。　衣服の歌』(北冬舎、二〇一五年)
大杉栄『自叙伝』(長崎出版、一九七九年)
大谷渡『北村兼子　炎のジャーナリスト』(東方書店、一九九九年)
大塚英志『ミュシャから少女まんがへ』(角川新書、二〇一九年)
岡満男『大阪のジャーナリズム』(大阪書籍、一九八七年)

岡満男『婦人雑誌ジャーナリズム　女性解放の歴史とともに』（現代ジャーナリズム出版会、一九八一年）
岡田孝子『風に向かった女たち　望月百合子・平林英子・松田解子』（沖積舎、二〇〇一年）
岡田孝子編『限りない自由を生きて　望月百合子集』（ドメス出版、一九八八年）
小河織衣『女子教育事始』（丸善、一九九五年）
奥武則『幕末明治新聞ことはじめ　ジャーナリズムをつくった人びと』（朝日新聞出版、二〇一六年）
尾崎左永子『「明星」初期事情　晶子と鉄幹』（青磁社、二〇一八年）
小野賢一郎『明治・大正・昭和』（萬里閣書房、一九二九年）
小野秀雄『新聞の歴史』（東京堂出版、一九六一年）
鹿島茂『デパートを発明した夫婦』（講談社、一九九一年）
片山慶隆『日露戦争と新聞』（講談社、二〇〇九年）
加藤孝男『与謝野晶子をつくった男　明治和歌革新運動史』（本阿弥書店、二〇二〇年）
加藤百合『大正の夢の設計家　西村伊作と文化学院』（朝日新聞社、一九九〇年）
金窪キミ『日本橋魚河岸と文化学院の思い出』（卯辰山文庫、一九九二年）
上笙一郎『与謝野晶子の児童文学［増補版］』（日本図書センター、一九九三年）
川勝堅一『日本橋の奇蹟　デパート随筆』（実業之日本社、一九五七年）
川崎源太郎『住吉堺名所并ニ豪商案内記』（南谷新七、一八八三年）
北田暁大『広告の誕生　近代メディア文化の歴史社会学』（岩波書店、二〇〇八年）
木下杢太郎『木下杢太郎全集　第四巻』（岩波書店、一九四九年）
木下杢太郎『木下杢太郎日記　第二巻』（岩波書店、一九八〇年）
木村勲『幸徳・大石ら冤罪に死す　文学・政治の〈呪縛〉を剝ぐ』（論創社、二〇一九年）
木村勲『鉄幹と文壇照魔鏡事件』（国書刊行会、二〇一六年）
木村一信／西尾宣明編『国際堺学を学ぶ人のために』（世界思想社、二〇一三年）
桑原三郎『児童文学の故郷』（岩波書店、一九九九年）
香内信子編『資料　母性保護論争』（ドメス出版、一九八四年）
香内信子『与謝野晶子と周辺の人びと』（創樹社、一九九八年）
北村兼子『婦人記者職業記』（大空社、一九九二年）
熊野新聞社編『大逆事件と大石誠之助　熊野１００年の目覚め』（現代書館、二〇一一年）
黒岩比佐子『パンとペン　社会主義者・堺利彦と「売文社」』（講談社、二〇一〇年）
小泉和子『道具が語る生活史』（朝日選書、一九八九年）
小泉信三『文学と経済学』（勁草書房、一九四八年）
小山静子『良妻賢母という規範』（勁草書房、一九九一年）
五島文顕『カルピス創業者三島海雲の企業コミュニケーション戦略　「国利民福」の精神』（学術出版会、二〇一一年）
酒井順子『百年の女』（中央公論新社、二〇一八年）
佐藤繭香『イギリス女性参政権運動とプロパガンダ　エドワード朝の視覚的表象と女性像』（彩流社、二〇一七年）
沢山美果子『近代家族と子育て』（吉川弘文館、二〇一三年）
神野由紀『趣味の誕生　百貨店がつくったテイスト』（勁草書房、一九九四年）
神野由紀『百貨店で〈趣味〉を買う　大衆消費文化の近代』

（吉川弘文館、二〇一五年）
新間進一『与謝野晶子』（桜楓社、一九八一年）
鈴木登美他編『検閲・メディア・文学』（新曜社、二〇一二年）
隅谷三喜男『日本の歴史　22大日本帝国の試煉』（中公文庫、一九七四年）
関口すみ子『管野スガ再考　婦人矯風会から大逆事件へ』
（白澤社、二〇一四年）
関口すみ子『良妻賢母主義から外れた人々―　湘煙・らいてう・漱石』
（みすず書房、二〇一四年）
瀬沼茂樹『本の百年史　ベスト・セラーの今昔』
（出版ニュース社、一九六五年）
竹越熊三郎『竹越竹代の生涯』（大空社、一九九五年）
橘木俊詔『〝フランスかぶれ〟ニッポン』（藤原書店、二〇一九年）
田中聡『健康法と癒しの社会史』（青弓社、二〇〇六年）
田中伸尚『大逆事件　死と生の群像』（岩波書店、二〇一八年）
谷沢永一『文豪たちの大喧嘩　鷗外・逍遙・樗牛』（新潮社、二〇〇三年）
槌田満文『明治大正の新語・流行語』（角川選書、一九八三年）
土屋礼子『大衆紙の源流　明治期小新聞の研究』（世界思想社、二〇〇二年）
中野好夫『蘆花徳冨健次郎　第三部』（筑摩書房、一九七四年）
中平文子『叢書「青鞜」の女たち第17巻　女のくせに』（不二出版、一九八六年）
中村紀久二『教科書の社会史　明治維新から敗戦まで』
（岩波書店、一九九二年）
中村文雄『君死にたまふこと勿れ』（和泉書院、一九九四年）
中村文雄『大逆事件と知識人　無罪の構図』（論創社、二〇〇九年）
永井愛『鷗外の怪談』（而立書房、二〇一一年）
永岡健右『与謝野鉄幹研究　明治の覇気のゆくえ』（おうふう、二〇〇六年）
夏目漱石『漱石全集　第十三巻　日記及断片』（岩波書店、一九七五年）
成田龍一『大正デモクラシー』（岩波書店、二〇〇七年）
日本キリスト教婦人矯風会編『婦人新報』（不二出版、一九八五年）
初田亨『百貨店の誕生』（筑摩書房、一九九九年）
馬場あき子『与謝野晶子の秀歌』（短歌新聞社、一九八一年）
浜崎廣『女性誌の源流』（出版ニュース社、二〇〇四年）
原克『OL誕生物語　タイピストたちの憂愁』（講談社、二〇一四年）
春原昭彦ら『女性記者　新聞に生きた女たち』（世界思想社、一九九四年）
J・バークマン著／丸山美知代訳『知られざるオリーヴ・シュライナー』
（晶文社、一九九二年）
A・ハルブ神父著／岡村和美訳『奄美・沖縄カトリック宣教史　パリ外国宣
教会の足跡』（南方新社、二〇二〇年）
坂野潤治『大系　日本の歴史13　近代日本の出発』（小学館、一九八九年）
『パンテオン会雑誌』研究会編『パリ一九〇〇年　日本人留学生の交遊』
（ブリュッケ、二〇〇四年）
平木國夫『飛行家をめざした女性たち』（新人物往来社、一九九二年）
平子恭子編著『年表作家読本　与謝野晶子』（河出書房新社、一九九五年）
平塚らいてう『原始、女性は太陽であった　平塚らいてう自伝　完結編』
（大月書店、一九七三年）
平塚らいてう『作家の自伝8　平塚らいてう』
（日本図書センター、一九九四年）
平塚らいてう『平塚らいてう著作集　第2巻』（大月書店、一九八三年）
深沢正雪『一粒の米もし死なずば』（無明舎、二〇一四年）
古澤夕起子『與謝野晶子　童話の世界』（嵯峨野書院、二〇〇三年）
文化学院史編纂室編纂『愛と反逆　文化学院の五十年』
（文化学院出版部、一九七一年）
松尾理也『大阪時事新報の研究　「関西ジャーナリズム」と福澤精神』

（創元社、二〇二一年）
松崎天民『人間秘話』（新作社、一九二四年）
松沢裕作『生きづらい明治社会　不安と競争の時代』（岩波書店、二〇一八年）
松村由利子『与謝野晶子』（中央公論新社、二〇〇九年）
三島海雲編『日本童謡選集』（実業之日本社、一九二五年）
三島海雲『初恋五十年　甘くて酸っぱい人生遍歴』
（ダイヤモンド社、一九六五年）
水沢不二夫『検閲と発禁　近代日本の言論統制』（森話社、二〇一六年）
嶺隆『新聞人群像　操觚者たちの闘い』（中央公論新社、二〇〇七年）
三宅やす子『三宅やす子全集　第二巻』（中央公論社、一九三二年）
牟田和恵『戦略としての家族　近代日本の国民国家形成と女性』
（新曜社、一九九六年）
武藤秀太郎『大正デモクラットの精神史　東アジアにおける「知識人」の誕
生』（慶應義塾大学出版会、二〇二〇年）
宗像和重『投書家時代の森鷗外』（岩波書店、二〇〇四年）
村上信彦『大正期の職業婦人』（ドメス出版、一九八三年）
持谷靖子『絵画と色彩と晶子の歌』（にっけん教育出版社、一九九六年）
持谷靖子『與謝野晶子の家庭教育論　十一人の子育てから』
（日本漢字教育振興協会、二〇〇四年）
森鷗外『鷗外全集　第三十五巻日記』（岩波書店、一九七五年）
森藤子『みだれ髪　母・与謝野晶子の全生涯を追想して』
（ルック社、一九六七年）
安丸良夫『日本の近代化と民衆思想』（平凡社、一九九九年）
山泉進編著『大逆事件の言説空間』（論創社、二〇〇七年）
山川菊栄『おんな二代の記』（岩波文庫、二〇一四年）
山川徹『カルピスをつくった男　三島海雲』（小学館、二〇一八年）
山口正『思想家としての石橋湛山』（春風社、二〇一五年）
山口謠司『日本語を作った男　上田万年とその時代』（集英社、二〇一六年）
山崎一穎『森鷗外　国家と作家の狭間で』（新日本出版社、二〇一二年）
山崎国紀『森鷗外　〈恨〉に生きる』（講談社、一九七六年）
山崎正一『近代日本思想通史』（青木書店、一九五七年）
山田武利『近代日本の新聞読者層』（法政大学出版会、一九八一年）
山田登世子『晶子とシャネル』（勁草書房、二〇〇六年）
山田登世子『「フランスかぶれ」の誕生』（藤原書店、二〇一五年）
山室清『新聞が戦争にのみ込まれる時　発祥地神奈川の新聞興亡史』
（かなしん出版、一九九四年）
山本武利『近代日本の新聞読者層』（法政大学出版局、一九八一年）
山本武利『新聞記者の誕生　日本のメディアをつくった人びと』
（新曜社、一九九〇年）
与謝野宇智子『むらさきぐさ　母晶子と里子の私』（新塔社、一九六七年）
与謝野秀『一外交官の思い出のヨーロッパ』（筑摩書房、一九八一年）
与謝野光『晶子と寛の思い出』（思文閣出版、一九九一年）
与謝野道子『どっきり花嫁の記』（主婦の友社、一九六七年）
與謝野迪子『想い出　わが青春の與謝野晶子』（三水社、一九八四年）
米川明彦編著『明治・大正・昭和の新語・流行語辞典』（三省堂、二〇〇二年）
読売新聞生活部編『こうした女性は強くなった　家庭面の100年』
（中央公論新社、二〇一四年）
らいてう研究会編『『青鞜』人物事典』（大修館書店、二〇〇一年）
和田英『富岡日記』（みすず書房、二〇一一年）
和田利夫『明治文芸院始末記』（筑摩書房、一九八九年）

◉雑誌、論文

第一次「明星」
第二次「明星」
「三田文学」（一九一〇年五月〜一九一一年四月）

新井勉「明治後期における大逆罪・内乱罪の交錯」
（「日本法學」第79巻第3号、二〇一四年）
有元伸子「永代美知代の少女小説にみる〈労働〉」
（「内海文化研究紀要」第42号、二〇一四年）
石井洗二「救済事業調査会に関する研究」
（「社会福祉学」第36巻第2号、一九九五年）
乾照夫「明治初期における言論規制の構図について—新聞紙条例と讒謗律をめぐって—」（「メディア史研究」第28号、二〇一〇年）
大塚美保「森鷗外と大逆事件—彼の知り得た情報、および見解発信のあり方に関する覚え書き—」（「聖心女子大論叢」第110号、二〇〇八年）
影山昇「与謝野晶子と『横浜貿易新報』—女性・教育両評論を中心として—」
（「成蹊文芸」第173号、二〇〇一年）
姜華「大正期における高等女学校の制度的改革論議に関する一考察—全国高等女学校長会議を中心に—」
（早稲田大学教育・総合科学学術員学術研究）第62号、二〇一四年）
木下比呂美「母性保護論争と子どもの権利」
（「教育学研究」第46巻第1号、一九七九年）
黒田俊太郎「『東京朝日新聞』の文芸委員会報道—メディアの〈続き物〉創出への意思とその当事者性—」
（「兵庫教育大学教育実践学論集」第16号、二〇一五年）
黒田俊太郎「文芸取締問題をめぐる自然主義批評圏の〈基準〉—永井荷風『ふらんす物語』の〈発禁〉を起点として—」
（「兵庫教育大学教育実践学論集」第15号、二〇一四年）
小出治都子「高等女学校の美育からみる「少女」と化粧の関係」
（「コア・エシックス」第7号、二〇一一年）
香内信子「『母性保護論争』の歴史的意義——「論争」から「運動」へのつながり——」（「歴史評論」第一九五号、一九六六年）
小林茂「1920年代、パリ／東京—《仏蘭西同好会》からパリ日本館まで—」
（「日仏文化」第83号、二〇一四年）
小林茂「仏蘭西同好會始末」（比較文学年誌）第47号、二〇一一年）
新間進一「駿河屋考」（「短歌研究」第八巻第一号、一九五一年）
鈴木裕子「女性史における管野須賀子と『大逆事件』」（歴史教育者協議会「歴史地理教育」二〇一〇年）
塚本章子「晶子と寛、大逆事件の深き傷跡」（「日本近代文学」二〇〇七年）
塚本章子「与謝野寛『鴉と雨』論　大逆事件への嘆きと抵抗」
（広島大学近代文学研究会「近代文学試論」第50号、二〇一二年）
中村文雄「再び、森鷗外の平出修示教について—大逆事件をめぐって—」
（「鷗　外」第44号、一九八九年）
永嶺重敏「大正期東京の『雑誌回読会』問題——雑誌のもうひとつの流通経路」（「出版研究」第29号、一九九八年）
浜田稚代「森鷗外と大逆事件　—『あそび』『食堂』『田楽豆腐』研究—」
（富山大学比較文学会「富大比較文学」第3号、二〇一〇年）
林千代「大正期に展開された母性保護論争について」
（「淑徳大学紀要」第5号、一九七一年）
平出彬「鷗外は平出修に何を示教したか—大逆事件をめぐって—」
（「鷗外」第42号、一九八八年）

平出彬「平出修と鷗外―修と鷗外の接点―」
（「国文学　解釈と鑑賞」一九八四年一月号）
松澤俊二「与謝野晶子はどのように「記憶」されたか―戦後の堺市における
顕彰活動に注目して―」（「人間文化研究」第13号、二〇二〇年）
松平盟子「晶子のパリ一九一二年　―君と行くノオトル・ダムの塔ばかり―」
（「短歌研究社」二〇〇〇年六月号～二〇〇一年七月号）
松平盟子「与謝野晶子　パリの百二十日」
（別冊「文藝春秋」第二一三号、一九九五年十月号）
山本武利「明治期の新聞投書」
（「関西学院大学社会学部紀要」第33号、一九七六年）
吉田豊「堺駿河屋－西洋づくりの與謝野晶子生家―」
（「堺市博物館研究報告」第36号、二〇一七年）

◉社史、総覧など

新聞集成明治編年史編纂会『新聞集成明治編年史』
（林泉社、一九三六～一九四〇年）
明治大正昭和新聞研究会『新聞集成大正編年史』
（明治大正昭和新聞研究会。一九八四年）
朝日新聞社史編集室編『朝日新聞の九十年』（朝日新聞社、一九六九年）
朝日新聞百年史編修委員会『朝日新聞社史　大正・昭和戦前編』
（朝日新聞社、一九九一年）
大阪毎日新聞社編『大阪毎日新聞五十年』（大阪毎日新聞社、一九三二年）
東京日日新聞社・大阪毎日新聞社『東日七十年史』
（東京日日新聞社、一九四一年）
毎日新聞１３０年史刊行委員会『毎日の３世紀　新聞が見つめた激流１３０年』
（毎日新聞社、二〇〇二年）
読売新聞１００年史編集委員会『読売新聞百年史』（読売新聞社、一九七六年）
岡本光三編『日本新聞百年史』（日本新聞連盟、一九六一年）
カルピス食品工業（株）『70年のあゆみ』（カルピス食品工業、一九八九年）
高島屋史料館『与謝野晶子と百選会――作品と資料』
（高島屋史料館、二〇一五年）
高島屋東京支店「第五十回記念　秋の百選会」（一九三四年）

Le Temp（1912年9月12日付）に掲載された晶子のインタビュー記事

インタビュアー：**レオン・ファロー**（Leon Faraut）
翻訳：**平野暁人**

歌人・与謝野晶子に聞く日本の女性像

——洗練された佇まいも印象的な日本の歌人・与謝野晶子がいま、パリに滞在している。現代日本を代表する作家の一人として雑誌「明星」を主宰する夫君も一緒だ。ともにフランス固有の文化と文明について学ぼうとやってきた二人。本インタビューは、モンマルトルの丘の上に住む、やはり日本人で画家のYeutchi Shucho氏のアトリエで行った。年若く青白い顔をした与謝野晶子女史。面長な輪郭に黒くて雄弁な瞳が印象的だ。青地に白い花模様があしらわれた絹の着物姿で、緑色の帯を目の覚めるような刺繍が一段と際立たせている。両サイドから巻き上げ、襟足のところでシニョンにまとめた黒髪。

干し魚のスープ、緑茶、日本酒、加えて堺市の様々な郷土料理を昼食に頂いたのち、我々は『みだれ髪』や『春泥集』の著者である彼女に日本の女性について語ってもらった。以下は本人の言である。

「太古の昔から、女性の教育といえば主として道徳、歴史、文学、それに刀を用いた護身術（訳註：薙刀のことか）などでした。加えて裁縫に音楽（琴、三味線）、踊りの手ほどきや、茶道、香道の嗜みも求められたものです。

そうした女性教育の在りかたが見直されたのは今からまだほんの40年ほど前のことに過ぎません。

現在では、女子児童も6歳から初等教育が受けられるようになりました。11歳からは中等教育へ進むこともできます。中等教育課程に含まれるのは簿記、歴史、地理、道徳、物理、化学、英語、音楽（洋楽、邦楽）、裁縫、体育、料理（和食、洋食）、衛生学、保育、茶道、生け花、作法などです。

さらに勉強を続けたければ高等教育を受けることもできます。女子の教育環境を整えるため設立された大学校や高等師範学校、それに工芸や薬学をはじめとした各種専門学校や職業訓練校もたくさんあります。華族のご息女の場合は皇室が設立、運営する特別な学校で教育を受ける決まりになっています。

とりわけ哲学、社会学、西洋文学などはそうした高等教育機関でしか学ぶことができません。

今日の女子学生が特に恵まれている点として、女子教育を目的に文士や識者の手で特別に編まれた、優れて教育的な書物の存在が挙げられます。近年では数多く出版され質も極めて高く、多種多様な外国文学をはじめ女性が学んでおくべきあらゆる学問を扱っています。

昔は（と、強調する与謝野氏）、良妻賢母に育て上げるのが女子教育の本分とされていました。今日では、厳しさを増す日本の経済状況によって目指すところが変わったと言ってもいいでしょう。女性であっても教育を通して自活できるだけの手段を身につけることが求められるようになったのです。かくして大量の職業婦人が誕生しました。教員、医師、文士、音楽家、公務員、記者、販売員、助産婦、看護婦などその種類は多岐に渡ります。イプセンの『人形の家』だってみんな読んでいます。

今日の日本における教育の目的のひとつは、西洋人を研究し、良いと認められるものは全て取り入れること。もうひとつの大きな柱は、我々日本人という人種に固有の美点として世界中の民族から認められている「誠実さ」、これを涵養してゆくことですね。

私の申し上げる誠実さというのは、たとえば君主とその位置付けに対して我々が抱いている敬意。愛国心。親を思う心。夫への貞節。子どもは絶対に自分の手で育てたいという深い母性愛（与謝野氏は7人の子をもつ母でもある）。主君のために自分で役に立つことあらば身を挺してでも、という献身。自己犠牲の精神。誓って申し上げますけれど、明治維新でどれほど多くのことが劇的に変わろうと、いま申し上げたような日本人の美点、長所に関しては未来永劫、少しも損なわれはしないでしょう。何百年の長きにわたり受け継がれ、日本人の心身にすっかり根を下ろしていますから。

日本の習俗についてこれまで西洋人が書いてきたことのほとんどは、まるで事実と違っています。

昔は、日本女性はあまりにも小柄で、身体的な資質に恵まれているとはいえませんでした。しかし、教育によって西洋の思考様式を身につけ、知的分野にも進出しつつある今日では、女性も男性と同じ水準まで発達を遂げることが可能です。また、身体面での発達については目下、これを課題とした特別な取り組みがなされています。ですから将来的な懸念は一切ありません。

ヨーロッパの方達と接していて不愉快なのは、いまだにゲイシャを日本女性の代表のように思い込んでいるところです。私達日本人の方は一般のフランス女性と娼婦とを混同したりしないというのに、これは実に嘆かわしいことです。

実際の日本女性をきちんと観察なさい、と申し上げたいですね。代表というなら敬愛すべき我らが皇后様や市井の女性達、それに農家の女性達などいくらもいるじゃありませんか、と。日本女性を語りたいなら、まずは日本の一般家庭にしばらく身を置いてみるくらいのことはなさったらいかがでしょう」

——しばしの沈黙が訪れる。与謝野氏の言葉の重さがいっそう際立つ。

「それに（与謝野氏は再び口を開き）女性の服装についてもそういった根強い信仰があります。西洋人の描く日本女性は、決まってたっぷりとした髪に簪をいくつも差して、丈の長い着物に身を包んでいますが、あれは半世紀かそこら前の服装です。現代の日本女性は髪飾りをつけるとしても簪を1本か造花を差す程度ですね。あるいはちょっとリボンをあしらったり。

長い着物を着る機会も、冠婚葬祭くらいです。私がいま着ているこの洋服は、ふつう芸妓の装束に使われる生地から起こしたものなんですよ。と、申し上げてもさっぱりなんのことかおわかりにならないでしょうけれど」

——気品溢れる日本の女性歌人は、
　　婚姻という制度をどう考えているのだろうか。

「30年くらい前までは、男性は数えで17、女性は13になるともう結婚するのが普通でした。けれど今はまったく変わりましたね。教育に費やされる年限が伸びたこと、それに景気が日に日に悪くなっていることが主な理由です。今は、男性は25～6歳、女性なら18～9歳くらいになるまでは結婚しない人がほとんどです。生涯独身のまま、という人の数もだんだん増えていますし。

昔は、縁談というものは両親と仲人だけで勝手にまとめてしまっていたものでした。最近は、両親や仲人が縁談をまとめる上でそれぞれの役割を果たすことは変わりませんが、当事者である若者たちの意思をきちんと汲むようになりました。昔からの伝統を重んじているような一部の旧家、名家は別ですけれど。

現在でも、仲人という存在は縁談をまとめる上で大切な役割を担って

います。まず相手方に望む希望や条件について女性側の家族と話し合い、男性を探します。候補の男性がみつかったら、両家の家族を含めた顔合わせの日取りを決めます。最初の待ち合わせは劇場かレストラン(訳注：料亭かも?)と相場が決まっています。実際に会ってみてお互いがまずまず気に入ったようなら、女性側の両親から未来の花婿についてより詳しく調べてゆくことになります。人柄、社会的な身分、資産などですね。そうしてすべて条件に適うと判断されてはじめて、花婿候補は花嫁候補へ贈り物をする(結納)許しが得られます。反物やお酒などが一般的でしょうか。他にも漆塗りや金箔をあしらった扇子、宝石類などの場合もあります。

祝言は夜に執り行います。

両家の招待客と花婿、花嫁がひとつの卓を囲み、おおいに食べたり呑んだりするなか、仲人さん達は「高砂」を一節やります。「高砂」は若い夫婦の幸せを願う言葉が込められたとても縁起の良い歌として古くから受け継がれており、ある程度以上の年齢の日本人なら誰でも歌えます。一方で、役所での手続きはまったく形式的なものです。つい最近「戸籍」という制度ができましたが、役所への届出自体も結婚する本人たちが出向く必要はありません。

祝言の三日後には、夫婦揃って花嫁の実家を訪ね、両親が祝宴を開いてもてなします。最近は、キリスト教の伝統に倣って神社で式を挙げる人たちも多くなっていますね。天照大神の御前で誓いを交わすわけです。式のあとは流行のレストランへ出かけて豪勢な食事に舌鼓を打ちます。

ヨーロッパ的な発想に強く感化されて、仲人をはじめ誰にも頼らず自力で相手を探すという人もいます。とはいっても、こちらで耳にするような「男女ふたりの自由な結びつき(訳注：原語「l'union libre /ユニオン・リーブル/事実婚」)」などという形にはなりません。事前に双方の両親にお伺いを立て、承諾を取り付けることは必須です。」

——日本の女性は嫉妬深く蠱惑的に振る舞う、
　　というのは本当でしょうか?

「日本では、蠱惑的に振る舞うなどというのは若い娘のすることです。一人前の女性ともなれば、常に慎しみをいちばんに心がけます。はしたない仕草をしたり、大きな声で話したり、派手な身なりをしたりといった人目を引く振る舞いはいたしません。はじらいこそがなによりの蠱惑なのです。西欧女性と並べて立ち居振る舞いだけを比べれば、日本女性はお行儀の良いお人形さんのようにみえるでしょうね。

　一方で、日本女性は品位を保つことにそれだけ苦心惨憺しているともいえます。人前で口づけを交わすなどということはありえませんし、家庭の事情をみだりに人様に打ち明けたりもしません。もっとも、このごろはそうした風紀も少々ゆるみがちで、握手を求められたら応じるような女性も多いですけれど。

　それから嫉妬深いかどうかですが、それはもう、深いなんてものではありません!　夫にとってはそこが玉に瑕といったところでしょうね……。嫉妬というのは醜い感情ですから抑制する、誰にも、夫にも決してみせないよう隠すのが美徳という風に日本では考えられているのですが、なかなかうまくいきません。我慢しても涙となって表れてしまうのです」

——夫の仕事や、将来へ向けての計画といった点については、
　　妻の側も関知していますか?
　　ときには助言も与えるような、パートナーといえる存在でしょうか?

「いいえ、日本では、妻は夫の仕事にも、計画にも口出ししません。妻の役割はそれとはまったく違ったところにあります。すなわち、夫のためとあ

らばいついかなる時であろうと己が身を捧げる心組である、と日頃から示しておくことこそ、日本における妻の役割なのです。京都や大阪など私のよく知っている町では、そうした自己犠牲、献身の精神というのはとりわけ顕著であるように思います」

――では最後に、ヨーロッパの女性、
特にフランスの女性についての考えをお聞かせ願えますか?

「フランスの女性についてはまだ十分に知っているとは言い難いので、私のなかのフランス女性像を述べることでまったくの的外れになってしまうといけないとは思うのですが……。私の印象としては、これからの社会で女性が担うべく求められるであろう役割について、フランスの女性はこれといった考えをもっていないように思えます。向学心も希薄ですし。独立した一個人として男性と同等の人格を勝ち取ろうなどという意志はなおのこと感じられませんね。パリの女性に知り合いはそんなにいませんが、喩えるならどの人も蝶々か小鳥といったところでしょうか……。男性の僕でありなぐさみものであるうちは、フランスの女性は近代女性とはいえないでしょう……。啓蒙や教育によって解放された女性の数はお隣のイギリスとはとても比べものにならないのでは、と考えてしまいますね……」

――『夢之華』『恋衣』『青海波』を著した優雅なる女性詩人はしかし、
いまだフランス語が話せない。そんな彼女にどうやったら
フランス女性が理解できるというのだろうか?

著者略歴

松村由利子（まつむら・ゆりこ）

一九六〇年、福岡市生まれ。歌人。朝日新聞、毎日新聞記者を経て、二〇〇六年からフリーランスのライターに。歌集に『大女伝説』（葛原妙子賞）、『光のアラベスク』（若山牧水賞）など。著書に『31文字のなかの科学』（科学ジャーナリスト賞）、『与謝野晶子』（平塚らいてう賞）、『短歌を詠む科学者たち』など。

ジャーナリスト与謝野晶子

二〇二二年九月十四日　第一刷発行
二〇二二年十二月一日　第二刷発行

著　者　松村由利子
発行者　國兼秀二
発行所　短歌研究社
〒一一二-八六五二
東京都文京区音羽一-一七-一四　音羽YKビル
電話　〇三-三九四四-四八二二・四八三三
振替　〇〇一九〇-九-二四三七五
造本装幀　岡　孝治＋森　繭
印刷・製本　モリモト印刷株式会社

ISBN 978-4-86272-720-6　C0095